피드에 저항하는 모든 이들에게 M. T. 앤더슨

오 순진한 아이들 새처럼 자유롭네.
망가진 언어들 속에서 뛰놀고 있구나.
혼돈스런 말들의 언저리에서 그리도 작게,
오염된 말들보다 더 끔찍한
당신의 침묵을 거스르면서 그리도 즐겁게.

W. H. 오든의 『성 세실리아의 날을 위한 찬가』에서

FEED by M. T. Anderson
Text ⓒ 2002 by M. T. Anderson
All rights reserved.
This Korean edition was published by Kidbook Publishing Co. in 2007 by arrangement with Walker Books Limited, London SE11 5HJ through KCC(Korea Copyright Center Inc.), Seoul.

지은이 매튜 앤더슨Matthew T. Anderson은 1968년에 미국 보스턴에서 태어났으며 버몬트대학에서 인문학 석사학위를 받았다. 그리고 영국으로 유학하여 케임브리지대학에서 영문학을 전공하였다. 『옥타비안 낫싱, 검은 반역자 The Astonishing Life of Octavian Nothing, Traitor to the Nation』로 전미도서상을 수상하였고, 『엉뚱한 음악가 사티씨』는 국내에 번역 출간되었다.

옮긴이 조현업은 경남 마산에서 태어나 고려대 사회학과를 졸업했다. 시골에서 농사와 번역을 하고 있다. 옮긴 책으로 『반딧불이다』, 『하마들의 잔치』 등이 있다. noid33@hanmail.net

피드(feed)
M. T. 앤더슨 지음/조현업 옮김
초판 발행일: 2009년 5월 27일
펴낸곳: 도서출판 지양사 • 키드북 등록번호: 제18-25
주소: 서울시 마포구 서교동 399-24 정명빌딩 402호
전화: 02-324-6279 팩스: 02-325-3722
홈페이지: www.jiyangsa.com / e-mail:jiyangsa@paran.com
ISBN: 978-89-8309-108-6
값 11,000원

feed
피드

M.T. 앤더슨 지음 · **조현업** 옮김

차 례

1부 달

네 얼굴은 신체 조직이 아니야 • 9 충격 • 14 주스 • 23
코 눈금판 • 26 달은 따분한 집에서나 아름답다 • 35

2부 에덴

깨어남 • 51 빈둥대기 • 52 따분함 • 54 따분함의 연속 • 55
그리운 피드 • 56 저장과 운반 • 59 밤, 따분함 • 60 아빠 • 64
봄날 • 67 정원 • 72 죽은 언어 • 75 퇴원 • 80

3부 유토피아

정상 • 87 무시당한 트뤼프 • 93 맬에 빠진 친구들 • 98
꿈 속의 침입자 • 105 여자 속옷을 입다 • 108

바이올렛의 비명 • 119 새로운 장소 • 122
델글라시의 보조개 • 124 상승 • 137 도덕 문제 • 142
저 푸르른 신록을 보라 • 153 농장의 하루 • 158
다시 찾아온 침입자 • 168 현실 • 175 비행 중의 다툼 • 185
할 일이 아주 많아 • 193 바닷가 • 199 림보와 기도 • 203
쓰러져 있는 희망 • 211 잔치는 끝났다 • 218

4부 꿈나라

52.9% • 229   87.3% • 232   87.1% • 239   87.1% • 243
86.5% • 245   52.0% • 248   82.4% • 251   80.9% • 253
78.6% • 257   77.8% • 258   76.3% • 259   76.2% • 268
76.2% • 272   59.3% • 275   57.2% • 279   54.1% • 288
51.5% • 302   썸머타임 • 303   깊이 • 306   4.6% • 312
4.6% • 322

피드라 불리는 컴퓨터 시스템이 사람들의 뇌 속에 직접 이식된 미래 세계는 텔레파시처럼 엠 채팅(메신저가 진화된 형태)으로 서로 소통할 수 있다. 그리고 피드는 많은 두뇌 기능을 대행한다. 온갖 지식과 정보를 피드넷을 통해 공급 받으며, 교육·문화·소비 등 모든 사회생활을 피드로 수행한다. 어떤 사이트에서는 환각제를 사용하는 것과 유사한 정신적·육체적 감각을 발생시키는 가상 체험을 제공하기도 하는데 그것을 맬이라고 한다.

1부 달

네 얼굴은 신체 조직이 아니야

 우리는 달에 놀러 갔다. 하지만 달 여행은 엉망이 되어 버렸다.
 우리는 금요일에 떠났다. 집에서는 재미있는 일이 아무것도 없었기 때문이다. 그 날은 봄방학이 시작되던 날이었는데, 집에 있자니 모든 게 따분했다.
 "진짜 꽝이네."
 링크가 말했다.
 "나도 그래, 젠장."
 마티가 맞장구를 쳤다. 사실 우리 셋 다 그랬다. 벽에 튀어 나온 세 가닥 벗겨진 전선을 갖고 한 시간이나 노닥거렸으니 말이다. 우리는 거기서 전기 충격을 느껴 보려고 애썼다. 그러다 마티가 달에 재미있는 저중력 장소가 있다고 말했다. 시시할 것이 틀림없었지만, 집에 있는 것보다는 나을 것 같았다. 그 장소는 '비행 오락실'(저중력 상태에서 벽을 차고 튕겨 날아다니는 오락실)이라고 했다. 우리는 여자애들과 함께 가서, 며칠 호텔에 머무르며 춤이나 추기로 했다.

달로 가는 여행길에 피드는 우리가 머물 장소와 음식에 관해 온갖 것을 재잘대며 소개했다. 꽤 괜찮게 들렸다. 그리고 비행을 시작할 때는 무용복과 금속 날개로 단장한 소녀들이 춤추는 모습을 여러 장면 보여줬는데, 나는 *굉장하겠군, 정말 굉장해* 라고 생각했다. 그러나 달 주위를 도는 동안에는 들떠서 환호하지 않았다. 달은 항상 있던 그대로이니까. 처음 몇 번 갈 때야 *우와, 멋져! 달이다! 굉장하네!* 했지만, 그 다음부터는 단지 바위투성이일 뿐이고, 공허하고, 포장지나 녹슨 나사 따위나 뒹구는 버려진 건물 같은 장소일 뿐이니까.

내가 우주를 싫어하는 건 너무 오래되고 비었다는 느낌 때문이다. 다른 친구들도 나처럼 느끼는지 그건 모르겠다. 하지만 모두가 더 소란스러워진 것으로 보아, 내 생각과 다르지 않은 것 같다. 친구들은 한층 손가락질을 해대며 링크의 창문으로 우르르 몰려들었다.

텅 빈 우주에서는 친구들의 떠드는 소리가 필요하다.

혼자서 여행하는 사람들을 보면 참 안쓰럽다. 우주에서 그것은 정말 물먹는 일이다. 다른 사람들과 함께하면, 그것도 우리들처럼 많은 숫자가 함께 가면, 서로 기댈 수 있고, 웃으며 잡담할 수 있고, 분위기가 좋아진다. 마치 청바지나 누가캔디 판촉 행사장에 와 있는 것처럼 말이다.

덜컥 소리가 나더니, 링크가 자기 좌석을 뒤로 밀어붙여 마티의 무릎을 쳤다. 몇 분 전부터 나는 눈 좀 붙이려 하고 있었다. 우주에는 파편말고는 달리 볼 것이 없으니까. 그리고 여기서 녹초가 되면 달 호텔에 도착해서는 진짜 쉽게 잠들어 버릴 것이다. 같이 놀 친구들이 생길지 모르는데, 그렇게 잠들고 싶지 않았다.

좀더 정직하게? 사실 달에서 누군가를 만나리라는 기대가 있었다. 아마 그런 생각을 하게 된 것은 분화구들에서 느끼는 쓸쓸함 탓도 있을 테지. 그렇지만 누군가를 다시 붙잡아야 할 때라는 느낌이 든 지가 벌써 두 달째였다. 파티에서 난 진짜 외로웠다. 사람들 속에 끼어 있어도 그랬고, 혼자 남게 되면 더했다. 홀로 업카(비행 승용차)를 타고 집으로 돌아가는 길의 적막. 오직 피드만이, 이건 당신이 들었던 음악입니다. 이건 듣지 않은 거예요. 자 새로운 곡을 들어요 하고 재잘댄다. 함께 다운로드할 누군가가 있다면 좋겠지. 업카를 함께 타고서 저 아래 불빛을 넘어 집으로 향하며, 내려앉는 밴(승합차)들의 창에 비치는 어머니들의 창백한 얼굴을 보면서.

달 상공을 날 때 난 잠들 수가 없었다. 링크가 망나니처럼 장난치며, 좌석을 앞으로 뺐다가 뒤로 뺐다가 했다. 마티가 새를 떨어뜨렸다. 일대 유행이라서, 그런 모조새는 어디서나 눈에 띄었다. 마티의 새가 둥둥 떴다. 중력이 거의 없었으니까. 마티가 새를 잡으려 할 때마다 링크가 좌석을 세차게 뒤로 밀어붙였다. 그렇게 마티의 얼굴을 박을 때마다 주위에서는 웃음이 터졌다. 마티가 열 받아서, "정말 너! 가만히 있지 못해?" 하면, 링크는 넉살을 부렸다. "저기 있네. 얼른! 얼른 잡아!" 그러면 마티가 움직이다 다시 부딪치고 또, "정말로! 너 아주?!" 하면 모두들 와아 웃음을 터뜨렸다. 분위기가 이렇게 떠들썩한데 잠들려고 애쓰자니, 완전히 바보가 되는 기분이었다. 여승무원이 나서서 친구들을 좀 조용히 시켜 주기 바랐다. 그러나 그녀는 지구의 중력권을 벗어나자마자 면세점 너머로 사라져서는 보이지 않았다.

난 이런 분위기 속에서 잠이 들어 멍청이 취급을 받고 싶지 않았다. 그러나 전날 밤에 술을 제법 마신데다 맬(환각 상태)까지 했기에 상태가 영 좋지 않았다. 애초에 이렇게 달 여행을 떠나는 게 아니었다. 얼굴을 친 좌석을 붙들고 마티가 소리쳤다.

"젠장! 내 새를 잡아야 돼!"

링크가 말했다.

"잡으러 가."

마티가 다시 말했다.

"링크, 이 염병할 놈아! 네가 내 무릎하고 얼굴을 완전히 박살내고 있잖아!"

"그럼 의자를 물고 있어. 움직이지 못하게 꽉 껴안으라고."

둘은 다시 어릿광대짓을 시작했다. 마티가 말했다.

"그래. 해 봐. 이번엔 또 어디를 칠 거냐?"

"세숫대야를 똑바로 대."

"뭐 어디를 대라고? 다시 말해 봐."

"세숫대야를 대라고."

"뭐라고?"

"네 얼굴 말이야, 멍청아."

"내 얼굴이 왜 세숫대야냐? 이건 살아 있는 유기체라고."

"맙소사, 거기에 산소가 통하기나 해?" 칼리스타가 말했다. "네 얼굴의 신경은 죽은 게 아니었어?"

"잠들려고 했는데." 로가가 투덜대며 하품했다. "뇌의 파동이 멈추는 중이야."

그리고 쾅소리와 함께 마티가 얼굴을 감쌌다.

"윽, 젠장."

난 일어나 바로 앉았다. 팔걸이 위에서 장난치는 망나니들 곁에서 잠자기란 가망 없는 일이었다.

여승무원이 다가오자 링크는 장난을 멈추고 그녀를 향해 미소를 지었다. 그녀는 이런 표정이었다. *아휴, 정말 멋쟁이야.* 그럴 만도 한 건 링크가 면세점에서 화장수를 한아름이나 샀으니까.

충격

 그렇게 나는 피곤했고 애초부터 지겨웠다.
 우주선에서 내리자 우리의 피드는 온갖 광고 배너로 몽롱할 지경이었다. 호텔들이 앞다퉈 줄을 섰고, 카지노, 진흙 활주장, 선물 가게, 그리고 보조 장비를 빌릴 수 있는 장소 따위에 대한 소개가 넘쳤다. 링크한테 말을 걸려고 했지만 배너가 어찌나 치근대는지 그렇게 할 수가 없었다. 그래서 배너로부터 눈을 감고 소지품을 들고 나오기에 급급했다. 난 그 배너들 중 아무것도 기억이 나지 않는다. 단지 모든 광고가 황금빛으로 번쩍였다는 것밖에는. 그러나 수화물을 받으러 가다 보니, 달의 통풍구들은 온통 검게 얼룩져 있었다.
 모든 게 내내 그 모양이었다. 달은 그저 그렇고 그랬다. 우리 일행은 나와 마티, 링크, 그리고 칼리스타, 로가, 퀸디 여섯이었다. 호텔에서는 여자 셋이 한 방에 묵고 남자 셋이 다른 방을 썼다. 그곳은 놀러 온 사람들로 들끓는데다, 홀은 꼬마들이 경중경중 뛰어다니며 질러대는 고함소리로 메아리쳤다. 아주 싸구려 호텔이어서 이불도 충분치 않았고, 거의 중력이 없다시피 했다. 우리는 아무도 위조 성인 아이디를 갖고 있지 않아서, 방안 미니바(술이 들어 있는 작은 냉장고)엔 자물쇠가 채워졌다.

"젠장, 이건 싸구려 호텔이잖아."

내가 말했더니, 마티가 대꾸했다.

"내가 저번에 와 봤는데, 값도 아주 싸고 직원들은 투명 인간처럼 손님을 절대 방해하지 않아."

우리 피드에서 달나라의 온갖 배너들이 치워졌다. 그래서 우리는 모두 한동안 미식 축구 경기를 보았다. 여자애들은 자기네들끼리만 채팅을 했고, 우리는 들을 수 없었다. 걔들은 계속 웃어대며 서로의 얼굴 화장을 고쳐 주었다. 난 눈 좀 붙이고 싶었다. 하지만 잠들려 할 때마다 링크와 마티가 이래저래 훼방을 놓았다.

"타이터스! 그 빌어먹을 거 봤어? 상품 카탈로그가 어디로 갔지?"

난 자신에게 일렀다. 여기에 온 것은 잠자기 위해서가 아니라 친구들과 신나게 놀기 위해서라고. 난 눈앞의 상황에 집중하며 그것들을 즐기려 했다.

그렇지만 즐거움은 계속되지 못했다. 룸서비스로 환각 작용을 일으키는 신경 약물을 주문했는데, 그것들은 두통만 불러왔다. 그래서 밖으로 나가 마티가 아는 최상의 약물을 제공한다는 장소에 가보니 벌써 일 년 전에 폐업하고 없었다. 저녁 먹을 시간이라 우리는 베니건스 패밀리 레스토랑에서 식사를 했는데 꽤 괜찮았다. 정말 집에서 먹는 거나 다름없었다. 후식으로 포테이토 스킨(감자, 베이컨, 치즈에 신 크림을 얹은 요리)을 좀 먹었다. 최소한 호텔을 빠져나온 건 잘한 일이었다. 도시의 대부분에는 꽤 훌륭한 인공 중력이 있었기 때문이다. 물건을 놓으면 그래도 털퍼덕 하고 떨어졌다. 거의 정상에 가까웠고 난 그게 참 좋았다.

우리는 호텔로 돌아왔다. 몇 군데서 파티가 열렸지만 주로 대학생들 상대였다. 평소에 우린 쉽사리 끼어든다. 나나 링크, 마티, 칼리스타는 매력적으로 변신할 수 있다. 칼리스타는 금발이었고 사교계의 도도한 공주처럼 굴었는데, 목소리와 어깨뼈가 실제보다 그녀의 나이를 들어보이게 했다. 링크는 훤칠하고 불량끼가 도는데다 정말 뭔가 있어 보였다. 나이 든 부자한테서 볼 수 있는 그런 광채 같은 게 항상 파동처럼 뚜뚜뚜 발산돼서, 사람들은 갑작스레 "멋진데! 이봐! 멋쟁이!" 하면서 함께 있고 싶어한다. 마티로 말하자면 무슨 일에든, 무슨 게임에든 능하다. 그리고 나는 단지 묵묵히 쿨하게 행동한다. 우리 셋은 이렇게 분위기에 잘 어울리기 때문에, 사람들은 우리를 불러 맥주를 건네곤 한다.

이번엔 그게 먹히질 않았다. 우리가 끼어들려고 입구에 서 있었더니 그들이 이랬다.

"너희들은 어디서 굴러온 거야?"

우린 자신들을 살펴보았다. 한결같이 초라해 보였다. 지치고 졸린 모습에다가, 선량하게 보이기는 해도(링크는 빼고) 핼

쑥했고 머리칼은 기름기가 번들거렸다. 우리는 사람들 사이에 유행처럼 돌고 있는 상처를 갖고 있었다. 우리의 상처는 빨갛고 짓물러 보였다. 링크는 턱에, 난 팔과 옆구리에 상처가 있다. 퀸디는 이마에 있다. 복도의 불빛에 그게 훤히 보였을 것이고. 아마 다른 사람들과는 달라 보였을 것이다. 내 말은, 상처야 사람들 거의 다 있지만, 지금 우리에게 난 상처는 애들 상처로 보였을 것이라는 말이다.

샤워를 하고 난 뒤 우리는 비행 오락실로 갔다. 거긴 저중력이거나 거의 무중력인데, 보호복을 입은 사람을 다른 사람한테 내던지며 논다. 아마 일 년 반쯤 전에 유행했던 그런 곳이다. 슬로건은 이랬다. "사랑하는 사람을 던져라!" 이제 그곳은 단지 낡고 슬퍼 보였다. 사방 벽에는 온통 사람들이 차고 나간 자국이 남아 있었다.

링크가 안전 헬멧까지 쓰고 벽을 차고 나왔다. 그는 다른 누구보다도 한결 큰데, 그건 비밀 애국 실험의 산물이기 때문이다. 저중력 공간에서 링크는 팔을 흔들고 돌리며 사방을 휘젓고 다녔다. 나는 다른 사람들과 충돌할 때 좀 조심스러웠다. 그건 팔의 상처 때문이었는데, 이미 터져서 진물이 흐르고 있었다. 그래도 처음엔 꽤 재미있었다. 벽을 박차고 지그재그로 날아가서 다른 사람을 치고는, 같이 바닥에 가라앉는 동안 레슬링을 했다.

난 로가를 바로 곁에서 지켜보았다. 육 개월 전만 해도 우리는 사귀는 사이였다. 그러나 큰 말다툼 후에 헤어졌다. 그 녀가 이랬다. *다신 널 보고 싶지 않아. 그래서 내가, 좋아. 정말이지? 좋다고. 그럼 내 얼굴만 보이지 않게 가려주는 특수 안경이나 쓰라고,* 그렇게 대꾸했던 것이다. 하지만 지금 우리는 친구 사이로 잘 지낸다. 나는 남자가 과거에 사귀던 여자애에게 말도 못 붙이는 건 정말 맥없다고 생각한다. 더 나아가서, 달이든 어디에서든 다른 상대를 전혀 찾지 못한다면, 로가와 다시 사귈 수도 있다고 생각한다.

난 칼리스타나 퀸디를 여자로 좋아하는 마음은 없었고, 로가에게도 더 이상 그런 마음은 없었다. 하지만 링크가 여자애들 가운데로 부딪쳐 가는 걸 보자니, 그들은 부딪칠 때 서로의 몸을 느끼고 있다는 것을 알 수 있었다. 그것이 이 비행놀이의 재미 중 하나였다.

기분이 좋지 않았던 것은, 로가와 나는 한때 짝이었는데 이제는 내가 빠른 속도로 로가한테 부딪친다 해도 링크가 빠른 속도로 부딪치는 것이나 별반 다를 게 없게 된 것이다. 난 로가와 내가 약간은 비밀스런 의미를 갖고 서로 부딪치게 될지 모른다고 생각했다. 그러나 대개 우리는 곧장 서로 지나쳐서 날았다.

뭐든 잘하는 마티는 한쪽 구석 공중에서 놀고 있었다. 공을 차고는, 천천히 원을 그리며 떨어지는 공을 다시 발로 받곤 했다. 링크가 말했다.

"이쪽으로 넘겨."

그러자 마티가 링크한테 공을 찼고, 링크는 내게로 찼다.

얼마 동안 우리는 공을 갖고 놀았다. 그리고 오락실 안을 빙 돌기 시작했는데, 팔을 앞으로 뻗은 채 마치 미끄러지듯이 바닥에 바짝 붙어 날았다. 그러나 물론 마티가 내내 앞섰고, 지기 싫어하는 링크가 투덜댔다.

"이건 따분해. 정말 재미없어."

마티가 말했다.

"무슨 우라질 소리야?"

"여긴 정말 짜증난다고."

링크가 말했다.

"그러지 말고 더 놀자고, 제길."

마티가 소리쳤다. 하지만 링크가 대답했다.

"싫어, 너나 해. 혼자 놀라고."

갑자기 모든 게 김이 빠져 버렸다.

그때 난 누군가 우리를 쳐다보고 있는 걸 느꼈다. 기분이 나빠져서 그게 누군지 돌아보았다.

정말 생전 처음 보는 아름다운 소녀였다.

소녀는 우리의 멍청한 짓거리를 바라보고 있었다.

그녀는 식당으로 통하는 문 안에 서 있었는데, 팔 밑에 안전 헬멧을 끼고 있었고, 짧은 금발머리였다. 그 얼굴은…… 아, 어떻게 말해야 할지 모르겠다…… 아름다웠다. 단순하게 아름답다고 말하는 건 정말 적절한 표현이 아니다—그녀가 서 있는 모습도, 팔로 안전 헬멧을 끼고 있는 모습도, 그 말만으로는 그 느낌을 온전히 표현할 수 없다. 난 피드를 통해 그녀가 서 있는 식당에 관한 정보를 입수하면서(그곳의 군만두는 값이 쌌다) 그저 그녀를 바라보았다.

나는 무엇 때문에 그녀가 그렇게 아름다워 보이는지 의아했다. 그녀는 여전히 마치 우리가 얼간이라도 되는 듯 쳐다보고 있었다.

그녀의 몸매. 아마 그것이었다. 그녀를 그렇게 아름답게 보이게 하는 건 얼굴이 아니었다. 그녀의 몸매는…… 아, 그걸 뭐라고 해야 하나. 그녀의 몸매는……?

피드가 내 대신 낱말을 골랐다.

"나긋나긋해."

○○○

…… 당신을 정말 매혹시키는 강력한 T44 페르미온 리프트, 초당 십오 미터 수직 상승? 당신이 안락과 품격과 신분을 원한다면, 유려한 실내 장식과 인체공학적으로 디자인된 계기반이 당신에게 짜릿한 쾌감을 안겨 줄 겁니다. 무엇보다 최상의 혜택은 융자 조건입니다? 연리 18.9%에 ……

○○○

…… 오직 스포츠-복스만을 통해—사람을 구하고, 가스 썰매를 빌리고, 화성의 염화 폭풍을 구경하시라—청소년들이여, 이제 알렉스 니담으로 바람을 가르라. 튼튼하고, 세련되고, 뛰어난 최고의 기능……

○○○

…… 현재 유행하는 이번 달의 여름 스타일은 '반짝이'.

○○○

…… 그들의 히트 싱글 『나쁜 나, 나쁜 너』
"난 널 그리 나쁘게 좋아해

너도 날 그리 나쁘게 좋아해
우린 그리 나빠
그렇게 나쁠지라도
만약 우리 함께 아니라면 그대
나쁜 그대,
나쁜 나쁜 그대.
너무 나빠."

ㅇㅇㅇ

…… 호스티스 엠의 아메리칸 패밀리 레스토랑.
그곳에서 식사하는 동안엔 시간이 멈춥니다.

ㅇㅇㅇ

주스

난 기회를 잡아 그녀를 따라갔다.

소녀는 이제 스낵바에서 문 쪽을 등지고 앉아 있었다. 의자에 몸을 고정시키고 있어, 누가 밀친다 해도 공중으로 떠오르진 않을 것이다. 난 스낵을 샀다. 튜브에 든 걸쭉한 초콜릿이었다. 한 손으로는 카운터를 붙잡았다.

팔 아래쪽으로 그녀를 바라보았다. 그녀는 거기 앉아 보호복을 벗어 꾸리고 있었다. 헬멧은 옆자리에 걸려 있고. 난 초콜릿을 한모금 마시고 그녀를 돌아보았다.

소녀는 회색 모직 옷을 입고 있었는데, 플라스틱이 아니라서 불빛에 반사되지 않았다. 모직. 회색 모직. 검은 스타킹.

그녀의 어깨는 온통 옷에 감싸여 있다. 마치 누구한테도 보이지 않으려는 듯. 그녀는 앉아서 꼼짝도 하지 않았다.

내 뒤쪽 문으로 다른 애들이 들어왔다. 난 머리를 숙였다. 친구들이 아는 척하지 않기를 바라면서. *야, 타이터스, 뭐하고 있어?* 이러면 그녀가 날 쳐다보게 될 거고, 이쪽에 신경이 쓰이게 될 거다. 다행히 들어오는 즉시 링크와 마티는 튀어 오르면서 놀기 시작했고, 그러다가 문제가 생겼다. 덕분에 나는 방해받지 않고 소녀를 볼 수 있었다. 이곳의 직원인 한 남자가 스낵바에서 날아다니며 논다고 링크와 친구들을 꾸짖었다. 여긴 날아다니는 곳이 아니라 휴식 장소였으니까.

회색 옷 소녀 뒤로는 큰 창문이 있어서, 달 위의 높이 솟은 돔 안에 우리가 있다는 걸 알 수 있었다. 아래 달 지면에서는 여행객들이 큰 운반선을 타고 분화구를 건너고 있었다. 별들이 하늘을 수놓았다. 사내는 여전히 문 옆에서 친구들을 호되게 꾸짖었다.

너희들은 이곳에서 쫓겨나야 해, 알겠어. 그래 이 일로 뭘 배웠는지 말해 봐.

난 고개를 숙이고 회색 옷 소녀 쪽을 향했다.

소녀는 보는 사람이 없다고 생각했는지 입을 벌렸다. 입 안에서 뭔가가 떨고 있었다. 주스. 입 안엔 주스가 가득했다.

알잖아, 너희들이 져야 할 책임을, 무슨 말 하는지 알지? 너희들의 행동을 생각해 보란 말이야.

난 위로 떠올라 그 주스를 바라봤다. 소녀는 혼자 재미있어하면서 주스를 입 안에서 굴리고 있었는데 매력적으로 보였다.

그리고 입을 벌리고 혓바닥으로 주스를 밀어냈다. 주스는 천천히 입술 밖으로 나왔다. 주스가 아름다운 자줏빛으로 흔들리며 거의 중력이 없는 공간으로 밀려 나왔다.

소녀의 앞에 주스가 떴다. 얼굴 몇 센티미터 앞에. 분홍빛 달팽이 같은 그녀의 혀가 주스를 바짝 뒤따랐다.

소녀는 두 눈을 가늘게 뜨고 허공에서 소용돌이치는 주스를 바라보았다.

코 눈금판

링크가 내 곁에서 속삭였다.
"여긴 정말 마음에 안 들어."
마티가 끼어들었다.
"왜 그래. 좋잖아."
칼리스타가 콧방귀를 뀌며 말했다.
"어쩌면 그랬을 수도 있지. 스낵바에서 사람들 머리 꼭대기로 뛰어 날아다니다가 우리 모두 이렇게 창피를 당하지 않았다면."
자신이 추천했던 장소에 대해 모두가 불평하자 마티는 화가 나 씩씩거렸다. 나는 어찌 됐건 정말 모두들 입 좀 다물기를 바랐다. 그게 나을 것 같았다. 갑자기 깨닫기를, 우리의 대화가 정말 멍청하게 들렸기 때문이다. 저 소녀처럼, 누군가 우리 말을 듣는다면 우리를 얼간이라 생각할 것이다.
나는 내 안전화의 자석을 만지작거리면서 그녀한테 눈길을 주지 않으려 했다. 행동에 들어가기 전에 소녀에게 내 눈길을 느끼게 하고 싶지 않았다. 난 조심스러웠다. 퀸디와 로가는 헝클어진 머리 매무새를 손보러 화장실로 갔다.

마티가 주위에서 어슬렁거리며 링크를 째려보았다. 링크와 나는 그 소녀에 대해 채팅을 했다.

쟤 아주 괜찮은 걸.

내가 이러니까 마티가 투덜댔다.

무슨 옷이 저 따위야?

그건 모직이야. 동물한테서 나오는 거.

내가 그러자 칼리스타가 우리한테 채팅을 보냈다.

동물 이야기를 듣고 싶어? 그럼 완전 크로마뇽인처럼 입을 딱 벌리고 쳐다보는 두 녀석 이야기는 어때?

그래서 우린 입을 다물고, 창밖을 바라보았다. 포장지들이 새처럼 공중을 맴돌았다. 퀸디가 화장실에서 돌아와 말했다.

"맙소사! 모두들 엄청나게 고맙네, 내 상처가 이렇게 번질 때까지 한마디도 해주지 않다니."

"뭘, 번지지 않았는데."

칼리스타가 말했다.

"뭐라고! 이게 내 머리통보다 더 커지려고 하잖아! 이제 이 상처를 가리려면 모자를 써야 해. 챙으로도 다 가려지지 않을 걸."

"숨 좀 쉬면서 말해." 링크가 말했다. "상처 따위에는 누구도 신경 안 써."

"어떻게 신경을 안 써? 이 엄청난 것 좀 봐, 이게 바로 내 이마에 나 있단 말이야. 마치 뼈가 드러날 것 같아!"

퀸디는 전전긍긍 손으로 상처를 가리려 했다.

로가가 말했다.

"아무도 알아채지 못할 거야."

"모르는 사람이야 평소 네 모습이 어떤지 알 게 뭐야."

마티가 말했다.

"아니, 그럼 사람들이 내 이마에서는 늘 진물이 흐른다고 생각할 거란 말이니?"

"쟤한테 물어보자."

회색 옷 소녀를 가리키며 링크가 말했다.

링크가 부탁했다.

"이봐, 괜찮다면 얘를 보고 어디가 이상한지 좀 말해 줄래?"

소녀가 돌아서서 퀸디를 살폈다. 그리고 말했다.

"상처가 나빠 보이지는 않아."

퀸디가 좋아하며 상처 주위에서 손을 뗐다.

"봤구나! 보이지? 상처가 얼마나 크니?"

"퀸디, 쟤 말을 들어 보자고."

칼리스타가 퀸디를 조용히 하게 했다.

소녀는 말했다.

"난 생각 중이었어. 내 목에 난 상처 때문에."

소녀의 상처는 아름다웠다. 마치 목걸이나 빨간 고리처럼 보였다.

소녀가 말했다.

"얼굴은 눈금판이야. 두 가닥 큰 선이 있어서 하나는 얼굴 한가운데를 내리긋고, 다른 하나는 볼 윗선을 가로지른다고 상상해 봐. 아무튼 이건 내 이론일 뿐이야. 코가 그 두 선이 만나는 곳에 있지. 상처가 그 선들에 가까이 있을수록 눈에 잘 띄어, 알겠지. 그러니 가장 감추기 어려운 상처는 코에 난 상처야. 네 상처는 이 한쪽 면의 구석에 있어. 별 문제가 안 돼. 상처가 선 위에 있지 않잖아."

소녀는 고정시켰던 자기 몸을 풀어 양 손을 퀸디의 얼굴에 가까이 대고는, 두 엄지손가락을 맞대어 미식 축구 골대 모양을 만들었다.

"두 손가락으로 눈금판을 만들어 본 거야. 알지? 네 상처는 얼굴 가장자리에 있고, 네 얼굴의 윤곽을 잡아주고 있어. 상처가 네 얼굴에 주의를 끌게 해. 좋은 좌표야. 그래, 상처의 위치가 아주 훌륭해. 내 설명이 너무 길었나 보다."

우리는 모두 어안이 벙벙했다.

"와."

칼리스타가 취한 듯 주절댔다.

"쟤 말이 맞아. 그 상처가 네 얼굴의 윤곽을 잡아 주고 있어."

회색 옷 소녀는 자신의 상처에다 냅킨을 대며 말했다.

"난 이게 계속 번지면 좋겠어. 그래서 목걸이를 찬 것처럼 보이면 좋겠는데, 지금은 너무 작아."

우린 모두 외계인을 쳐다보듯 그녀를 바라보았다. 소녀가 미소를 지었다. 우리는 그저 바라보고만 있었다.

"더러 바닥 밑으로 꺼져 버리고 싶을 때가 있을 거야. 하지만 그때 바깥에는 공기가 없다는 걸 깨닫게 되지."

그녀가 말했다.

"이봐, 난 발에 상처가 났어. 보고 싶어?"

마티가 말했다.

소녀가 상냥하게 웃었다.

"아니, 정말 싫어."

링크가 자기 얼굴을 가리키며 이랬다.

"어이, 내 상처는 어때? 이 귀여운 놈 말이야. 가끔씩 진물을 흘리지. 좋아 보여?"

그녀가 살짝 웃었다.

"아, 너는 농창 위에다가 밥숟갈을 퍼 넣는구나."(상처가 턱에 나 있다는 말-역주)

링크에게는 그 말이 재밌게 들렸다. 물론 무슨 귀신 씻나락 까먹는 소린지 모르는 건 우리나 매한가지였지만 웃기 시작했고, 나머지 우리들은 피드의 사전에서 '농창'을 찾고 있었다.

소녀는 이제 완전히 우리 일행을 압도했는데, 여자애들은 아니었다. 나랑 대화 수준이 비슷한 그애들은, 마치 산 채로 매장된 전도사와 살고 있는 개미들처럼 분주하게 저들끼리 채팅하기 시작했다. 나는 한편으로, 불쾌감을 줄 정도로 기이하기는 하지만 소녀는 내가 본 어느 누구보다도 매력적이라고 생각했다. 그러나 다른 한편으로는, 소녀가 링크 어웨이커와 이런 야한 대화를 나누며 상스럽게 구는 게 매우 실망스러웠다. 링크는 어떤 구실로든 항상 여자 꽁무니를 따라다닌다. 사실 여자들을 대할 때 아주 바보처럼 구는데도 불구하고 말이다. 예를 들어, 이런 너절한 질문을 던진다.

"내 상처는 어때? 나와, 내 벌어진 상처에 관해 더 말해 보자고."

마티가 다시 관심을 끌려고 애쓰며 말했다.

"내 발 붕대를 갈아 줄 수도 있겠네."

그러나 다들 대번에 질색했다. 모두가 이랬다.

"어휴, 그 잘난 발을 누가 봐."

"맙소사, 마티, 주접 좀 떨지 마."

링크가 그녀한테 물었다.

"넌 누구지? 어디서 왔어?"

그러자 소녀가 나를 봤다. 똑바로 날 바라보는 그 눈길에서, 난 알았다. 소녀는 친구 녀석들의 상스러운 유혹과, 그 외 모든 것에 대해 내가 어떻게 생각하는지 묻고 있었다. 그녀는 내가 마티나 링크처럼 상스럽게 나오는지 보기 위해 내 말을 기다렸다. 소녀가 내게 상스럽기를 바라는 건지 아닌지 혼란스러웠다. 말하는 것으로 보아 그녀는 정말로 똑똑했고, 그리고 예뻤다. 나는 그녀 얼굴 앞에 떠 있던 주스를 생각했다. 입술 밖으로 섬세하고 완벽하게 흘러나오던 그 모습이 얼마나 아름다웠던지. 그리고 주스를 뒤따르며 그것이 온 세상 속으로 보내는 떨림을 지켜보던 그녀의 혀는 얼마나 아름다웠는지.

하지만 나는 아무 할 말이 없었다.

그녀와 여자애들은 남은 시간을 상처에 어울리게 퀸디의 머리카락을 고정시키는 데 보냈다. 보통 퀸디는 칼리스타의 작고 망가진 축소판이었고, 자신도 그걸 알고 그 사실을 끔찍하게 싫어했다. 하지만 소녀가 퀸디를 돕자 사정이 달라졌다. 퀸디가 오랫동안 모두의 중심이 되었다.

회색 옷 소녀를 계속 바라본 건 그 때문이었고, 그날밤 다른 무엇보다 내가 바란 건 그녀와 함께 있는 것이었다.

○○○

장기를 얻기 위해 복제 인간을 사육하는 잔인하고 냉혹한 원본들로부터, 자신의 간을 지키기 위해 싸우는 복제 인간의 실화를 소재로 한……

"선천적이냐 후천적이냐."
피드 방송 최고의 황금시간대 특집.

법정에서 눈물을 흘리고 있는 소녀의 모습.
"난 이류 인간이 아냐! 제발, 스판덱스나 재판에 부치라고! 나 역시 일류 인간이야! 난 제품이 아니라 사람이라고!"

쌍둥이 사원을 향해 광선총을 들이대는 소녀의 이미지. "기억해 둬, 개 같으니. DNA 없이는 '위험'이라고 말할 수도 없다는걸."
쾅.

○○○
…… 콜라엔 감귤과 버터의 신선한 향취가 가득……

○○○
…… 거닐어 보세요, 모험이 가득해요……

○○○
…… 캘큘론. 새로운 해결책으로……

○○○

…… 그것은 춤. 바로 춤, 춤, 춤. 그것은 기분전환, 당신이 얻을 수 있는 바로 그 즐거움. 당신의 흥겨움을 막을 수 잇는 것은 없습니다. 작열하는 몸들이 보입니까? 박자를 느낄 수 있습니까? 그러면 와서 함께 소리쳐요. 슈퍼스타들한테 신발을 던져요. 와서 멋지게 흔들어요. 뚜껑이 활짝 열릴 때까지. 사랑하는 이의 핏줄이 하늘로 뻗은 나뭇가지처럼 타오르는 걸 보시라. 신바람이 뇌 속을 불태운다. 아아 신바람, 그 불꽃, 흥분된 비명소리가 메아리치는 곳, 럼블 스폿, 오시라 럼블 스폿으로

럼블 스폿(The Rumble Spot): 고요의 바다에 있는 혼돈의 바다.

○○○

푹 파인 산기슭 시냇물에 흘러내리는 콜라의 이미지; 햇살을 받는 아이들; 깨진 유리조각들; 손, 레몬수를 향해 뻗는 천지창조의 신과 같은 손; 갭 티셔츠를 입고 로켓에서 발사된 소년들; 깡통 헬멧을 쓰고 줄지어 있는 더 많은 소년들; 몬태나 기지로 추락하는 나이키(지대공 유도탄); 앞치마를 입고 태양전지를 부착한 자메이카 소녀 합창단; 부자들의 턱 보철을 위한 드라이 클리너; 합금으로 된 새들을 붙잡는 친구들; 담장을 뛰어넘는 법조인들; 흰 눈; 산마루; 눈물; 포옹; 밤

○○○

달은 따분한 집에서나 아름답다

 소녀는 혼자 달에 왔다. 봄방학이고 온통 떠들썩한 달에 와 있는데, 그녀는 친구가 없었다. 소녀는 단지 사람들 사이를 걸으며 구경했고, 그런 식으로 아주 많은 것들을 달에서 보았다고 말했다. 그녀는 관찰하기 위해 왔다고 했다.
 밤이었다. 돔들에는 인파가 넘쳤고, 호스에서는 게토레이가 뿜어져 나왔고, 웃통을 벗은 대학생들이 팔을 휘둘러댔다. 소형차 한 대가 천천히 길을 지나가면서 판촉물을 나눠 줬는데 아주 괜찮아 보였다. 하지만 소녀는 자세히 들여다보면 그건 정말로 신통찮은 거라며, 더러 부속품마저 빠져 있다고 했다. 그녀는 거품을 꿰뚫고, 웅덩이의 안을 들여다본다.
 그녀의 이름은 바이올렛.
 우리는 그녀한테 함께 가자고 했다. 잠을 자고 싶었지만 신통찮은 장소이긴 해도 달에 와 있었고, 때는 봄이 기지개를 켜는 때인지라, 도저히 자러 갈 수 없었다. 우리는 소녀한테 어떤 클럽, 그러니까 피드에서 들은 럼블 스폿이라는 클럽에 갈 것이라고 말했다. 그녀가 대답했다.

"글쎄."

내가 다시 청했다.

"가자. 그래야 관찰도 하지."

마티가 말했다.

"그래, 그곳에 가면…… 음, 제길, 하여튼 그곳에 가보면 말이야……."

말이 막히자 마티는 답답한 듯 손을 내저었다.

"그렇게나 같이 가자고 한다면야."

그녀가 상큼하게 말했다. 칼리스타가 웃었다. 문득 깨달은 건, 칼리스타의 마음이 소녀에 대해 사랑과 미움의 갈림길에 서 있다는 거였다.

우리가 몇 분 동안 걸었을 때 그 방향이 아마 미움 쪽으로 기울었지 싶다. 마티, 링크, 나 셋 모두가 바이올렛을 둘러싸고 걸으면서 갖가지 질문을 쏟아냈고, 그녀는 우리한테 이런저런 걸 물었다. 다른 여자애들이 뒤따라 오면서 썩 유쾌했으리라 생각할 순 없었다.

링크는 클럽에 가기 전에 준비가 있어야 한다며 어디 아이디 없이 한잔 할 수 있는 데가 없냐고 했다. 마티가 한 곳을 안다 했고, 솜브레로 닷이라는 곳인데 전에 사촌이랑 갔다는 거였다. 거긴 그다지 불법적인 장소는 아니라고 했다.

그리로 갔더니 이미 힐리고 없었다. 대신 꽤나 멋진 벽토장식의 쇼핑 센터가 서 있었고, 그래서 로가와 퀸디는 들어가서 좋은 게 있으면 사자고 했다. 그게 좋겠다 싶었다. 난 뭔가 사고 싶긴 했는데 그게 뭔지는 몰랐다. 그런데 잠시 둘러보니 모든 게 시시하고 너절해 보여서 우리가 원하는 게 뭔지 알 수가 없게 되어 버렸다. 피드의 도움으로 물건 가격은 모두 알 수 있었지만, 정말이지 내가 사고 싶은 건 단 하나 적외선 무릎 밴드 한 짝이었다. 그 멍청한 달 상점에서보다는 피드에서 좀더 나은 걸 찾았고, 그걸 집으로 보내도록 했다. 퀸디는 신발을 샀는데 상점을 나서자마자 그게 싫어지고 말았다. 마티는 자기가 뭘 사고 싶은지 도통 알 수가 없어서, 아주 하찮은 셔츠를 주문했다. 그건 너무 별볼일 없어서 아무 주문도 하지 않은 것이나 같다고 했다.

시간이 좀 늦어져 우리는 얼른 클럽으로 가려 했지만, 아직 술 한모금도 못한 터였다. 링크가 택시를 잡아 호텔로 가서 미니바를 부수자고 말했다.

튜브 도로를 주행하며 보니 달의 정책에 항거하는 시위가 한창 열리고 있었다. 아빠가 유럽 놈팡이들이라 부르던 그런 애들이 광장 한가운데 서서, 지나가는 아무에게나 구호를 외쳤다. 워낙 길길이 날뛰어 듣지 않을 수가 없었다. 우리가 탄 택시가 그들 곁을 달렸지만 그들이 세우진 않았다. 그들은 온갖 정책에 반대했고 일부는 심지어 피드에 항의하고 있었다. 그들은 이렇게 소리쳤다.

"내 머리 속에 칩이라니? 차라리 죽는 게 낫다! 내 머리 속에 칩이라니? 차라리 죽는 게 낫다!"

로가가 눈알을 굴리면서 외쳤다.

"오, 맙소사."

우리는 호텔로 돌아왔다. 꼬마들이 모조새를 들고서 홀을 뛰어다녔다. 모조새는 여전했다. 멍청한 것이 날기를 하나 노래를 하기나 하나.

우리는 여자애들의 침실로 가서 미니바를 부술 채비를 했다. 난 한방에 열었으면 했다. 바이올렛이 흥미를 잃은 듯이 보였기 때문이다. 그녀는 침대에 목석처럼 앉아 있었다.

"금방 돼."

내가 말했다.

그녀가 고개를 끄덕였는데 그냥 예의로 그러는 듯했다.

칼리스타가 링크에게 속삭였다.

"쟤 왜 저래?"

우리는 먼저 빗으로 미니바를 열려고 하다가 안 돼서 발로 찼다. 벽에다 그걸 내던졌는데 거의 중력이 없는지라 그리 힘들진 않았다.

"네, 아주…… 깨부수고 있네요."

마티가 중계하듯 말했다.

"염병할 걸 아주 박살을 내 버립니다."

"파괴자로군."

내가 말했다.

"파괴자," 링크가 내 코를 가리키며 말했다. "멋진 말인데."

이 밤의 가장 자랑스러운 대목이 겨우 '파괴자'라는 말이라면, 달 여행은 볼 장 다 본 거다.

바이올렛은 침대에 앉아 엄지손가락을 만지작거리며, 어깨를 떨어뜨린 채 발끝을 안으로 움츠리고 있었다. 사실 여자애들 모두가 불안한 듯했다. 칼리스타와 로가는 허공만 쳐다보며 피드에서 뭔가를 보고 있었다.

"염병할," 링크가 미니바를 차면서 말했다. "난 취하고 싶다고."

내가 말했다.

"지금은 취할 방법이 없잖아. 그냥 가자."

마티가 말했다.

"맬을 하면 되잖아."

"맙소사."

로가와 퀸디가 눈알을 굴렸다.

바이올렛은 이제 정말 불편해 보였다. 아주 분명한 건 우리와 함께 있고 싶어 하지 않는다는 거였다.

링크가 여자애들 안색을 살피고선 말했다.

"안 될 건 뭐야?"

"그만 둬, 링크."

내가 말했다.

"맬은 하지 않을 거야."

"로베리머라는 멋진 사이트가 있더라. 한 번 클릭하는 데에 팔십오 벅스, 그거면 한 시간 반 동안 우린 아주 뿅 가는 거야. 이렇게 마냥 헤맬 거 없어. 그게 제일 나아. 값도 싸고."

"젠장할! 거기로 접속해!"

마티가 말했다.

링크가 받았다.

"좋아, 가자……."

"그만 둬, 정말."

내가 말했다.

"아무도 해롱거리고 싶어하지 않아."

"난 하고 싶은데?"

링크가 말했다.

칼리스타가 비아냥거렸다.

"너 터프한 척하려고 그러는 거 아냐?"

"캬!"

마티가 재미있다는 듯 입을 벌렸다.

링크가 말했다.

"입 닫아, 마티."

칼리스타가 남자애들 모두에게 채팅을 보냈다.

고집부리지 말아. 특히 저 여자애는 근처에도 안 갈 테니까.

링크가 대답했다.

로베리머(사랑을 주는 사람-역주). 로베리머! 그 단어가 네게 뭐 느끼게 하는 거 없어?

그만 해, 링크. 중지하고 다른 사이트로 가.

링크는 제정신을 잃을 정도건 기분 좋을 정도건 간에 취할 방도가 없었고, 그래서 우리는 문 닫기 전에 도착하기 위해 곧장 럼블 스폿으로 향했다. 마침 클럽 행사인 청춘의 발산이 열려 영업 시간이 연장된 밤이라 우리는 입장할 수 있었다.

정신없이 시끄러웠다. 온갖 풍경이 펼쳐졌다. 엄청난 인파에 조명, 음악 소리가 달을 진동시켰다. 팔로 다리로 천장에 매달린 밴드, 대들보, 너울너울 떠 있는 잡동사니며, 바에서 춤추고 있는 멋쟁이 소녀들, 그리고 정말 때깔 나게 차려입은 패거리들이 있었는데, 입고 있는 타키온 반바지에 절로 눈길이 끌렸다. 피드에 따르면 가격이 789.99달러인데, 그 곳에서는 699달러에 세일 중이었고, 78.95달러를 추가하면 호텔로 배송되었다. 사람들이 입고 있는 것 중에 그게 단연 돋보였다. 휘둘러보니 갖고 싶은 게 많았고, 그 가격은 속속들이 내 머리에 입력됐다. 춤곡이 흘러나왔고 로가, 퀸디, 칼리스타는 이미 춤추러 나간 지 오래였다. 내 피드는 무대 위의 사람들이 추는 춤에 관한 정보와, 그 화상을 전송하느라 정신없이 바빴다.

바이올렛이 내게 소리쳤다. 난 한마디도 알아들을 수 없었다. 이렇게밖에 들리지 않았다.

"……알지? ……알잖아!"

내가 물었다.

"뭐라고?"

그녀가 내게 채팅을 보냈다.

이건 아수라장이야.

내가 물었다.

춤 안 춰?

추기 싫어. 이 사람들이 다 대학생이야?

거의 그렇다고 봐. 저기 저 남자 좀 봐, 저 사람이 목에 맨 걸 뭐라고 부르지? 박쥐넥타이?

나비넥타이.

나비넥타이구나.

나비넥타이를 맨 사람은 백 살쯤은 되어 보였는데 소녀들과 춤추고 있었다. 때 묻고 낡은 트위드 자켓을 입었고, 흰 머리는 노랗게 찌들어 있었다. 두 눈은 풀려 있어 맬을 한 것 같았다. 하지만 꼭 그렇다고 단정지을 순 없었다. 그 남자는 허공에 양 엄지를 찔러댔다.

바로 그때 인공 중력이 꺼졌고 졸지에 우리 모두는 둥실 떴다. 사람들은 목을 비튼 채 서로 엇갈려 떠다녔다. 바이올렛이 내 팔을 붙잡았다. 그녀는 몹시 불편해 보이긴 해도 중력기가 왜 고장났는지 관찰하는 듯했다. 그러나 고장이 났다 한들 그녀가 내 팔을 붙잡고 있는 이상 그리 나쁠 게 없었다. 그래서 내가 채팅했다.

걱정 말아. 우린 내려설 거야.

미안해,

그녀가 답했다.

괜찮아,

내가 말했다.

네 팔을 일부러 잡으려 한 건 아니었는데.

신경 쓰지 마.

내 팔을 잡은 그녀의 손에 내 손을 얹었더니 그녀가 웃으면서 손을 놓았다. 그때 우리는 다시 아래로 떨어졌고 서로 무릎이 엉겼다.

트위드 자켓의 사내는 제트벨트를 하고 있어서, 천장 가까이 날아다니고 있었다.

넌 즐거워 보이질 않는데.

내가 그녀한테 채팅했다.

즐거워질 거야.

언제?

난 이런 분위기에 익숙하지 않아.

뭘 하면 즐거운데?

언제?

이런 데가 아닌 곳에 있을 때.

난 달에는 처음이야.

내 말은, 장소가 어디건 말야. 뭘 하면 즐겁니?

나비넥타이를 한 남자가 우리 가까이 서 있었다. 링크한테 말을 걸려고 애쓰는지, 링크의 머리를 돌려 귀에다 대고 소리쳤다. 링크가 뒷걸음질쳤다.

넌 이곳이 즐겁니?

그녀가 물었다.

정말이지 달은 제대로 돌아가는 게 없어.

내가 말했다.

다음엔, 어디 그럼 화성엘 가 봐.

음, 화성엔 가 봤어. 거긴 멍청해.

내가 말했다.

갑자기 그녀가 웃었다.

진심으로 하는 말이야?

그럼, 진심이지.

맙소사, 화성은 없는 게 없는 완벽한 행성이야.

그리고 멍청하지!

멍청해?

그녀가 날 지치게 하기 시작했다.

내가 말했다.

그래, 멍청해.

다 갖춘 완벽한 행성이?

멍청해.

그러니까 완벽한 세상이?

멍청해.

오, 의미심장한 말이네.

그 붉은 행성은 똥덩어리였어.

뜻밖이야, 네가 그런 생각을 하다니—

그러나 그녀의 뒷말은 들을 수 없었다. 우리 피드의 작동이 멈췄던 것이다, 음악이 더욱 커지면서, 밴드가 「네게로 들어갈 거야」를 소리소리 질러댔다. 그녀는 내가 마음에 들지 않는다는 듯 팔짱을 끼고 있었고, 나도 그녀가 마음에 들지 않았다. 그리고 모두는, 그 노인조차, 흥분에 빠졌고, 누구나 할 것 없이 껑충껑충 뛰었다. 그리고 무대를 가로질러 흩뿌려지는 영상들: 토인들의 춤, 호리병 같은 악기, 살사 춤, 무너지는 둑 아래 집들, 이를 드러내고 웃는 여자들, 손끝으로 남자에게 기름을 바르는 여자들, 이를 빼는 여자들, 소녀들의 배, 소년들의 종아리, 옛날 '영화'에 나오는 로켓, 폭발, 비키니 복장, 콧구멍으로 다가가는 손가락들, 유도탄 격납고, 태양들— 그리고 노인이 우리 옆에 서서 소리를 질러댔는데, 우리는 알아들을 수가 없었다. 그러자 노인은 더 가까이 몸을 숙여 마티와 바이올렛, 그리고 링크와 나한테 말했다. 아니, 고함을 질렀다는 게 맞다.

"재앙의 시기가 닥치노라!"

우린 바라보았다.

"재앙의 시기가 닥치노라!"

우린 주춤주춤 뒤로 물러섰고, 단지 바이올렛만이 당황해서 그 자리에 섰다. 링크가 말했다.

"이런 제길, 노인네가 완전히 맛이 갔네. 정말 이건—"

"재앙의 시기가 닥치노라! 재앙의 시기가 닥치노라!"

노인이 금속 조종기를 뻗어 내 목을 건드렸다.

돌연 내가 노인이 한 말을 똑같이 외치는 게 느껴졌다. 나는 어찌할 바를 모르고, 흩뿌려진 영상을 가로질러 홀 안에 대고 소리쳤다.

재앙의 시기가 닥치노라! 재앙의 시기가 닥치노라!

멈출 수가 없었다.

노인은 조종기로 다시 바이올렛을 건드렸고, 링크와 마티를 건드렸다. 그러자 그들 모두에게서도 같은 소리가 터져 나왔다.

재앙의 시기가 닥치노라! 재앙의 시기가 닥치노라!

여기저기 그가 건드린 다른 사람들도 소리를 지르고 있었다. 마티는 이런 일은 생전 처음이라고, 오싹하다고, 말하려 했지만 자기도 모르게 터져 나오는 소리에 막혀 하고 싶은 말이 나오지 않았다. 다시 또 다시 우리 모두는 합창했다.

재앙의 시기가 닥치노라! 재앙의 시기가 닥치노라!

사람들이 우릴 향해 돌아서 바라보았다. 우리는 한 줄로 서 있었고, 노인은 우리 앞에 서 있었다. 주변에 있던 사람들이 흩어졌다. 경찰이 오고 있었다. 그걸 보긴 했지만 몸은 뜻대로 움직여지지가 않았다.

나는 얼굴에 타격을 받았다. 얻어맞은 곳은 입이었다. 그래도 입은 계속 목청이 터져라 *재앙의 시기*를 외쳤다. 우리는 외쳐댔고 또 외쳤다. 경관이 군중을 헤치고 다가오자 노인은 우리 모두의 합창을 넘어서는 광란의 외침을 시작했다. 그 무시무시한 외침은 모든 것을 압도하면서, 우리의 합창을 뒤덮으면서, 목소리로도 피드로도 양쪽으로 울려퍼졌다:

"*재앙의 시기가 닥치노라. 도로에는 피가 흐르고, 손가락은 믹스기 안에서 뭉개지리라. 냉각탑은 달 쓰레기에 파묻히고, 다리가 거꾸로 달린 모델들의 주검이 도로에 나뒹굴리라. 미*

소짓는 아이들만이 단죄받지 않을 것이며, 비겁한 자들은 길을 헤매다 썩어 문드러지리라. 보라, 기둥이 무너지고 있는 것을."

우리는 다시 또 다시 소리쳤다.
재앙의 시기가 닥치노라, 재앙의 시기가 닥치노라!
실내의 다른 이들 또한 소리쳤다. 바이올렛은 나만큼이나 공포에 질려 있었다. 내가 그녀의 손을 잡으려 애쓰자 그녀도 내 손을 잡으려 했다. 경찰이 우리 곁에서 노인의 머리통을 전자봉과 방망이로 두들겼다. 그가 한쪽 무릎을 꿇었다. 마침내 내 손가락이 바이올렛의 팔목에 닿았다. 손목은 아주 부드러웠고, 한 번도 느껴 보지 못한 감촉이었다. 마치 바람 속을 날고 있는 백조의 목 같다고 할까.
경찰이 우리 곁에 다가와, 속삭였다.
"이제 너희 주둥이를 막아야겠다. 너희 주둥이를."
그리고 우리에게 전자봉을 댔고, 우리는 쓰러졌다. 그게 끝이었다.

2부 에덴

깨어남

처음 느낀 건 구매 신용이 사라진 것이었다.

내 구매 신용을 찾아보았으나, 아무것도 없었다.

내가 있는 곳은 작은 방이었다.

보니까 나는 침대 위에서 팔을 베고 자고 있었다. 어딘지는 알 수 없었다. 내게 위치를 알려줄 달 GPS를 찾을 수가 없었다.

누군가 내 머리에 메시지 하나를 남겼다. 내가 접속하려고 하는 곳마다 아무 신호나 반응이 없으며, 현재 나는 피드넷에서 단절되었다는 내용이었다. 난 링크, 그리고 마티와 채팅을 하려 했지만 소용없었다. 어떤 신호도 가지 않았다. 확실히 나는 현재 피드넷과 두절된 것이다. 갑자기 두려워져 지구에 있는 엄마 아빠와 채팅을 시도했지만 신호가 가지 않았다. 난 현재 먹통이었다.

그래서 눈을 떴다.

빈둥대기

"아무것도 안 돼."

바이올렛이 말했다.

난 일어나서 그녀 옆 의자에 앉았다. 우리가 있는 곳은 병원이었다. 우린 억류되어 있다.

링크는 여전히 자고 있었다. 간호원들이 지나갔다.

내가 말했다.

"아무것도 볼 수가 없어, 피드를 통해서."

그녀가 말했다.

"그래. 내 병원 가운을 통해서도. 그러니 헛수고 그만 해."

나는 웃었다.

"너도 알겠지만, 내 생각엔 아마도……."

"네 생각이 맞을 거야. 사과주스 마실래?"

우리는 십오 분이나 이십 분쯤 앉아 있었다. 머리 속이 온통 적막했다. 진짜 한심했다.

"뭘 하지?"

그녀가 물었다.
난 뭘 해야 할지 알 수가 없었다.

따분함

 단지 벽뿐이었다. 우리는 벽을 쳐다보았고 서로를 쳐다보았다. 우린 정말 초췌해 보였다. 머리 꼬락서니하고는. 우린 원격 감지기를 단 채 혈액과 뇌를 점검받고 있었다.
 벽은 다섯 개였는데, 그건 방이 찌그러져 있기 때문이다. 한쪽 벽에는 범선 그림이 걸려 있었다. 연못인지 호수인지에 범선이 떠 있었다. 난 그 그림에서 아무런 흥미도 느낄 수 없었다. 거기에는 도대체 어떤 일어날 만한 일이나 일어났었을 법한 일이 아무것도 없었다.
 그런 그림을 그린 이유가 도대체 뭔지 전혀 이해가 되지 않았다.

따분함의 연속

 우리가 자고 있는 동안에 이미 부모님들이 파악되었다. 해커에게 당하지 않은 건 단지 로가뿐이었다. 로가는 그 사람이 너무 소름끼쳐서 멀찌감치 떨어져 있었던 것이다. 또 다른 이들, 우리가 만난 적도 없는 사람들이 당했고 그들 역시 억류되었다. 그자가 건드린 사람들은 모두 열세 명이었다.

 경찰관이 의자에 앉아 기다리고 있었다. 그가 말하길 우리는 당분간 피드넷과 연결이 되지 않을 터인데, 경찰이 사건의 전모를 파악하고 바이러스들을 점검하고 또 법정에서 그자에 대한 증거로 쓸 정보를 수집하기 위해 피드 내역을 해독할 때까지라 했다. 또 이미 그자의 신분을 알아냈는데 그자는 해커로서 아주 악질적인 반항자라 했다.

 우리는 놀라서 다들 머리로 손이 갔다. 졸지에, 우리 머리가 텅 빈 듯했다.

 그래도 병원은 호텔보다 한결 나은 중력이 작동되고 있었다.

그리운 피드

난 피드가 그리웠다.

피드를 맨처음 쓰게 된 게 언젠지는 모르겠지만, 아마도 오십 년이나 백 년 전이었겠지. 그 전에는 사람들이 손과 눈을 써야만 했다. 컴퓨터가 다 신체 외부에 있었다. 사람들은 손으로 컴퓨터를 들고 다녔는데, 그건 마치 허파를 손가방에 넣고 다니면서 숨쉴 때마다 가방을 여는 것이나 마찬가지다.

최초로 피드가 등장하자 사람들은 흥분했다.

알고 있듯이 이 엄청난 교육적인 물건으로, 그래요, 당신의 아이들이 혜택을 받게 됩니다, 백과사전을 손 끝에, 손 끝보다 더 가까이에 갖게 되죠, 등등.

그것은 피드의 위대함 중의 하나다—노력 없이도 만물박사가 될 수 있는 것이다. 이제는 누구나 만물박사다. 과학이든 역사든, 예컨대 조지 워싱턴이 시민전쟁의 어느 전투에서 싸웠는지를 알려고만 하면 자동으로 알 수 있다.

그 정도에서 그치지 않는다. 단지 교육적 내용에 머물지 않고, 그 어떤 일이든 피드 상에서 이루어진다. 모든 방송과 긴급 뉴스가 전부 거기에 있고 또한 온갖 오락이 있다. 지금 피드 없는 내가 그리워하는 오락이. 여자애들은 다들 인기 있는 피드 방송 프로그램 「오? 우와! 짱!」을 그리워했는데, 거기에 나오는 애들은 우리처럼 다들 그만그만하고 잘 토라졌다. 그게 바로 여자애들을 홀딱 빠지게 하는 매력이었다.

무엇보다도 피드의 가장 큰 자랑거리, 피드를 정말로 위대하게 만든 것은 우리가 원하고 희망하는 걸 피드가 속속들이 안다는 것이다. 때로는 자신이 미처 깨닫기도 전에 알아낸다. 원하는 걸 어떻게 얻을지를 알려 주고, 세심하게 구입 결정을 내리도록 도와준다. 우리가 생각하고 느끼는 모든 것이 업체들에 전달된다. 주로 피드링크, 온피드, 아메리칸 피드웨어 같은 정보 업체들이다. 이런 업체는 특수 개인 정보, 바로 개인에게 맞춤 구매 목록을 만들어서 그걸 자회사에 보낸다. 또 다른 회사들이 그걸 사기도 한다. 그들은 우리가 필요로 하는 것이 뭔지를 알 수 있다. 그래서 우리는 단지 뭔가를 원하기만 하면 그걸 자기 걸로 만들 기회가 열려 있는 것이다.

물론, 누구나 할 것 없이, *그런 줄 알고 있었어. 흉악한 기업가 놈들, 에이 나쁜 놈들.* 그렇게 말하듯이, 그들이 모든 걸 조종한다는 걸 우린 다 안다. 말하자면, 그건 좋은 게 아니다. 그들이 얼마나 사악해질지 누가 알겠는가. 다들 그 점을 걱정한다. 하지만 그들이 아니라면 어떻게 이 모든 걸 얻을 수 있겠는가. 화를 내봤자 쓸데없는 일이다. 왜냐하면 당신이 좋아하든 좋아하지 않든 간에 모든 걸 조종하는 건 바로 그들이니까. 게다가 세상 사람들을 전부 고용한 것도 그들인데 그들 없이 우리가 뭘 할 수 있단 말인가. 그리고 정말 대단한 건 언제라도 우리가 뭔가를 원하기만 하면 다 알아서, 우리 뇌 속에, 그걸 즉시 앉혀 놓는다는 것이다.

사실상 나를 비참하게 하는 건 그들이 날 전혀 돕지 못하는 경우이다. 그렇게 된 지금, 난 그냥 누워서 아무 게임도 못하고 누구랑 채팅도 할 수 없었다. 아무런 할 짓도 없어 그 엉터리 배 그림을 쳐다보았는데, 더 한심한 건 이제 보니 사람 하나 타고 있지 않은 배였다. 그건 진짜 멍청하게 느껴졌는데 돛은 올려져 있고, 키야 뭐 어떤 키라도 있겠지만 배 위에서 수평선을 바라보는 사람 하나 없다니.

저장과 운반

 몇 개의 메시지가 저장되어 있었는데, 그건 피드가 멈춘 후부터 지금까지 온 거였다. 난 그걸 침울하게 앞뒤로 넘기며 살펴봤다. 하나는 미친 얼간이한테서 온 메시지였는데, 내용은 이랬다. *당신은 연민의 동맹에 의해 해킹되었다.* 또 하나는 웨더비 앤 크로치에서 행하는 멋진 세일 건이었다. 이제 그걸 놓치고 만 셈이다. 정말 안타까웠다. 이 기회에 몇 가지 멋진 할인 상품을 장만할 수 있었는데. 예컨대, 거기 나온 상품 중에 옆주머니 달린 트림 셔츠, 그건 진짜 사고 싶었던 것이었다. 무인도에 갇힌 것 같은 이런 황당한 처지가 되지 않았다면.

밤, 따분함

 토요일 밤이었다. 주 전등이 꺼졌다. 우린 다들 피드가 끊긴 채 하루를 보냈다. 우리 부모님들은 아마 벌써 달에 도착했을 것이고, 내일 아침이면 병원으로 올 터였다.
 깨어난 뒤로 우리는 거의 하루 종일 벽만 바라봤다. 우리는 침대에 앉아서 침대 밑을 발로 차고 있었다. 아무도 「네게로 들어갈 거야」 곡조를 입 밖에 낼 수 없었다. 누가 그 노래를 시작하려고만 하면, 다들 욕설을 해대며 관두라고 했기 때문이다. 그러나 우리는 참을 수가 없었고, 입 밖에 내는 대신 발로 박자를 맞추기 시작했다.
 링크가 마지막으로 깨어나 실내를 왔다갔다 했다. 오후에 로가가 우리를 찾아왔다. 로가는 계속 "어머나, 아휴!" 하면서 안 됐다는 목소리로 쉬지 않고 떠들어댔다. 그것까진 괜찮았다. 로가가 말을 멈춰 드디어 우리에게 말할 기회가 왔나 싶으면, 그때마다 로가는 엠-채팅으로 지구에 있는 친구들한테 온갖 소식을 보내는 중이었다. 이따금, 로가는 깜박 자기도 모르게 입 밖으로 소리를 냈다. "맙소사! 그렇다니까! 바로 여기서!"라거나 "여보세요……?" 등등 머리 속에서 하고 있는 이야기를. 뭐가 우스운지 깔깔대기도 했다.

로가가 불쑥 욕실로 가서 머리 모양을 고치고 나왔다. 칼리스타와 퀸디가 그녀를 바라보았다.

둘은 나중에 아무 말 없이 욕실로 가더니 로가와 똑같은 머리 모양새를 하고 나왔다.

마티는 입에 붙은 "이런 젠장. 이런 염병할," 하는 말을 수시로 뱉아냈다. 밖에 나가서 농구나 그런 거를 하고 싶었던 것이다.

아무 할 일이 없었다. 바이올렛은 무릎 위에 손을 놓고 그것만 바라봤다. 난 그녀를 쳐다보았다. 웃음지으며, 사뭇 친근한 눈길로. 그녀는 날 한 번 보곤 다시 자신의 손만 바라보았.

이제 밤이었고, 큰 전등은 모두 꺼졌다. 우리는 누워 있었고, 거기에는 우리의 맥박이나 뭐 그런 거를 재는 기계들이 있었다. 우리는 모두 잠을 청했다.

난 바이올렛이 마루를 지나 욕실로 가는 소리를 들었다. 잠시 후에 그녀가 돌아왔다.

"나 좀 봐."

내가 불렀다.

"왜?"

그녀가 멈춰 섰다.

"여기…… 잠깐 앉을래?."

나는 말하며 베개 위로 몸을 일으켰다.

바이올렛이 내 침대 옆 의자에 앉았다. 내 맥동파 위로 그녀의 콧등 선이 보였다. 맥동파는 녹색으로 고동치고 있었다.

우리는 그렇게 잠시 앉았다. 난 생각했다. *이거 멋진데. 우린 그저 여기 앉아 있어. 무슨 말이 필요하겠어.*

난 정말로 흐뭇했고, 머리를 다시 베개에 뉘였다.

그녀의 얼굴을 자세히 보았다. 내 맥동파 불빛에 어른대는 바이올렛의 눈물이 보였다.

"너 지금…… 울고 있니?"

"그래."

그녀가 말했다.

"너 그렇게……."

나는 하고 싶은 말을 어떻게 표현해야 할지 몰랐다. 기껏 이랬다.

"울보 같지는 않은데."

"맞아."

그녀가 말했다.

우리는 앉았다. 침묵을 지키는 게 약간 불편했다. 그녀가 얼굴을 숙이자 뺨의 윤곽이 내 뇌파에 겹쳐 보였다. 뇌파의 파동은 붉고 삐죽삐죽 했다.

바이올렛이 스스로에게 중얼거렸다.

"바이올렛, 너는 보통 사람들처럼, 현실을 사는 보통 사람들처럼, 단 하룻밤 즐겁게 보내기를 원했지. 그리고 갑자기 엉망이 되어 버렸구나."

"넌 엉망이 아니야."

"난 망가졌어."

우리는 그렇게 앉아 있었다. 난 그녀를 즐겁게 해줄 수 있는 말을 하고 싶었지만, 그건 쉽지 않다는 생각이 들었다. 때로 누군가에게 딱 맞는 말을 하는 건 일종의 뇌수술 같은 것이라, 정확한 돌기를 제대로 찾아내야 한다. 더구나 평소에 대화를 나누는 사이가 아니라면 그건 낡고 녹슨 칼 따위로 뇌수술을 하는 것과 같다. 곧, 그런 칼로 바닷가재의 잘 익은 부분만 골라 먹어야 하는 것이나 다름없다. 정확한 지점을 집어내야 한다. 만약 그 옆을 건드리면, 그녀는 펄쩍 뛰며 "아악!" 비명을 지를 것이다. 이런 생각을 하다가 난 아무 말도 안 하는 게 낫겠다 싶어졌다. 왜냐하면 내가 할 수 있는 멋진 말, 예컨대 "어젯밤에 네가 외출한 건 정말 다행이야. 그래서 난 널 만날 수 있었어."라든가 "내 생각에 넌 정상이야." 따위를 떠올렸지만, 모두 진부해 보였으니까.

그래서 우리는 단지 거기에 함께 앉아서 아무 말도 하지 않았다. 그건 그리 나쁘지 않았다.

뇌파 불빛에 비치는 나의 미소를 그녀가 볼 수 있었으면.

아빠

　아빠가 다음날 아침에 왔다. 오래 머물진 않았다. 아빠는 매우 강인하고 사무적이었다. 정장 차림으로 명령을 내리며 무엇이든 해치울 기세였다. 병원 사람들을 모두 멍청이로 보는 듯했고, 직접 소매를 걷어붙여 즉각 사태를 처리할 태세였다.
　아빠가 서서 잠시 나를 응시했다. 내가 말했다.
　"왜요, 아빠?"
　아빠는 놀랐는지 한순간 눈을 껌벅거렸다.
　"오. 젠장. 그래, 잊었군. 엠-채팅이 안 된다는 걸. 바로 말하지."
　내가 이랬다.
　"우린 어떻게 되는 건가요? 냄새쟁이는 잘 있나요?"
　"네 동생한테는 이름이 있잖아."
　"엄마는 어때요?"
　"엄마는, 음, 아주 충격을 받았어. 이번 사건은 말이야……
예사롭지가 않아."

아빠가 말했다.

나는 바이올렛이 우리를 주시하고 있음을 느꼈다. 그녀가 듣고 있었다. 우리를 따분하다거나 멍청하다고 생각할까 봐 걱정이었다.

아빠는 내게 무슨 일이 있었는지 말해 보라고 했다. 난 어떤 부분은 묻어 두고, 예컨대 미니바를 부수려 했던 것 따위는 빼고 말했다. 아빠는 다만 머리를 끄덕이면서 이랬다.

"그래서, 그래, 그래, 아 그렇지, 그래, 젠장, 좋아."

마침내 아빠가 일어섰다. 아빠는 화가 났는지 두 손을 치켜들고 말했다.

"그들이 네 기억을 소환하겠다는 건데. 그래 그러니까 음…… 좋아, 이런 허튼 수작이라니."

잠시 뒤에 아빠는 이 자리에 없는 누군가에게 말했다.

"그래요, 알았어요."

그리고 날 돌아보며 말했다.

"경찰한테 갔다 오마."

"난 언제 집에 갈 수 있어요?"

아빠가 귀에다 손을 대더니 "알았어요." 하고, 입을 씰룩거리고는 누군가에게 고개를 끄덕였다.

아빠가 내 무릎을 탁 치고는 떠났다.

난 벽을, 그 엉터리 배 그림을 바라보고 있었다.

퀸디가 바이올렛한테 말하는 게 들렸다.

"네 부모님은 언제 오시니?"

그녀가 생기 없는 목소리로 대답했다.

"부모님은 바쁘셔."

"바빠?"

"그래, 일 때문에. 아무래도 못 오실 거야."

봄날

 다음날 아침, 상황이 변할 아무런 기미가 보이지 않았다. 우리는 획기적으로 기분 전환을 할 수 있는 일이 필요하다고 결정했다.
 그래서 마티가 이런 걸 고안했다. 피하 주사기 바늘을 튜브로 불어서 벽에 걸린 인체 해부도에 맞히는 다트 게임. 우리는 바늘을 불어 불알에다 맞추기로 했다.
 그건 멋진 하루, 내 생에서 가장 멋진 하루의 시작이었다. 우리는 모두 그 다트 게임을 했고, 낄낄대며 「네게로 들어갈 거야」를 불렀다. 다들 웃으며 까불었다.
 놀랍게도 바이올렛이 다트 게임에서 최고였다. 번번이 그녀가 이겼다. 난 풀이 죽었다.
 그녀가 내게 몇 수 가르쳐 줬다. 그건 정말 황홀했다. 그녀가 내 손을 잡고 튜브를 내 입에 물렸다.
 그녀가 속삭였다.
 "훅 불어. 혀를 써서."

바이올렛의 말은 매우 야하게 들렸다. 링크와 마티가 그걸 두고 놀려댔지만, 그녀는 아랑곳하지 않고 때로 한 손을 내 어깨에 올린 채 옆에서 도와주었다. 그녀가 체중을 내 어깨에 실었다.

그때 로가가 잠시 병원에 들렀다. 여자애들의 인기 피드 방송, 「오? 우와! 짱!」이 시작되는 바람에 우리는 게임을 잠깐 멈추고, 모두 로가에게 재촉을 해댔다.

"어찌 됐어? 어찌 되어 가는지 말해 봐."

다들 짧은 가운을 걸친 채 그녀를 에워쌌고, 그녀는 침대에 다리를 꼬고 앉아 이야기했다.

"그래, 이제 그렉이 걸어 들어가서, 그가…… 맙소사, 완전 정상이 아니야— 완전히 맬 상태야. 그리고 스티브는 소파에서 울고 있어. 오케이, 그래서 그녀가 가서……."

로가는 우리한테 방송이 어떻게 돼 가는지 이야기해 줬고, 우린 모두 앉아서 미소짓고 있었다. 로가가 이처럼 이야기를 잘하는 건 처음 봤다. 더러 손짓이며 표정을 썼고, 두 눈은 비어 있어서 어딘가 다른 세상을 보는 듯했다. 내 생각에 그녀는 그 세상에 가 있었다.

"잭, 그가 뱃머리에 앉아 있네? 응, 이제 손을 들고서, 가고 있어……. 가고 있어……. 어머나, 이제, '오가넬, 우리가 처음 항해를 떠난 뒤로 항상 널 사랑했어' 하고 말하네."

퀸디가 말했다.

"오, 맙소사! 진짜 낭만적이야!"

"이렇게 말해. '오, 아름다운 그대여, 그때 그 밤처럼, 그래 맞아, 언제나 젊은 시절일 것 같았던 그날 밤처럼, 따뜻한 바람이 불어오는 걸 느낄 수 있어. 당신도 그걸 느껴 봐.'"

우리는 모두 전율하여 몸을 떨었다. 로가 계속 말을 이었다.

"바다 냄새를 맡을 수 있어. 달이 떴어. 하늘 한가운데 은은하게."

퀸디는 기어이 눈물을 흘리며 훌쩍거렸다.

바이올렛과 나는 쳐다보았다. 우린 서로의 눈길을 피하지 않았다.

우리는 여전히 그렇게, 서로의 눈동자와 얼굴을 바라보고 있었다. 그때 의사가 들어오더니, 흥분해서 눈에 불을 켜고 야단쳤다.

"진료실이 어째 이 모양이야, 주사바늘이, 온통 저게 뭔가? 전문 의료기관에서 이렇게 위험스럽고, 병원의 재산을 낭비하는 행동을 하다니? 감염 위험도 높아지잖아."

다행히도 링크 엄마가 들어오다 이런 호통 소릴 들었고, 성격이 매우 괄괄한 그녀가 의사한테 거리낌없이 자기 생각을 말했다. 링크 엄마는 의사한테 말했다.

"쟤들이 아주 끔찍한 일을 당해서 스트레스를 견디기가 어려운 모양인데, 뭔가 놀 거리가 있어야 할 게 아닌가요. 의사 선생님이 이해해 주세요."

난 우리가 만들어 놓은 난장판이 매우 유감스러웠다. 바이올렛의 얼굴은 완전히 홍당무였다. 그나마 의사는 더이상 심하게 혼내지는 않았다.

그녀 가까이 있던 침대 몇 개가 치워져서 좋았다. 서로를 바라보며 손으로 신호를 보낼 수가 있었다. 우린 다들 이런 대화를 나눴다. 추억의 음악, 그러니까 우리가 어렸을 때 들었던 음악이며, 당시 날렸던 온갖 잡동사니 밴드들. 그리고 마치 양로원의 노인네들처럼 껄렁한 패션을 입기 좋아했던 중학생 시절도 화제에 올랐다. 그 해 L.A.지역에서 불어온 대유행 패션 같은 걸 입고 싶어했던 기억. 그때는 그런 이상한 복고풍이 유행이었고, 그래서 우린 몸에 끼는 반바지와 벨루어 셔츠를 입었으며, 칼리스타는 웨더비 앤 크로치에서 아주 바보같은 액세서리 인형을 샀던 것까지 기억했다. 반바지를 가슴까지 당겨 입으라는 그런 얼빠진 광고도. 바이올렛은 집에 아직도 그때 산 지팡이가 있다고 했다.

우리가 바이올렛의 침대에 나란히 앉아 저녁 식사를 할 때, 그녀가 내게 말했다.

"이러고 앉으니 좋다."

"기분이 묘한데."

내가 말했다.

"아마도 지금이 우리의 봄날일 거야."

"봄날?"

"알잖아. 행복한 시간이라고."

"이렇게 함께 어디에서 있으면 좋을까?"

그녀가 말했다.
"농장."

정원

 바이올렛이 의사와 면담하러 그 장소를 떠났다. '그 장소'라고 부르는 까닭은 우리가 진료실을 인체 해부도의 불알에 바늘을 날리는 장소로 사용하고 있었기 때문이다.

 링크와 칼리스타가 진동 욕조 옆에서 아주 바싹 가까이 서 있었고, 난 둘이 사귀기로 했다는 걸 눈치챘다. 링크를 완전히 흐물흐물하게 만들어 버리다니, 칼리스타는 대단했다. 대단하고 말고, 링크는 멋진 녀석이니까. 퀸디가 평판 위에 앉아서 그들을 노려보았다.

 바이올렛이 의사를 만나고 돌아왔다. 그녀는 잔뜩 흥분되어 있었다. 뭐가 잘못 되었느냐고 물었다. 그녀는 어떤 장소를 찾았는데 내게 보여주고 싶다고 했다. 난 그녀를 따라갔다. 우리는 홀 쪽으로 나갔다. 진료실에서 들리는 고함소리가 점점 멀어졌다. 우리는 몇 개의 튜브를 지나 걸어갔다. 이동 침대에 눕혀진 사람들이 자동으로 흘러갔다.

 그녀가 내 앞에서 걸어갔다. 그녀의 슬리퍼가 찰박, 찰박, 스리릭, 찰박 소리를 내며 바닥에 끌렸다. 부드럽게, 마치 입맛을 다시는 소리 같았다. 난 뒤에서 그녀를 바라봤다. 우리가 업튜브가 열리기를 기다리느라 멈추었을 때 그녀가 발뒤꿈치를 들어올렸고, 발꿈치가 슬리퍼 밖으로 나왔다. 그녀는 발가락 끝으로 슬리퍼를 무심코 밀었다 당겼다 하며 타일 바닥을 문질렀다. 업튜브가 열리자 그녀는 발을 도로 슬리퍼 속으로 집어넣었고 찰박, 찰박, 스리릭, 찰박 소리를 내며 곧장 안으로 들어갔다. 그녀는 커다란 창문 앞으로 날 데려갔다. 우린 그 앞에 섰다. 창 밖에 정원이 있었는데 아마 저런 걸 안마당이나 테라륨(실내 온실)이라 하겠지? 하지만 테라륨 위쪽 유리 천장은 부서진 지 오래였고, 모든 게 죽은 채 달의 먼지를 흠뻑 뒤집어쓰고 있었다. 온통 회색이었다.

공기와 열이 정원으로 뿜어져 나오고 있었는데, 쓰고 난 다량의 공기가 위쪽 구멍을 통해 공간으로 빠져나가고 있었다. 정원에 있는 죽은 나무의 줄기가 모두 곤추서서 앞뒤로 찰싹대며 별들이 보이는 천장의 깨진 틈을 향해 치솟고 있었다.

"우와!"

내가 소리쳤다.

"아름답지 않아?"

"저건 뭐랄까…… 마치 하늘과 사랑에 빠진 오징어 같아."

그녀는 말없이 날 빤히 바라보기만 했다. 그 눈길이 좋았다. 오랫동안 그런 느낌을 가져 보지 못했었다.

그녀가 내 머리카락을 매만지며 말했다.

"너희들 중에 오직 너만 비유를 쓰는구나."

그녀가 나를 바라보았고 나도 그녀를 바라보았다. 나는 다가섰고, 우리는 키스했다. 잿빛 줄기들이 서로를 쳐댔다. 그것들은 죽은 정원 가장자리에서 은하수의 허리를 때리며 몸부림치고 있었다. 처음으로 나는 그녀의 척추 마디마디를 손가락으로 느꼈다. 고요한 별들을 향해 분출되는 공기에 나무 줄기들이 흔들리며 서로 철썩거렸다.

죽은 언어

 우리는 마티가 '죽어 가는 전사의 투쟁'이라는 게임을 개발하는 걸 지켜보고 있었다. 침대 난간에 자신의 사지를, 팔이며 다리를 고무 튜브로 묶었다. 그러고선 일어나 걸으려 애썼다. 그러나 그리 멀리 가지 못했다.

 바이올렛과 난 침대에 앉아 박자에 맞춰 다리를 흔들고 있었다. 우리는 가족에 대해 이야기했다. 난 나이 어린 동생이 있다고 그녀한테 말했다. 그녀는 내 동생 이야긴 처음 듣는다고 했다. 아직 어리고 정말 골칫덩어리라고 나는 말했다.

 바이올렛이 엄마 아빠에 대해 물었다. 내가 말해 줬다. 아빠는 금융 관련 일을 하시고, 엄마는 디자인을 한다고. 난 사실 아빠가 하는 일을 정확히는 몰랐다. 어쨌든 아빠는 업무를 떠나서 달에 와 있고, 내일까지는 이곳에 있으면서 우리 피드에 대한 정보를 알려 줄 거다.

 내가 그녀의 아빠는 뭘 하느냐고 묻자, 그녀가 말했다.

 "아빠는 대학 교수야. 죽은 언어들을 가르쳐."

"그걸 사람들이 배워?"

그녀가 어깨를 으쓱했다.

"그런가 봐."

"아하. 그런데 죽은 언어란 건 뭐야?"

"그건 말하자면 한때는 중요했는데 더 이상은 아무도 쓰지 않는 언어야. 오랫동안 쓰이지 않았고 단지 역사학자들만 쓰지."

"이를테면 어떤 언어?"

"들어 봤을 거야. 포트란, 베이직."

"그런 언어는 어떻게 소리를 내는 거지?"

그녀가 침대에서 내려가더니 자기 가방을 집어들었다. 그걸 열고 뭔가를 꺼냈는데 펜이었다. 종이도 있었다.

난 흥미롭게 그녀를 쳐다봤다.

"쓴다고? 펜으로?"

"그럼."

그녀는 당황스러운 듯 대답했다. 그녀가 뭔가를 썼다. 그리고 내 무릎에 종이를 내려놓았다.

그녀가 내게 물었다.

"너 읽을 줄 아니?"

난 고개를 끄덕했다.

"읽을 줄 알아, 조금. 학교에서 질문을 했었지. 묵음 'e'가 웃기는 것 같아서 말이야."

"이건 베이직이라는 언어야."

그녀가 말했다.
종이에는 이렇게 쓰여 있었다:

002110 Goto 013500
013500 Peek 16388, 236
013510 Poke 16389, 236

그녀가 내게 읽어 줬다. 나도 숫자들은 무난히 읽을 수 있었다.
"근데 그게 무슨 뜻인데?"
내가 물었다.
"아빠가 첫날 학생들한테 맨 먼저 가르치는 거야. 그 뜻은, '왔노라, 보았노라, 정복했노라.'"
난 그녀의 펜을 바라보았다.
"넌 항상 쓰는구나."
난 진짜 경외심을 갖고 말했다.
"어릴 때부터 그랬어."
"네가 쓰는 건……?"
"소설이나 그런 건 아냐. 단지 내가 보는 걸 가끔 써 두는 거야."
"종이에다?"
"응."
난 그녀를 쳐다보며 말했다.

"넌 참 재미있는 별종이야."

그녀가 아주 살며시 끄덕했다.

"손가락이 아프지 않아? 잘 때 이렇게 손가락으로 집게를 만들던데?"

내가 물으며 손집게를 만들었다. 그녀도 손집게를 했다. 우린 손집게로 서로를 긁었다.

그녀가 머리를 흔들며 미소지었다.

내가 물었다.

"넌 왜 피드를 사용하지 않지? 그게 훨씬 빠른데."

그녀가 대답했다.

"난 잘났거든, 정말."

"어이구, 그거야 이미 우리가 다 눈치 챘거고. 진지하게 말해 봐."

"진지하게."

갑자기 무언가 머리를 때렸다. 난 그녀를 찬찬히 바라보았다.

마티의 죽어 가는 전사 게임은 절정으로 치닫고 있었다. 마티가 무릎을 꺾고 쓰러졌다. 죽어 가는 전사는 침대 쪽으로 고무 튜브의 탄성에 의해 끌려가고 있었다. 볼을 부풀리며 두 주먹을 꽉 쥔 채로 힘을 주어 손가락이 파래졌다. 팔 근육이 불룩 불거졌다. 칼리스타와 링크가 입에 손을 대고 휘파람을 불어 댔다. 병동의 다른 사람들이 고함을 질렀다.

"조용히 해! 너희들 조용히 하지 못하겠니?"

내가 바이올렛한테 물었다.

"네 아빠는 대학 교수라면서 얼마나 바쁘시길래 해커한테 이렇게 당했는데도 보러 오시질 않니? 그렇게 바쁘시니?"

그녀가 내 눈 속을 들여다보며 말했다.

"아니, 내가 그렇게 말하긴 했지만."

퇴원

 봄날이 영원히 계속될 수는 없었다. 우리는 정말 지구로 돌아가고 싶었다. 모두들 달에서 일어났던 사고를 잊어버리고 싶었다.
 화요일, 점심 시간 바로 전에 의사와 여자 경찰관, 그리고 기술자가 들어왔다. 우리 부모님들은 한쪽 구석에서 이야기를 나누고 있었다. 우리는 우주선 재난 사고들에 대해 이야기하며 둘러앉아 있었다.
 그 기술자가 우리를 불러모아 이런 설명을 늘어놓았다. *늦어져서 미안하다, 하지만 만전을 기하기 위해서였고 영구적인 해킹은 있을 수 없으며 우리의 피드는 안전하다.* 등등. 그는 또 이렇게 말했다.
 모두에게 아주 고통스런 시간이었음을 안다, 이제 곧 아무 지장 없이 회복되어 정상적인 서비스가 제공될 것이며, 이런 곤란을 겪게 된 것을 대단히 미안하게 생각한다, 경찰의 요구에 따라 우리의 데이터를 넘겼다, 그래, 이렇게 인내를 갖고 기

다려 준 데 대해 고맙게 생각한다.

한 사람씩 우리는 검사실로 들어갔다.

거기엔 간호사들과 의사들, 그리고 그 기술자가 있었다. 간호사들은 중계 장치를 보며 우리의 혈압 따위를 체크하고 있었다. 그들이 말했다.

"아무 걱정 말아. 잠깐이면 모든 게 회복되니까."

의사가 내 머리에 부팅기를 대며 물었다.

"좋아. 파악이 되나, 대뇌 변연계 활동 말이야?"

부팅기가 목에 닿아 차가웠다. 그 주위 잔털이 곤두서는 걸 느꼈다. 약한 정전기 같은 게 일었다.

그들이 부팅기를 조금 움직였다. 삑삑 소리가 들렸다.

"이제 느낌이 올 거야."

한 간호사가 말했다.

난 아무 느낌도 없었다. 주위를 둘러보았다. 그들이 나를 가까이서 관찰하고 있었다.

"아뇨."

내가 말했다. 난 침대에 눕혀졌다. 아무 느낌이 없었다.

"아무것도. 아무 느낌도 없어요."

"머리를 움직이지 마."

의사가 말했다.

그가 부팅기를 들어올렸고 다시 삑삑 소리가 났다.

난 발뒤꿈치로 침대를 찼다.

"안 돼요, 아무것도."

"잠깐—"

간호사가 말했다.

맥박 상승. 올라감.

대뇌 활동은 정상인가?

아주 과민합니다.

괜찮아. 잠깐이면 부팅 프로그램이 치고 들어갈 거야.

기억 형성이 판독됩니다.

신호가 걸립니다.

아직 외부 중계 장치를 끄지 마.

……포드 라퓨타. 월간

잡지 「하늘과 교외」는 그만한 업카가 없다고 보도했습니다. 우리도 동감입니다…….

"됩니다."

간호사가 말했다.

……당신을 아주 매혹시키는 강력한 T44 페르미온 리프트, 초당 오십 미터 수직 상승—당신이 안락과 품격과 신분을 원한다면, 유려한 인테리어와 인간 공학적으로 디자인된 계기반이 그것을—

그들이 내 등을 철썩 쳤다. 의사와 난 벌쭉 입을 벌리고 웃었다. 난 일어나서 다른 방으로 갔고, 이제 우리 모두가 느끼기 시작했다. 우리 피드가 제대로 작동됨을.

……이름은 테리 퐁크, 당신께 상체 단련에 대해 모든 것을 알려 드립니다……

그리고 피드가 우리한테 쏟아붓기 시작했다. 그 모든 것, 피드넷의 모든 걸. 우리는 늘 즐기던 것들을 흠뻑 느낄 수 있었고, 또한 우리 파일이며 엠-채트라인이 물처럼 우리를 적셨다. 마치 가뭄에 단비처럼 내렸고 우린 그 속에서 춤추었다.

······즐거움을 축복하라. 친구들을 축복하라. 당신은 벅찬 시련을 헤쳐 왔고, 이제 사랑과 우정의 만찬이 여기 있습니다. 이처럼 매혹적인 요리는 오직 여기서만 찾을 수 있는······

우리는 비처럼 내리는 배너에 춤추었고 웃음을 그칠 수 없었다. 우린 손을 좌우로 흔들어대며 다시 그걸 느꼈다. 나는 바이올렛을 보았다. 그녀는 두 팔을 가슴에 붙이고 뺨을 문지르며 히스테리컬하게 웃고 있었다.

······형아? 형아, 어디야? 엄마는 내가······

······어느 이상스러운 날, 심술쟁이 노파와 병든 어린 소년이 금빛 심장을 가진 수줍은 개를 만났어요—그리고 그들 모두가 사랑에 대해 소중한 교훈을 배웠답니다. 뉴욕 타임즈는 그걸 두고······

······땅볼을 때려 마운드에······

······다음 뉴스, 미국의 달 합병에 반대하는 항의가 오늘도 이어졌습니다. 브라질, 아르헨티나를 포함한 남미의 몇 나라가 대응책으로 지구 동맹에 가입 요청을 했습니다. 트럼불 대통령이 백악관에서 말했습니다. "오늘날 우리가 당면한 국제사회에서의 문제는······"

그녀가 내 손을 잡았다—우리는 뭐랄까 폭포수 속에서 서로의 손을 찾았던 거였다. 그리고—

······만약 당신이 「네게로 들어갈 거야」를 좋아한다면, 또한 폭풍

처럼 새로 등단한 열정적인 밴드 비프퀘이크의 인기있는 슬럼프-
락도 사랑하게 될 겁니다. 반복되는 악절이 가득한……

……우리는 봄패션을 골랐어요……

그리고 손을 맞잡고, 우린 춤췄다.

……하드고어, 최고의 피드-시뮬레이션 전투 게임.

드디어 지평을 뚫고 등장. 육십 레벨의 폭발과 비세라(viscera)가 당신, 바로 캡틴 바스타드의 출격 명령을 기다리고 있습니다. 만약 당신이 십오 초 내로 황홀경에 빠지지 않는다면, 우리 손에 장을 지집니다……

…… 당신이 연결되지 못했던 동안에, 듣지 못했던 것들을……

손에 손을 잡고, 우리는 춤췄다.

3부 유토피아

정상

사태는 빨리 정상으로 회복되었다. 우리는 지구로 돌아와서 모두 휴식을 취했고, 엄마들은 침대로 원기 회복제를 갖고 왔다. 우린 피드에서 내내 채팅을 했고 음악 같은 걸 주고받았다. 우린 「오? 우와! 짱!」을 시청했기 때문에 주로 그걸 두고 실랑이가 오갔다. 이런 대목이 있었다.

오가넬이 자신의 옷차림이 아주 실망스러웠냐고 묻자, 잭이 대답했다.

물으니까 하는 말인데, 우리 둘 다 더 잘할 수 있었을 거야.

그녀가 말했다.

이런 멍청이, 넌 거짓말도 못하니?

그러자 남자애들이 모두 입을 모아, 저럴 수가, 그렇게 대놓고 묻는데 그럼 어쩌란 말이야, 했고, 여자애들은 한결같이, 외모를 갖고 그런 모욕을 한다면 그건 너무 천박해, 하고 소리쳤다. 우리는, 하지만 그녀가 물었잖아, 그리고 여자애들은, 맙소사, 말도 안 돼, 그리고 링크가 나서서, 다들 외모에 신경쓰지 않을 거면 뭣

정상 87

하러 그렇게 물어대느냐고 했다. 그러자 내가 의견을 말했고, 칼리스타가 또 다른 의견을 말했다. 그렇게 떠들며 하루가 갔다. 재미 있었다. 난 관점이 다른 상대와 토론하는 걸 좋아한다.

들락날락하는 가족들은 때로 윗카 주차장에 있는 게 보였고, 더러 내가 주방으로 내려가면 거기 보이기도 했다. 아빠는 올라와서 내가 열이 있는지 살펴보는 것 외엔 별 말이 없었다. 난 열이 없었는데 그건 소프트웨어 문제였기 때문이다. 엄마가 줄곧 매달린 건 내 동생, 냄새쟁이였고 마치 인형처럼 끼고 살았다. 엄마는 개와 지내기에도 바빴다. 애들 리그 게임에 데려갔고 때론 일하러 갈 때도 데리고 갔다. 오후에 엄마가 곁에 없을 때면 동생은 작은 방에 앉아 「탑 쿼크」를 보며, 그 방송을 온 사방에 퍼뜨렸다. 그래서 나도 그걸 보았다. 「탑 쿼크」를 보고 초코 아이스크림을 먹는 외에는 아무 할 일이 없었으니까.

탑 쿼크 함장님, 저 행성엔 슬픔이 가득해요. 그들한테 기쁨과 축복이 필요하다고 생각됩니다.

그래서 우리가 전속력으로 가고 있는 거야. 참 쿼크, 프렌드 캐논을 준비하라. 보손, 사달리아 행성의 크라이오스를 향해 최고속력으로 항해하라.

아 네, 알았습니다, 함장님! 함장님을 모시는 게 제겐 행복입니다!

냄새쟁이는 지금 모조새 한 마리를 가지고 있는데, 날지도 지저귀지도 못하는 그런 금속 새다. 그런 게 수백만 개나 만들어졌다고 말할 수 있다. 항상 근사한 대학에 있는 사람들이 일을 계획하고, 작업이 진행된다. 여섯 살짜리까지 그걸 가질 때까지 말이다. 그런데 누가 돌보길 하나? 그 새들은 오래 가지 못할 게 분명했다. 난 어떤 광고에서도 그걸 보살피는 걸 보지 못했고, 냄새쟁이마저도 거들떠보지 않고 팽개쳐 놓고 있으니까.

며칠 뒤 이제 정말 피드에 아무 문제가 없는지 확인하기 위해 집 밖으로 나왔다. 밖에 나와서 튜브 속이며 주차장에 날아다니는 온갖 업카를 보니 기분이 좋았다. 피드를 통해 대화하면서 걷고 있는 사람들, 놀고 있는 아이들, 세상은 정상이었다. 난 부모님 업카를 타고 애플 크레스트, 폭스 홀로우 같은 근교의 튜브 속을 날면서, 아래의 집과 잔디밭을 보았다. 유선형 덮개 속에 들어 있는 집들이며, 모든 게 우아했다. 집으로 돌아온 나는 침대에 앉아 피드를 시청했다. 모든 게 정상으로 보였다.

친구들이 있어서 정말 즐거운 시간들이었다. 흔히 말하길, 친구란 자기 체중만큼의 금과 같다고 했다.

우리는 주말에 퀸디네 집에서 파티를 하기로 했다. 그녀의 부모님이 어딘가로 여행을 떠났기 때문이었다. 그분들에겐 스트레스 해소를 위해 둘만의 시간이 필요했다. 말하자면 중년의 위기였다.

바이올렛을 보게 된 건 달에서 지낸 이후 처음이었다. 그녀가 탈것을 갖지 않은 건 좋은 기회였다. 난 부모님 업카를 빌려서 그녀를 데리러 날아갔다. 그녀의 집 인근 쇼핑 센터에서 그녀를 만났다. 쇼핑 센터는 지상에 있었고 돔을 통해 하늘이 보였다. 그녀는 거기서 기다리면서 내리쬐는 해를 바라보고 있었다.

바이올렛은 우리집에서 수백 마일 떨어진 교외에 살았고, 그래서 운전하며 파티에 가는 동안 대화를 나눌 시간이 충분했다.

우리는 피드에서 똑같은 음악을 들었고, 그건 근사했다. 나와 똑같은 가사를 그녀도 듣고 있었고, 우리 머리는 박자를 맞추며 함께 움직이고 있었다. 그녀의 손은 상승 레버 곁에 놓여 있었다. 출구 튜브로 들어서서 레버를 당길 때 우리 손가락이 상승 레버 위에서 겹쳐졌다. 우리는 함께 레버를 당겨 하늘로 솟아올랐다.

업카는 꽤 빠르게 주변 탑들 사이를 날아갔다. 그녀가 내게 물었다.

"파티는 어떨 것 같아?"

"파티 같을걸."

"난 자주 가보질 못했어."

"음……" 내가 어깨를 으쓱하며 말했다. "그건 말이야…… 에이 몰라. 재미나. 그냥 파티야. 파티 아님 또 뭐겠어?"

"내 친구들이랑 난 모두 홈스쿨링(학교에 가지 않고 집에서 혼자 공부하는 형태의 교육)이거든. 그래서 우린 숙맥이야. 베티나의 엄마는 우릴 집으로 불러서 판초 짜는 법을 가르쳐 주지."

"넌 학교에 안 다녀?"

"앨프의 부모님은 고사포 장전하는 법을 가르쳐 주고."

"우와, 내게 좀 보여줄 수 있어?"
"놀랍지? 이 손으로 그걸 하는 거야."
"정말?"
"그래. 정말. 아, 내가 진짜 파티에 가고 있다니 너무 흥분돼."
"그래?"
"그게 피드에서 보는 거와 같을까?"
난 그녀의 손을 두드렸다.
"그래. 말하자면, 더 바보 같겠지만 그렇지 뭐."
"어쩜, 파티에 가니까 내가 특별한 사람인 것처럼 느껴져. 세상에서 가장 특별한 소녀."
그녀가 손을 들어올렸고 우리는 함께 손바닥을 맞부딪쳤다.
그녀가 좌석에 등을 기대고 좌석 벨트를 잡아당겼다가 다시 놓았다. 우린 둘 다 잠시 생각에 잠겼다. 우리 앞에 기상 비행선들이 보였다. 구름 위로 번진 석양빛에 비쳐 모두 누런색이었다. 우리는 비행선들 사이로 날았다. 누렇게 번지는 석양빛에 가려 비행선 표면의 은빛은 거의 보이지 않았다. 비행선들은 마치 가축떼 같았다.
그녀가 물었다.
"넌 뭔가 달라질 거라고 생각해?"
"뭐가?"
"우리가 이전에 지냈던 방식에서."
난 그녀를 바라보았다. 그녀가 갑자기 심각해 보였다. 난 어깨를 으쓱하고는 말했다.

"사람들이 다시 너의 머리 속에서 말하니까 좋잖아."

그녀가 말했다.

"우린 함께 아주 큰일을 겪었어. 그게 어떻든 우릴 변화시킬 거야."

그녀가 팔을 내 좌석 뒤에 걸쳤다. 나는 거기에 머리를 기댔다. 머리카락이 그녀의 팔에 닿는 걸 느꼈다.

그녀의 팔이 부드럽게 느껴졌다.

무시당한 트뤼프

 우리는 파티에 참석했다. 제법 훌륭한 파티였다. 비록 침침한 분위기였지만.
 그곳에 도착해서 우리는 잠시 복도에 서 있었다. 링크와 마티가 함께 게임을 하고 있었기 때문이다. 「어두운 집의 악마 사냥」이라는 이 게임은 좀비와 뮤턴트(돌연변이)가 나오는 건데, 게임하는 사람들은 좀비들 주위를 돌며 빈손으로 총을 쏘아댄다. 그들에게는 아무것도 보이지 않고 단지 게임 피드만 보인다. 그래서 바이올렛이 걸어 들어갈 때 마티의 주먹이 거의 그녀의 배를 칠 뻔했다. 마티와 링크는 괴성을 지르며 대리석 타일 위를 날뛰었다.
 "제길, 아슬아슬하게 빗나갔어."
 링크가 소리쳤다.
 마티가 링크한테 소리질렀다.
 "우라질, 날 쏘면 어떡해, 젠장. 여기— 우워, 쉭!— 이런…… 제대로 해!"

링크의 빗나간 한 방이 마티의 등뼈를 맞혔던 것이다.

우리는 퀸디가 각종 음료와 맥주를 차려놓은 거실 테이블로 갔다. 다들 둘러앉아 마셨고, 몇은 그들 피드에서 음악을 들으면서 음악 이야길 나누었다. 다른 애들은 「설맹」이라는 피드 방송을 봤다. 그건 코미디 영화로 그저 평범하게 지내던 한 젊은이가 어느 날 스키 리조트에서 사람들 사이를 지나다가 눈더미 속에 묻힌 뭔가를 발견하였는데, 그러자 대혼란!(17세 이하 관람 불가)

바이올렛은 좀 망설이는 것처럼 보였지만, 어쨌든 우린 거기 들어와 있었다. 그녀는 숨을 깊이 들이쉰 후 칼리스타한테 가서 인사를 했다. 난 부근에 서서 퀸디와 잠시 이야기했다. 퀸디는 우리가 정상으로 돌아와 건재한 걸 보니 참 기쁘다며 자기도 잘 지낸다고 이야길 꺼냈고, 그때까지는 분위기가 참 좋았다. 그러다가 칼리스타 쪽을 째려보더니, 내게 채팅을 보냈다.

칼리스타와 링크가 그걸 하고 있다고 생각해?

난 어깨를 으쓱하곤 대답했다.

그래, 틀림없이.

저런 돼지 같으니라구. 나하고도 그랬는데— 오, 관둬.

퀸디가 칼리스타를 노려보다가 새우튀김을 위로 퉁겨 올려 입 안에 떨어트렸다. 엄지손가락으로.

그녀가 이랬다.

진짜 짜증나, 아무한테나 엉큼하게 다가가는 그런 애하고 친했다니.

내가 채팅했다.

그래, 너 그거 어떻게 하는 거야, 새우를 엄지로 튕기는 것 말이야?

좋아. 보여줄게. 이봐, 너 바이올렛과 계속 사귀는 거야?

응.

잘 됐다. 내가 봐도 걔 엄청 멋져.

그래.

칼리스타는 걔가 잘난 체한다고 하지만 내 생각은 전혀 달라. 알고 보면 칼리스타야말로 잘난 체한다니까.

칼리스타가 그런 말을 했어?

그래. 너 새우 튕기기 한번 해볼래?

퀸디가 새우를 어떻게 튕기는지 해보였다. 그 사이 실내에서는 바이올렛이 칼리스타와 이야기하고 있었고, 둘 다 얼굴을 찡그리고 있었다. 뭔가 좋지 않은 일이 생겼나 걱정이 돼서 그녀한테 엠-채팅을 보냈다.

이봐, 이쁜이. 무슨 일이야?

헤이, 멋쟁이. 칼리스타와 얘기하고 있어. 채팅이 아니라 말로. 내가 실수로 우린 땡전 같은 생활로 돌아왔다고 했어. 그랬더니 그녀가 계속 "땡전?!? 땡전?!?" 하고 있고, 난 못 들은 체하고 있어. 아무 말 말았어야 하는 건데.

난 주위를 둘러보았다. 다들 음악에 맞춰 머리를 끄덕이고 있거나 피드 방송에 빠져 시선이 허공에 멈춰 있었다. 그게 바로 파티였다. 다른 무엇이 아닌 파티.

한쪽에서 꼬마의 말소리가 들렸다.

"사람들이 트뤼프(초콜릿 과자의 일종이거나 송로버섯의 일종)를 진짜로 무시한다고 봐."

그리고 다른 쪽에서 소녀가 말했다.

"하지만 입에 넣기만 하면 절대 뱉지 않을걸."

아무 일도 없었던 듯했다. 마치 우리 뇌가 언제 해킹된 적이 있었냐는 듯 우린 피드 방송을 보고 있었다. 로가가 앞니를 드러낸 채 웃어댔다. 마치 우리랑 달랐던 적이 한 번도 없었던 것처럼. 우리 모두의 피드가 망가졌을 때 혼자 정상이었던 로가가 아니던가. 누군가 맥주를 쏟았다. 링크와 마티는 복도에서 곡예를 부리면서 보이지 않는 악마들과 싸우고 있었다.

그리고 모든 게 완전히 정상이었다.

트뤼프는 진짜로 무시당했다.

○ ○ ○

……대통령은 화요일 아침 연설에서 거부 의사를 밝혔습니다. "이런 기업 '감시' 기관에 의해 제기된 주장을 믿는 것은, 미국 국민, 이 위대한 국민의 뜻이 아닙니다. 그건 미국민의 다수가 아니며, 거듭 강조하지만 국민의 뜻이 아닙니다. 미국인으로서 그리고 자유와 자유무역에 헌신하는 국가로서 우리의 의무는, 우리 동료 미국인을 지원해야 할 뿐 돌을 던져선 안 되는 것입니다. 그들에게 던져지는 비난의 예를 살펴봅시다……. 먼저 사람들에게 도는 상처, 이 경우만 해도 그 상처들이 미국 기업의 어떤 활동에서 비롯되었다는 소문은 아무런 근거가 없습니다. 당연히 그것은 미국 기업이 수행한 그 어떤 행위의 결과도 아닙니다. 미국 국민들이 알고, 내가 아는 대로, 그건 바로 허튼 잠꼬대입니다. 우리가 기억해야 할 것은…… 그렇습니다. 우리는 미국이 자유 국가이며, 그 자유는, 친애하는 여러분, 자유는 상처를 만들지 않는다는 것을 기억해야 합니다."

대통령은 의회에 거부권을 행사할 것으로 보이며……

○ ○ ○

맬에 빠진 친구들

 파티는 계속되었다. 그러나 난 더 이상 집중할 수가 없었다. 우리는 「설맹」을 보았다. 거기에 나오는 사내는 사람들이 꽉 찬 스키 리프트 승강장에서 바닥으로 떨어졌는데, 그곳이 마침 용맹하고 매력적인 암살자 곁이었다. 난 바이올렛 옆에 앉아 있었는데, 주인공처럼 바이올렛 옆에 떨어진 것 같은 묘한 기분이 들었다. 그녀는 웃지 않았다. 그녀는 단지 거기 앉아 있었다. 피드 방송은 계속되어, 주인공들 모두 스키를 타고 산으로 올라가 서로를 쏘았고, 결국 모두 사랑에 대해 소중한 가르침을 받았다. 그리고 끝이 났다.
 난 화장실을 가기 위해 이층으로 올라갔는데, 마티와 링크가 날 침실로 잡아끌었다. 링크가 말했다.
 "자, 자, 넌 이제 환상 속으로 들어가는 거야."
 "벌브튀커에 연결하라고."
 마티가 말했다.
 난 물었다.

"이런, 맬을 하는 거야?"
"야 야, 이건 기똥찬 사이트야. 정말 몽롱하다고."
"벌브튀커? 강력하고 빠른 중독이라는 말이잖아?"
"단지 가벼운 환각일 뿐이라니까."
링크가 말했다.
"난 완전히 똑바로 볼 수 있다구." 마티가 앞쪽을 가리키며 횡설수설하였다. "저기가 내 앞이잖아."
거기에는 다른 남자애들과 한 여자애가 있었다. 그들은 속삭이고 있었다. 침대 위에는 누군가가 완전히 맬 상태에 빠져 있었다.
"연결해. 그리고 천천히 느껴 봐."
"좋아, 다시 들어간다."
마티가 말했다.
"이봐."
링크가 말하며 내 팔을 쳤다.
"날아라, 정겨운 하늘을."
내가 말했다.
"오늘밤은 안 해."
"이리 와, 자."
"바이올렛은 맬을 안 한단 말이야."
"야, 이리 와. 걔가 어떻게 알아."
"제길, 이럴 거야? 바보가 아닌 이상 바이올렛이 그걸 모르겠어?"

맬에 빠진 친구들 · 99

내가 말했다.

"걔가 어떻게 알아!"

링크가 말했다.

"우리가 무슨 일을 겪었니? 응?"

난 내 뒤통수를 탁 쳤다.

"기억해? 우리가 겪었던 일을?"

"뭐라고?"

"신경쓰지 마."

"무슨 소리야?"

"신경쓰지 말라고."

"좋아."

링크가 말했다.

"넌 전사했어. 난 간다. 넌 어쩔래, 마티?"

"나도 간다."

둘은 팔을 벌리고선 눈을 감았다. 그리고 맬에 빠졌다. 먼저 몸이 부르르 전율을 일으켰고 머리가 흔들거렸다. 이어 휘청대더니 눈이 돌아가 버렸다. 거기 침대, 의자, 바닥에는 모두 이렇게 맬에 빠진 녀석들이 눈을 감은 채 덜덜 떨고 있었다. 링크의 혀가 빠져나왔다. 캔디가 묻어 자줏빛이었다.

난 화장실로 가서 볼일을 본 후 아래층으로 내려갔다. 퀸디와 바이올렛이 이야기를 나누고 있었다.

"다들 어디 있어?"

퀸디가 물었지만 난 말하지 않았다. 그들이 위층 침실에서 흔들거리고 있다는걸.

바이올렛이 잠깐 정원에 나가겠냐고 내게 물었다. 난 좋다고 했고 우리는 나갔다. 현관에 서 있으려니 바깥은 꽤 싸늘했다. 마당의 덮개 돔은 온통 푸른색인지라 밤인 듯했다. 그건 그러니까 돔의 표면 위쪽 색깔이 그렇다는 건데, 집에도 역시 푸른색이 깔렸다.

우린 난간에 기댄 채 서 있었다. 그 밤은 완벽했다. 우린 피드의 소리를 껐다. 그러고선 피드를 보니, 사람들이 소리 없이 움직이는 게 재미있었다.

그녀가 말했다.

"말이 없네."

난 고개를 끄덕였다.

"무슨 일이 있었어?"

그녀가 물었다.

"아무것도 아니야."

우린 단지 거기에 함께 서 있었다.

내가 말했다.

"넌 피드 방송을 좋아하지 않던데."

그녀가 말했다.

"그건 그래."

"웃지도 않더라."

"난 산이 좋아. 울창한 소나무들. 산에 가는 걸 좋아했지. 멋있지 않니? 모닥불을 피워 놓고."

난 그려 보았다. 산과 모닥불, 눈싸움, 그리고 젖은 옷을 벗고— 난 말했다.

"맞아, 멋져."

"난 교외로 가고 싶어."

그녀가 말하곤 날 빤히 바라보았다.

"정말 아무일도 아니야?"

난 남자애들이 맬에 빠졌다고 말할 수는 없었다. 그들이 바닥에 온통 널브러져서 덜덜거리는 모습을 그녀에게 알리고 싶지 않았다. 그녀가 그들을 안타까워할 게 싫었다.

결국, 내가 말했다.

"사람들이 너무 빨리 예전으로 돌아가."

"왜? 무슨 일 있어?"

난 위층에 있는 친구들에 대해 말하지 않았다. 단지 거실에 앉아 있던 거며, 한 꼬마가 트뤼프가 무시당하고 있다고 외친 소리며, 여자애가 일단 입에 넣고 나면 절대 뱉지 않을 거라고 떠들던 소리를 들먹였다. 그러다 친구들 이야기를 꺼냈고, 기억해 보니 이것저것 지난 일들이 떠올라 그녀에게 이야기했다. 그녀는 내가 무얼 이야기하는지(우리가 피드 없이 지낸 시간이 송로버섯을 맛보는 것과 같다는 것을) 정확히 알았다.

그녀가 채팅을 보냈다.

예민하네.

아마도 우리 둘만 그런 일을 기억하는 것처럼 느껴져.

사람들은 잊고 싶어하지.

그들을 탓할 수야 없지 뭐.

그녀가 날 바라보았다. 잠시 침묵하더니 그녀가 말했다.

"내 피드웨어가 손상됐어."

"뭐? 너의—너의 뇌 속이?"

그녀가 손을 들어 머리에 얹었다.

"괜찮을 거야. 그런데 유독 나만 손상을 입었어. 그들이 그걸 고치려 하고는 있어."

"뭐가 잘못 된 거야? 피드에 연결은 되는 거야?"

그녀가 웃었다.

"그래. 난 괜찮아. 하지만 조정하는 무슨 방법을 찾아야만 한대. 그때 그 인간이 해킹했을 때 뭔가가 잘못됐어. 대개는 해킹 당해도 단지 한동안만 방해받는다는데, 무슨 일인지 내 피드는 심하게 당했어. 아직 뭔가 나빠."

"그것 참."

"너 기억하니? 달에 있을 때 의사들이 나 혼자만 면담하려고 데려간 거? 그리고 내가 돌아와서 널 데리고 그 공기 배출 정원에 올라갔었지? 그 의사들이 내 피드에 대해 그러더라. 아마 안정될 거라고. 그게 아직도 안 됐어."

"그것 참."

"그들 말로는 아마 좋아질 거래." 그녀가 내 가슴을 툭 쳤다.

"고요함, 머지 않아 장미가 피어나리라."

"그래, 뭐라든 피라지."

그녀가 날 바라봤다. 난 그녀를 빤히 보았다. 난 맬에 빠진 마티와 링크를 생각했다.

그녀가 채팅했다.

무슨 생각을 하고 있어?

아무것도.

분명 뭔가가 있는걸.

난 링크와 마티의 풀린 눈을 떠올렸다. 그리고 거짓말을 했다.

아까 꼬마가 들먹인 트뤼프 말이야. 그게 송로버섯을 말한 건지 초콜릿을 말한 것인지 궁금해.

그녀가 웃으며 내 얼굴에 손을 댔다. 난 그녀를 뭔가로부터 보호하는 기분이었고, 벌써 어른이 된 듯 기분이 좋았다. 난 어른처럼 그녀를 꼭 껴안고 키스했다. 한동안 우리는 서로를 응시했다. 그녀의 머릿결이 내 숨결에 산들거리는 게 좋았다. 우리는 서서 관목들이며 트레일러 위의 모터보트를 바라보았다. 그러다 나는 사랑을 느꼈고, 우리는 서로를 껴안았다.

그녀가 내 머리께에 기대어 내 머리칼을 한 움큼 쥐고 당겼다. 그녀가 속삭였다.

"생각을 계속해. 우리 속에 있는 뇌가 마치 작은 러시아 인형처럼 달그락거리는 소리를 들을 수 있을 거야."

꿈 속의 침입자

 그날밤, 파티가 끝난 그 밤에 뭔가 꿈을 꾼 것 같은데, 난 어느 거대 사이트에서 온갖 게임을 무료로 즐길 수 있었다. 그래서 심지어 「터보 체커」 같은 꽤 멍청한 게임에 대해서도 생각이 달라졌다. 뭐든 공짜로 할 수 있다면야 이게 웬 떡이냐 싶어서. 그중에 하나를 시작했는데 그건 판타지 게임이었다. 난 요정의 장갑*을 끼고서 활*을 당겼다. 그때 누군가 내 피드에 침입하는 걸 느꼈다. 그들은 슬쩍 내 피드를 찔렀다. 마치 살살 어루만지듯이.
 꿈속에서, 누구냐고 물었다.
 꿈속에서, 그들은 경찰이라고 말했다. 그들은 내가 럼블 스폿의 해킹 피해자인지 물었다.
 꿈속에서, 난 그렇다고 했다.
 꿈속에서, 그들은 좋아, 하고는 가서 자라고 했다.
 꿈속에서, 난 당신들은 진짜 누구냐고 물었다.
 그들이 말하길, 지금 내게 어떤 테스트를 진행중이라며, 뭔가 다른 것을 생각해 보라는 거였다.

난 당신들은 경찰이 아니야, 당신들은 정말 누구예요? 하고 물었다.

그들이 말했다. 네가 항상 원했던 리저드(도마뱀)**를 주마. 우리는 마음대로 그놈한테 새로운 멋진 콜라*를 줄 수 있다.

난 이 온갖 게임들이 내 것이 맞느냐고 물었다.

모두 네 거야, 그들이 말했다. 모두 네 거야, 잘 자라, 아이야. 그건 모두 네 거야, 가져라, 모두 네 거야.

꿈속에서 난 그들이 해커단, 연민의 동맹이라고 생각했다.

하지만 깨고 나서 난 여러 주 동안 그걸 기억하지 못했다. 내가 기억한 건, 깨어나서는 찾을 수 없었던 게임들과, 몽땅 내 거였던 *요정의 장갑, 활* 그리고 도마뱀이었다.

요정의 장갑, 활, 콜라는 게임 아이템이다.
**리저드는 게임 캐릭터이다.*

○ ○ ○

…… 아무리카(AMURICA): 늙은이들의 생생한 묘사……

…… 내 기억에, 마지막 숲이 쓰러지고…… 대략 그때쯤, 매와 독수리를 도시에서 보곤 했지. 당시에, 사람들은 바깥에서 많이 걸었어. 기온은 늘 화씨 백 도를 넘지 않았지. 도시의 거리, 그 위로 독수리가 날개를 펴고 빙빙 돌았어.

내 기억에, 매들이 가로등 위에 둥지를 틀었지. 미국의 숲이 사라지던 마지막 나날이었어. 매들이 산이나, 아마 교외로 두세 레벨 떨어진 솔숲에서 왔을 거야. 매들이 우리 도시에 와서 왕처럼 앉았지. 수많은 다운카들이 가로등 아래를 지나가도 거들떠보지 않았어. 마치 소나무에 홀로 앉아 있는 것처럼.

그때가 그립군. 그 당시에 도시들은 숲이 죽고 나자 바로, 놀라움으로 가득했지. 사람들이 무시로 만나던 것들은—지붕 꼭대기에 있는 하늘의 왕자들—강물이 도시 거리로 넘쳐나서 마치 운하처럼 흘렀고—주차장에 몰려든 토끼들, 새끼를 낳은 사슴들이 대형 쓰레기통에 둥지를 틀었지, 마치 숲인 양.

○ ○ ○

여자 속옷을 입다

 그게 언제더라, 그래 아마 '입에 넣으면 절대 뱉지 않는다'고 했던 그 파티 이틀 뒤일 텐데, 바이올렛이 아침에 먼저 내게 채팅을 했다. 그녀는 구매 목록을 새로 짜는 작업을 진행중이라 했다. 내가 그럼 옛날 구매 목록에는 뭐가 있었냐고 물었더니, 그녀가 새 구매 목록을 보고 싶냐고 했다.
 좋지,
 너희 집으로 갈까? 한번도 가본 적이 없잖아.
 내가 이랬더니 그녀가 답했다.
 아니, 아직은 안 돼. 우리 쇼핑 센터에서 만나.
 좋아, 그래, 그러자. 네 기분을 흔드는 게 무엇이든 따를 거야.
 내가 이랬더니, 그녀가 답했다.
 멋쟁이, 내 기분을 흔드는 건 바로 넌데.
 누군가 이런 말을 해주면 얼마나 기분 좋은가. 더군다나 눈 뜨자마자.
 그래서 난 빗속을 뚫고 날아서 그녀 집 부근의 쇼핑 센터로 갔는데, 비가 억수같이 퍼부었다. 다들 불빛을 한껏 밝히고 구름 위로 올라갔다. 위에는 햇살이 비쳤고 사람들이 아주 급히 날고 있었다.

쇼핑 센터는 몹시 분주했고, 인파가 넘쳤다. 사람들이 온갖 것을 사고 있었다. 유아용 공기 팽창식 집이며, 강아지 모양의 안마기며, 치아에 끼우면 치아가 통째로 하나의 큰 이가 되는 하얀 치아 확장기…….

바이올렛은 분수 곁에 서 있었고, 아주 짧은 셔츠를 입고서 상처를 드러내고 있었다. 그건 「오? 우와! 짱!」의 주인공들이 상처를 입기 시작했기 때문인데 이제 사람들은 상처에 대해 좋게 생각하기 시작했고 심지어 상처는 멋을 상징하는 표시로 보였다. 바이올렛의 폭 패인 셔츠는 아주 멋졌다. 그녀는 자신의 아이디어에 몹시 들떠 웃고 있었다.

우린 잠깐 인사를 나눴고 사람들이 온갖 멍청한 물건들을 사는 걸 보면서 웃었다. 그러다 바이올렛이 다리를 조심하라고 주의시켰다. 내가 빵틀에서 나온 큰 단빵이 가득한 수레 곁에서 다리로 바퀴를 굴리고 있었으니까.

내가 말했다.

"냠 냠 냠."

그녀가 말했다.

"준비됐어?"

내가 무슨 아이디어냐고 물었다.

"주위를 둘러봐."

둘러보나 마나 여긴 쇼핑 센터였다. 그녀가 말했다.

"잘 들어봐."

그녀가 말했다.

"며칠 전에 피드를 고치는 의사 앞에 앉아 있었는데 그때 생각을 했어. 그래. 좋아. 우리가 하는 모든 일은 큰 계산기 속으로 들어가게 돼. 바로 지금도 그들이 우리를 관찰하고 있어. 네가 어디를 보고 있는지 알고 있단 말이야. 그들은 네가 뭘 원하는지 알고 싶어한다고."

"그게 쇼핑 센터이지."

내가 말했다.

"그들은 또한 네가 뭔가를 원하게 하려고 대기하고 있어. 우리가 자라면서 접했던 모든 것들이—피드에서 들은 이야기들, 게임들, 그 모든 것이—우리 품성을 빚어 놓아서 우리는 만만한 소비자가 되는 거야. 그러니까, 그들은 사람들을 연구해서 몇 가지 유형으로 구분하고, 그래서 넌 그 분류에 따른 광고들을 얻는 거지. 그들은 네가 어떤 사람인지를 꿰뚫어보고 또 손쉬운 마케팅을 위해 어느 한 유형에 널 순응시키려 노력하지. 그건 마치 반복되는 쳇바퀴 같은 거야. 그들은 모든 걸 더욱 기본형으로 만들고 그래서 그게 누구한테나 맞도록 해. 그리고 점차, 뭐든 기본적인 것에 익숙해져서 우린 모두 특색 없는 사람이 되어 가고 자꾸 단순해져. 그래서 기업들은 모든 상품을 더욱 단순하게 만들고. 계속 그런 식이야."

이건 사람들이 늘 말하는 것이었다. 부모들이 하는 말이, 요즘 장난감들은 어째 이 모양이야, 우리 때만 해도 괜찮았는데, 피드에 있는 건 전부가 어떻게 가격을 매기는 거야, 이런 식이듯이. 그래 좋아, 그게 진실이라 치자. 하지만 그게 뭐 어떻다는 건가. 그래서 내가 말했다.

"그래, 좋아. 그게 피드야. 그래서 뭐?"

"이게 내 계획이야."

"뭐가……?"

그녀가 웃으며 손가락을 내 셔츠 칼라 속에 넣었다.

"잘 들어. 내가 지난 이틀 동안 피드에서 했던 작업은, 새로운 고객 신상 명세를 창조하는 거야. 아주 까탈스러워서 누구도 팔아먹을 수 없는 그런 고객 말이야. 그들이 날 멋대로 분류하게 놔두지 않을 테야. 난 투명 인간이 될 거야."

난 잠시 그녀를 응시했다. 그녀가 손가락으로 내 칼라 가장자리를 쓸어내렸다. 손톱이 내 목살에 닿았다. 난 설명을 기다렸다. 그녀는 더는 설명을 않고 따라오라고 했고, 내 셔츠 위의 작은 단추 하나를 거머쥐었다. 내 셔츠는 단추가 달린 셔츠였다. 그녀는 비브레커 앤 칼 회사 제품을 파는 가게를 향해 날 끌었다.

우리는 점포로 들어갔고 즉시 우리 피드는 온통 비버레커 앤 칼 제품으로 가득했다. 그들이 팔고 있는 온갖 잡다한 첨단 제품의 배너가 우리 피드를 도배했다. 한 남자가 우리한테로 다가와 뭘 도와드릴까 하고 물었다. 난 글쎄요 하고 대답했다. 하지만 바이올렛은 대뜸 이랬다.

"그래요. 아주 큰 서치라이트 있어요? 그러니까 진짜 강력한 걸로요?"

"아, 있지…… 있고 말고."

그는 선반으로 가더니 큰 서치라이트들을 내려서 우리한테 몇 가지 서로 다른 모델을 보여줬다. 명세표는 피드에 있었다. 그가 말하는 동안 피드가 우리한테 명세표를 보여줬다.

그가 다른 것, 좀 싼 서치라이트를 가지러 안으로 들어갔을 때, 내가 바이올렛한테 물었다.

"다음엔 뭐지?"

그녀가 속삭였다.

"까탈 부리기. 거절하기."

비버레커 앤 칼은 우리 피드에 대대적으로 배너를 깔았다.

이렇게, 여기에 최신형 테슬러 코일이 있습니다. 머리칼에다 감을 수도 있어요! 이 새로운 제품으로는……. 자, 하품 한 번 하고 긴장을 푸세요! 그리고 누우세요! 우리의 매끈한 사이버 마사지 구슬이 당신의 등을 시원하게 풀어드립니다! 확실히 보장합니다. 등등.

난 말했다.

"좋은데, 응?"

그 남자가 돌아와 다른 서치라이트를 내밀었다.

그가 우리한테 말했다.

"이건 정말 기차게 좋은 거야. 내 업카에 이걸 하나 달고 있어. 때로 이건 우와, 정말로 멋지구나 싶다구. 한번은 밤중에 날아가다가 이걸로 지면을 비췄지. 교외의 모든 덮개 윗부분을 보려고. 응? 그 윗부분 너머로 뭔가 움직이는 것 같더라구. 마치 검은 끈적이가 덮혀 있는 것 같더라니까? 그래서 조명 세기를 올렸지. 그리고 아래로 내려가면서 불빛을 더 밝게 비췄더니, 세상에, 그 시커멓게 움직이는 끈끈이 같은 것은 바로 바퀴벌레떼였어. 몇 마일이나 뻗쳐서 돔 꼭대기 위로 달리고 있었어. 불빛을 피하려고 발버둥을 치면서. 그 정도로 어디에 비추든—."

"난 그 전등을 내 복부에 달고 싶은데."

바이올렛이 말했다.

"그게 가능한가요?"

그가 재미있다는 듯 그녀를 쳐다봤다.

"회전식 헤드로?"

"그럼요. 그래야 회전을 시키지요."

"무슨 용도야?"

"좀 특별한 거예요."

그녀의 목소리가 나지막했다. 내 팔을 아래위로 도발적으로 문질렀다.

그가 이랬다.

"우와, 난 도통 짐작도 안 가네."

그가 불쑥 엄지를 내게 내밀었다.

그녀가 내게 윙크를 했다. 그게 시작이었다.

남자는 전등에 관한 온갖 피드 통계를 그녀한테 보냈다. 하지만 번번이 그녀는 사지 않았다. 자료를 열어 보지도 않았다.

대신에 그에게 대단히 감사하다면서 나를 데리고 점포 밖으로 나왔다. 난 그녀의 계획에 감이 잡히면서 꽤 재미있다는 생각을 했다.

우리는 여기저기에서 사지도 않을 별난 물건을 묻고 다녔다. 그녀가 날 양탄자 상점으로, 또 옛 스페인 은화를 파는 상점으로 데려갔다. 또 우리는 장난감 상점으로 갔고, 그녀는 블리카 조이드 액션 피규어의 세계를 설명해 달라고 그들한테 청했다. 내가 한 번이나 들었을까 싶은 엉뚱한 이름인데 그들은 그걸 다 설명해 줬다. 줄거리는, 그들은 평행 세계에서 온 근육질 인간으로서, 뭐 그렇고 그런 식이었다. 우리는 아무것도 사지 않았다.

커다란 복도를 지나가면서 그녀가 자기 머리를 탁탁 치며 말했다.

"듣고 있어? 이 음악?"

그건 팝송이었다.

"그들은 어느 곡이 최고인지 알려주는 순위를 매기지. 음악 그 자체가 마케팅이야. 그들은 열세 살 소녀들이 열광하는 유행 가요의 목록을 갖고 있어. 노래와 광고 음악 사이에 별다른 차이가 없어. 노래가 바로 그들 자신의 광고니까. 빨리 와."

우리는 옷가게로 갔고 그녀가 잡동사니 옷들을 집어들었다. 가게의 젊은 여자는 이렇게 생각하는 듯했다. *참 별난 여자애도 다 있네, 그래도 친절한 척해야지.* 그렇게 그녀는 가짜 웃음을 계속 지었고 바이올렛이 집어든 옷마다 아주 정중하게 고개를 끄덕이며 맞장구쳤다.

"아주 멋진데."

그러면 바이올렛이 말했다.

"글쎄요. 그런가요? 얘는 가슴이 꽤 넓은데."

그 여자가 날 쳐다보자 난 긴장했다. 그리고 말했다.

"맞아. 좀 넓지."

바이올렛이 내게 물었다.

"넌 얼마더라? 컵 사이즈가 어떻게 되지?"

난 어깨를 으쓱하며 바이올렛에게 맞장구를 쳤다.

"글쎄, 대략 275?"

난 얼버무렸다.

"그건 내 신발 사이즈야."

바이올렛이 말했다.

"쟤는 우아한 거, 비단 같은 걸 좋아해요."

내가 말했다.

"네가 날 벽에 밀치고 더듬을 때마다 등이 따가우니까 그렇지."

"알았어."

바이올렛이 불쾌한 듯 손을 들어올리며 말했다.

"그래, 지난 주 그 속옷은 실수였어."

난 정말로 크크 웃음이 나와 손으로 입을 틀어막았다.

우리는 더 많은 옷가게를 다니면서, 온갖 잡동사니 스웨터를 보았고, 맘에 드는 척했다. 우리는 그녀가 쓰지도 않는 화장품

여자 속옷을 입다

이며 돌잔을 보았고, DVS 의약 슈퍼에 가서 가정용 내시경 장비를 비교했다.

내시경을 보고 있다가 그녀가 내게 속삭였다.

"지난 이틀 동안 아주 다양한 물건에다 내가 사고 싶어하는 듯이 표시해 놨어— 알지. 장난감 호루라기, 시설용 돼지 기름 한 통, 아주 싸구려 보이팝(boy-pop) 약간, 허리에 감는 천, 산업용 잔디 깎는 기계, 남성 대머리에 대한 온갖 정보, 사무 서류, 머리 장식핀…… 그리고 남극의 집 소유자를 위한 주택 페인트를 살펴보았어. 또 통가에서 결혼하는 방식이며, 체코 공화국에 있는 가게 홈페이지들…… 그게 모두 피드 한편에서 기다리고 있어."

나는 상자 하나를 집어들었다.

"이건 싸구려네. 알약을 삼키면 그게 내려가면서 뱃속 화면을 보내오지."

그녀가 말했다.

"일단 네가 이 모든 잡동사니들을, 이 모든 사이트들을 살피기 시작하면, 넌 이 아리송한 잡동사니들이 전혀 아리송하지 않다는 걸 깨닫게 돼. 제품마다 하나의 세계 전체나 같아. 너한테 그 의미를 전달할 수는 없지만."

"네 머리는 어때?"

내가 내 머리를 가리키며 말했다.

"네 피드웨어는 잘 돌아가?"

"괜찮아. 넌 지금 귀담아듣고 있지 않아."

"그냥 혼란스러워서 그래."

그녀가 물었다.

"뭘 생각해?"

"난 비브레커 앤 칼에 있던 남자가 좋았어. 그게 사실인지 궁금해, 바퀴벌레 이야기 말이야."

"거절하기에 대해 넌 어떻게 생각해?"

그녀가 집요하게 물었다. 입술이 실룩거렸다.

내가 말했다.

"괜찮은 것 같아. 기꺼이 여자 속옷을 입을게."

그녀가 웃었다.

우리는 베이건스 패밀리 레스토랑에 가 저녁을 먹었다. 우리는 모차렐라 스틱을 먹었다. 그리고 나서 난 큰 스테이크를 먹었다. 그녀는 시저샐러드를 먹었다. 음료는 자유 리필이었다. 그 후에 우리는 상가 앞 간이의자에 앉아 있었다. 그녀한테 집에 타고 갈 게 필요한지 물었다. 그녀는 아니라고 했다. 내가 정말이냐 물었더니 그렇다고 했다.

내가 말했다.

"부모님과는 어떻게 지내?"

"뭘 말이야?"

"그러니까, 너희 집이 아니라 굳이 여기서 날 만나려 한 것 말이야. 그리고 네 아빠는 왜 달에 오시지 않았던 거야? 우리가 그때 해킹당했을 적에 말이야."

그녀가 재미있다는 듯 날 쳐다보며 물었다.

"너 달에 가는 데 비용이 얼마나 드는지 알아?"

내가 추측했다.

"꽤 많이?"

"그래, 꽤 많아. 아빠는 오고 싶었지만 그게 거의 아빠의 한 달 월급이야. 날 보내느라 아빠는 일 년 동안 저축을 했어. 그렇게 갔는데 그런 일이 일어나 버린 거야."

"일 년이나 저축을 해서 달에 보내 주었다고?"

"그래."

그녀가 말했다.

"네가 해줄 일이 있어. 날 피드 기술자 사무실에 데려다 줘. 약속이 있어."

우리는 차에서 잠시 서로를 애무했다. 그리고 몇 마일 밖, 기술자에게로 날아가 그녀를 거기에 내려줬다. 그 사무실 옆 튜브를 빠져나오기 전에 돌아봤더니, 그녀는 양 손으로 팔꿈치를 감싼 채 문 옆에 서 있었다. 무엇이 초조한지 팔꿈치 피부를 잡아당기고 있었다.

그녀는 계속 그러고 서 있다가, 안으로 들어갔다.

바이올렛의 비명

그날밤, 나는 잠자리에 누워서 그녀한테 채팅했다.

바이올렛, 바이올렛?

그녀가 대답햇다.

응, 그래, 여기 있어.

정말 재미있었어, 오늘 쇼핑 센터에 간 거. 멋진 시간이었어. 아주 즐거웠어.

한참 후에야, 그녀가 대답했다.

나도 그랬어.

난 뭔가 잘못 되었다는 걸 알았다. 그녀의 피드는 데이터를 전송하는 데 문제가 있었다.

내가 물었다.

너 울고 있어?

한동안 피드는 침묵을 지켰다. 난 프로그래밍 돌아가는 소리를 들을 수 있었다.

그녀가 말했다.

아, 그냥 연습 중이야.

무슨 일이야?

별 거 아냐. 그녀가 채팅했다. 신경 쓰지 마.

너 오늘 재미 없었어?

네가 여기 있었으면 좋겠다.

그녀가 말했다.

난 침대에 누워 있는 그녀를 떠올렸다. 아마 잠옷을 입었을 테고, 포근한 느낌일 것이다. 내가 말했다.

나도 네가 옆에 있었으면 좋겠다.

이것 좀 봐, 그녀가 화제를 바꾸었다. 피드가 내게 보내 온 것 말이야. 오늘 우리가 본 것들을 두고 피드가 미쳐서 난리야. 지금도 내게 보내느라 바빠.

그녀의 피드에서 이런 쾌활한 목소리가 들렸다.

안녕! 난 니나예요. 당신의 개인 피드테크 쇼핑 도우미죠! 심한 입 냄새 때문에 고생이세요? 프레시조지 구강 탈취제를 써 보세요. 당신의 남자친구가 좋아할 겁니다! 이봐요, 바이올렛 던, 얼마나 허둥대는 하루였나요! 상점으로 가요, 여기 당신이 찾던 온갖 훌륭한 제품에 대해 더 많은 정보가 있어요!

바이올렛이 내게 그것들을 전송하기 시작했다. 스포트라이트, 옷, 내시경 장비에 대한 사이트들을 맹렬하게 보냈다. 전송된 정보는 연이어 그것에 관련된 다른 정보를 불러왔고, 상품 정보들이 우리에게 달려들었다. 마치 지분대는 수많은 나비떼처럼. 우리는 그게 뭔지 알아볼 수조차 없었고, 그것들은 오고 또 오며, 날개를 팔랑거리면서 더욱 더 쏟아졌다. 그리고 우리 손가락에, 우리 입술에, 우리 눈에 내려앉으며, 사이트를 열고 닫았다. 우리는 소리질렀다— 그만! 그만! 그만!

  그건 광란이었다.

새로운 장소

바이올렛과 함께 있는 건 좋았다.

그녀는 어렸을 때 피드에 나오는 그런 제품들을 갖지 못했다. 대개가 너무 비쌌거나 아빠가 안 된다 했던 것이다. 하지만 그녀는 다른 사람들이 살아가는 모습을 온갖 쇼에서 보았고, 정말 그렇게 하고 싶었다. 그래서 그녀와 다른 홈스쿨링 친구들은 우리를 흉내내려 애썼다. 예를 들면, 아빠는 그녀가 장난감 총을 가져선 안 된다고 했다. 그런 것들은 그의 신념에 반하는 것이기 때문이다. 그래서 그녀는 다른 대체물을—나무조각이나 구부러진 금속—뽑아 들어야 했고, 그게 플라스틱으로 된 진짜 장난감 총만큼이나 좋은 척했다.

그녀가 내게 비해 너무 똑똑한 게 아닌지 걱정되었다. 하지만 그녀는 그렇지 않았다. 내 말은 그녀가 똑똑하지 않다는 게 아니라, 똑똑하긴 해도 겪어 보지 않은 게 아주 많다는 것이다. 그녀는 마치 어린아이 같아서, 그날 쇼핑 센터에서 만났을 때도 마냥 들뜬 채, 함께 상점을 옮겨다녔고 공기 미끄럼틀 위에 올라가기도 하고 수중에서 쇼핑도 했다. 그녀는 거의 그런 걸 해본 적이 없었던 것이다. 그녀에게는 모든 게 새로웠다.

우리는 쇼핑 센터에 앉아서 지나가는 사람들에 대해 이야기들을 꾸며냈다.

쇼핑 온 사람들이 중앙 홀에서 입을 달싹거리면서, 그곳에 없는 사람과 채팅하면서 걸어갔다. 그들 모두가 중얼거리고 있었다.

그들이 어떻게 다락방 속에 갇힌 괴물이 되었는지에 대해 우리는 이야기를 지어냈다.

우리는 상점으로 들어갔고, 웃고 또 웃었다.

그녀가 내 손을 잡았는지, 또는 내가 그녀 손을 잡았는지. 우리는 함께 장난치며 출입문으로 들어갔다. 그곳은 오래된 장소였지만 우리에게는 새로운 곳이었다.

우리는 손을 잡고 그리로 갔다.

델글라시의 보조개

 그랬다. 하지만 때로는, 그녀가 너무 똑똑한 게 걱정이었다.
 난 학교에서 그리 우수하지 못하다. 성적은 뒷쪽이었고, 그래서 나는 내가 멍청하다는 걸 자주 상기했다.
 학교는 이제 그리 나쁜 편이 아니어서, 내 조부모가 어렸을 때처럼 엉망이지는 않다. 정부에 의해 운영될 당시의 학교는 마치 나치 같은 게 아니었던가. 정부가 학교를 운영하다니? 당시를 생각하면 그건 대단히 지루한 것이었고, 학생들 모두가 아주 멍텅구리였다. 왜냐하면 그들은 뭔가 유용한 걸 배우는 게 아니라, *이건 1492년에 일어났다*, *이렇게 초크와 물을 섞으면 니트로글리세린이 만들어진다*, 이런 걸 배웠으니 그런 걸 어디에 써먹는단 말인가?
 이제 학교는 기업에 의해 운영되는데, 이건 자랑할 만하다. 왜냐하면 우리한테 세상을 유용하게 향유하는 방법을, 주로 우리 피드를 사용하는 방법을 가르쳐 주니까. 또한 다행인 것은 큰 기업들을 이루고 있는 건 사람들이라는 사실과, 단지 돈

만을 위해 반응하는 조직이 아니라는 걸 우리 모두 알게 되었다는 것이다. 또한 아이들을 돌보는 것은 미국의 미래를 다루는 것, 그리고 내일에 투자하는 것이라는 사실이다. 공립 학교에 더 이상 아무도 지원을 하지 않아서 학교가 온통 권총과 약물로 넘치고, 실로 잡역부 같은 교사들로 채워졌을 때, 일부 거대 미디어 복합기업들이 연합하여 돈을 들여 학교들을 샀고, 그래서 모든 학교에 컴퓨터와 급식용 피자 등을 무료로 제공했다. 이제 우리는 교실에서 테크놀로지 다루는 방법이며 바겐세일을 찾는 방법을 익히고 또 직업을 얻는 최선의 길이 무엇이며, 침실을 어떻게 장식할 것인지를 배운다.

배우는 게 너무 어려워서 때로 우리들 중 잘해 내는 애가 한 명도 없을 때면 난 스스로 바보 같다고 느꼈다. 그리고 우리 모두 너나 할 것 없이 멍청함을 느껴서, 로가와 칼리스타는 이랬다.

맙소사! 이건 너무 바보 같잖아! 저 선생님, 제발 수준을 좀 낮춰 주시면 안 돼요?

이를 어째, 알았어. 아무튼 하품 잔치에 이렇게나 도움을 줘서 고맙다.

그리고 난 거기 앉아 손바닥으로 이마를 괴고서 바이올렛을, 집에 있는 똑똑한 그녀를 생각했다. 우리가 나눈 대화에서 내가 어리석었던 부분을 떠올리곤 했다.

그녀는 항상 사물을 읽어내는 듯했다. 어떻게 모든 게 죽어가고 있으며 공기가 부족해지고 뭐든 독성을 지니게 되는지를. 그녀는 남미에서 일어난 사태가 왜 악화되고 있는지 내게 이야기했다. 하지만 얼마나 악화되었는지를 실제로 정확하게 말하지는 못했는데, 그건 뉴스 보도가 긍정적인 측면을 부각시키는 데만 열중했기 때문이었다. 그녀의 말에 따르면, 이런 걸 읽어 보니 그 사람들이 우리가 한 짓 때문에 우릴 몹시 미워한다는 사실에 깜짝 놀랐다고 했다. 그래서 한번은 그녀한테 그런 걸 그만 읽으라고 했다. 왜냐하면 그건 너무 우울하기 때문에.

하지만 난 뭐가 어찌 돼 가는지 알고 싶어.

그녀가 이랬고 그래서 내가 대꾸했다. 그러면 그것에 대해 넌 뭔가를 해야만 해. 여긴 자유 국가야. 넌 뭔가를 해야 한다고.

그녀가 이랬다.

양당 체제에서는 아무것도 일어나지 않아. 아무것도 달라지지 않아. 두 정당 모두 거대 기업의 호주머니에 들어 있어.

그래서 내가 이랬다.

그렇다고? 넌 사람들한테 믿음을 가져야 돼, 그게 민주주의야. 우리는 사태를 바꿀 수 있어.

그녀가 이랬다.

그건 민주주의가 아니야.

난 그녀가 이런 식으로 나갈 때가 싫다. 그건 그녀답지가 않다. 말하자면 쇼핑 센터에서 날 끌고 망나니짓을 하던 장난 잘 치는 아이가 아니었다. 돌연 학교의 어떤 여자애들, 지하도에 앉아서 검은 옷을 입고, *자본주의자는 바보야— 선전 도구야.*

하고 양손을 치켜들고 앵무새처럼 외치는 아이들과 뭐가 다른가. 그녀가 이랬다

그건 민주주의가 아니야.

그녀가 이런 식으로 말할 때 갑자기 난 이런 모든 대화가 견딜 수 없어진다. 내가 이랬다.

그래, 잘해 봐.

그리고 그녀가 반박했다.

아니란 말이야. 그러면 나는, 아, 그렇구나. 그녀가, 아니야. 그건 민주주의가 아니라고. 내가, 그건 민주주의야. 그녀가, 아니래도 그래. 그러면 난 빈정대면서 이랬다.

정말 그렇군. 그건 모두 파시스트야, 안 그래? 우린 모두 파시스트지?

그러면 그녀는 아주 부드럽게 이랬다.

아니, 제발, 지금 널 괴롭히려고 그러는 게 아니야. 그건 민주주의가 아니야.

내가 이랬다.

그러면 대체 뭐지?

공화국. 그건 공화국이야. 어째서? 왜냐하면 우리가 투표로 사람을 선출하기 때문이야. 그게 내 말의 요점이야.

그래서 그게 어쨌단 거야?

만약 민주주의라면, 어떤 것에 관해서든 누구나 결정할 수 있어야 하는 거야.

난 그것에 대해 생각했다.

우리는 누구나 투표를 할 수 있어. 피드에서. 한순간에. 그러면 그건 민주주의가 되잖아.

그녀가 말했다.

미국인의 칠십삼 퍼센트 정도만 피드를 갖고 있어.

오, 그래.

내가 말했다. 그리고 난 좀 멍청해졌다.

안 가진 사람이 그렇게 많단 말이야?

그러자 그녀가 이랬다.

난 피드를 쓰는 데 익숙하지 않았어.

내가 물었다.

무슨 말이야?

그녀는 잠잠했다. 마치 채팅을 하고 싶지 않은 듯이 침묵을 지켰다. 그리고 말했다.

우린 돈이 넉넉하지 않았어. 내가 어렸을 때. 그리고 아빠 엄마는 내가 피드를 가지는 걸 바라지 않았어.

그것 참.

내가 그걸 가진 건 일곱 살 때였어.

미안해,

내가 말했다.

뭐가?

미처 몰랐어. 네 말처럼, 그렇게 많은 사람들이 피드를 갖고 있지 않다는걸.

피드를 가진 사람들은 그런 건 생각하지 않아. 그녀가 이랬다. 네가 피드를 가지게 된 이후, 넌 사물에 대해 생각하지 않도록 키워진 거야. 그건 공화정이지 민주주의가 아니라는 걸 너한테 결코 말해 주지 않는 사람들처럼. 날 화나게 하는 건 요즘 사람들이 현실을 모른다는 거야. 피드 때문에 우리는 바보들의 나라를 세우고 있어. 어리석고, 자기중심적인 바보들.

갑자기 그녀는 자기가 무슨 말을 했는지 깨달았다. 바로 날 보고 자기중심적이고 어리석은 바보라고 했다는 걸. 그녀가 말을 멈췄다. 그리고 더듬거렸다.

내 말은 그게 아니고 난,……. 그게 정말 중요한 게 아니라 단지, 내가 알기론…….

난 거기 앉은 채 그녀를 노려봤다. 그냥 성난 얼굴로 그녀가 뒤죽박죽 말하는 걸 보고 있으려 했다. 그래서 난 입도 달싹 않고 그녀에게 채팅도 하지 않고 가만 있었다. 단지 앉아만 있었다. 그녀는 풀이 죽었고, 내게 채팅을 했다.

미안해,

이건 더 나빴다. 왜냐하면 그건 내가 멍청하다는 걸 우리 둘 다 안다는 것이었고, 그래서 난 눈길을 돌려 버렸다. 내가 눈길을 돌리자 그녀가 손을 내 팔에 얹었다. 이건 최악이었다. 그건 위문품이었으니까.

그날밤, 창 밖을 보면서 나는 우울해 있었다. 엄마가 물었다.

"무슨 일이니?"

난 잠시 묵묵히 있다가 결국 말했다.

"난 멍청한가요? 얼간인가요?"

"넌 종래와는 다른 학생이지."

냄새쟁이가 말했다.

"아냐, 형은 얼간이야."

엄마가 물었다.

"바이올렛이 그러디?"

"아뇨."

"말해 봐. 바이올렛이지? 널 멍청하다고 느끼게 한 게? 그래서는 안 돼. 그건 좋지 않아."

"엄마, 바이올렛이 그런 게 아니에요. 아셨어요?"

"걘 너를 자랑스러워해야 해."

난 아무 말도 하고 싶지 않았다. 엄마가 바이올렛을 건방진 아이라 여기는 걸 바라지 않았다. 바이올렛은 건방진 애가 아니었다. 단지 내가 바보였다.

엄마가 내게 와서 말했다.

"넌 훌륭해. 네 엄마지만 난 말할 수 있어. 넌 훌륭한 아이다. 안 그래요, 스티브?"

아빠는 피드의 뉴스를 켜놓은 채 테이블 앞 의자에서 졸다가 몸을 가누었다. 엄마가 이랬다.

"훌륭한 애 맞지요?"

아빠가 이랬다.

"그럼, 그렇고말고."

그리고 엄마가 이랬다.

"넌 정말 미끈하게 잘생겼어."

"그 아인 어디 사니, 응?"

아빠가 물었다.

"몰라요. 여기서 이백 마일쯤 돼요. 아직 집에는 못 가봤어요. 근데 왜요?"

"그냥 물어본 거야."

"넌 선망의 대상이야. 우승컵이나 마찬가지야."

엄마가 말했다.

그래도 아무 소용없었다. 다음날, 난 시험을 망쳤고 집에 오니 바이올렛이 지금은 채팅을 할 수 없다며, 그게 뭔지 모르지만, 고대 스와힐리어를 배우거나 쇠 줄밥으로 카르타고의 모형을 만들거나 엔트로피 대책을 찾거나 그런 걸 하고 있다고 했다. 난 빈둥거리면서 방구석 두 벽과 바닥이 만나는 모서리를 응시하고 있었다. 그리고 엄마와 아빠가 그러고 있는 날 발견했다. 엄마가 와서 날 껴안았다.

그건 한 편의 연극 같았다. 두 분이 날 찾아다녔던 것이다. 난 엄마의 등을 두드리며 이랬다.

괜찮아요, 예, 그만하면 됐어요. 이제 놔주세요, 엄마.

그래서 엄마가 포옹을 풀었고, 난 혼자 있고 싶었다. 하지만 두 분은 가지 않았다. 그래서 난 거기 앉아서 나에 관한 말을 들었다.

엄마가 말했다.

"넌 우리가 바라던 바로 그런 아이야. 어떤 여자애한테도 꿀리지 않아. 넌 우리가 바라던 그 자체야."

아빠는 무척 마음이 편치 않은지 계속 서성거렸다.

난 그저 서 있었는데, 엄마가 내 머리를 쓸어올리며 날 앞뒤로 흔들었고, 시를 읊듯이 말했다.

"넌 아빠의 눈과 엄마의 코를 가졌어."

"그리고 내 입을."

아빠가 말했다.

"그리고 내 손을."

엄마가 말했다.

"그리고 델글라시 머독의 턱, 보조개, 머리카락을."

"뭐라고요?"

내가 말했다.

"아, 그는 훌륭한 배우야." 엄마가 설명하길, "우리가 생전에 본 가장 아름다운 남자였단다."

"그래, 우리는 그가 위대해질 거라 생각했어."

아빠가 말했다.

"피드 방송을 보았는데 그가 나왔어. 그날 밤, 네가 생겨난 그 밤에."

엄마가 윙크했다.

"뭐라고 했죠? 이름이 뭐라고요? 한 번도 그런 배우 이름을 말한 적이 없잖아요."

"그는…… 그의 이름을 다시 말해 봐요, 스티브?"

"델글라시 머독."

"델글라시 머독."

엄마가 아련히 말했다.

"맞아. 우리가 본 가장 아름다운 남자, 우린 그렇게 생각했지. 그래서 영화가 끝난 뒤 우리는 곧장 임신 조정실로 가서 말했지. '우린 당신들이 만들 수 있는 가장 아름다운 소년을 원해요. 아이에게 내 코와 아빠의 눈을, 그리고 나머지 부분은, 여기 델글라시 머독의 사진이 있어요.'"

내가 말했다.

"델글라시 머독, 한 번도 못 들어 본 이름인데."

아빠가 줄무늬옷을 신경질적으로 만지작거렸다.

"아니 그는 말이야…… 우리가 기대한 만큼 그렇게 뜨진 않았어. 그 영화 뒤로는, 주로…… 그러니까…… 시시한 역을 했어."

"어떤 데서는 별을 받았어요."

엄마가 말했다.

"스티브, 그는 많은 데서 별을 받았잖아요."

"낮에까지 계속 받았지."

아빠가 말했다.

"얘, 그는 정말 잘생긴 배우였단다. 그래서 우리는 임신조정실로 가서 유전학자한테 우리가 원하는 걸 이야기했고, 네 아빠가 방으로 들어가고 난 다른 방으로 갔지, 그리고……."

"에이—듣고 싶지 않아요!"

"너 알아, 그가 어디에 출연했는지?"

아빠가 말했다.

"「가상의 폭발」 기억하니? 그는 5대 해군 특수부대장 역을 했지, 후두염을 앓는. 콜록콜록 그거 말이야."

"그는 여러 작품에서 온갖 별난 소품을 다 사용했어. 몇 해 전이던가? 그 영화가? 납작모자를 쓴 도어맨이었는데."

엄마가 말했다.

난 이미 피드로 그 사람의 작품 목록을 열어서 주욱 살펴보고 있었다. 별 두 개 이상을 받은 건 하나도 없었다. 부모님이 내 피드를 체크하며 그걸 확인하고 있음을 느꼈다. 엄마가 말했다.

"그가 어디에 출연했는지 그건 중요한 게 아니야."

그리고 엄마가 아빠한테 뭔가를 엠-채팅했고, 그러자 아빠가 이랬다.

"그럼, 그럼, 그건 핵심이 아니야."

"우리가 여태 무슨 이야길 하고 있었던 거야." 엄마가 말했다. "네가 얼마나 멋진데, 게다가 용감하기도 하고."

"우린 네가 아주 많은 일을 겪었다고 판단했다."

아빠가 말했다.

"넌 아주 용감했어."

엄마가 되풀이했다.

"예……? 난 그냥 쓰러졌어요. 그가 날 건드렸고 난 그냥 쓰러졌다고요."

"넌 용감했다."

아빠가 말했다.

"우린 너한테 약간의 기분전환이 필요하다고 판단했어."
엄마가 말했다.

난 기분이 좀 나아지고 있었다. 부모님의 피드가 공통 지점에, 두 분이 불러낸 어떤 배너 같은 데로 이동하는 걸 느꼈다.

"너한테 업카를 선물하기로 했단다."
엄마가 말했다.

"넌 가져오면 된다. 일정 기한 내에."
아빠가 말했다.

"이야, 신난다! 우와, 짱! 엄마— 아빠— 이건 정말! 농담 아니죠! 정말 엄마 아빠가 최고예요!"

"농담 아니야. 여기 그 배너가 있다."
아빠가 말했다.

그리고 그게 내 머리에서 열렸다. 판매자 배너, 다른 판매자들의 연계 배너, 그리고 큰 액수의 신용거래장이 있었다. 난 엄마 아빠를 껴안았다. 아주 날아갈 것 같았다. 내일이면 내 기똥찬 업카에 바이올렛을 태우고 다니리라. 그리고 갑자기, 갑자기, 더 이상 내가 멍청하다고 느껴지지 않았다.

ㅇㅇㅇ

"······도중에 대통령이 언급한 뜻은 이렇습니다. 이것은, 단지 일상적인 번역의 문제였습니다. 그건 이해가 필요한데······ 대통령이 지구동맹의 총리한테 '대단한 꼴통'이라고 말했을 때, 전하고자 했던 건, 그것은 사람을 칭찬하는 미국의 관용어로서, 아주 풍부한 사고력을 가졌다는 표현입니다. 대통령은 총리의 머리가 상상력이 풍부하다는 것, 아이디어가 자랄 수 있는 바로 그런 자양분이 가득하다는 의미로 말했습니다. 이 보완적 해명은 진실입니다. 우리는 미국 땅에서 지구 동맹의 외교 부서를 철수하려는 그 어떤 시도도 나쁜 의지의 표시로 받아들일 것임을 다시 한번 밝히며, 또한 가장 엄중하게 대응할 것임을······"

ㅇㅇㅇ

상승

아빠는 토요일에 날 데리고 업카를 시험 운전하러 갔다. 난 피드시뮬레이션에서 이미 많이 해본 터였지만 실제로 업카를 모는 건 또 달랐다. 항상 사기 전에 시험 운전을 해야 한다. 어떤 예상치 못한 요인이 있을지 알 수 없기 때문이다. 예를 들면, 일리아 클라우드의 앞유리는 내 키에 맞지 않았고, 닷지 코모란트는 계기반 배열이 맘에 들지 않았다.

우리는 쇼핑 센터로 가서 바이올렛을 태우고 함께 갔다. 그녀와 나 둘 다 모두 흥분해서 내내 아주 빠른 채팅을 나누었다. 어떤 색으로 할 것인지, 빨간색은 너무 유치하지 않을지, 혹은 그녀가 말하는 것처럼 가을빛 같을지.

밖에서 시험 운전을 할 때 아빠가 내 곁에 앉았다. 내가 운전하는 동안 아빠는 딴 곳에 있는 누군가와 채팅을 하고 있었다. 창문을 내다보면서 바이올렛이나 내가 큰 소리로 말할 때면 더 듬거렸다. 아빠는 생각과 듣기를 동시에 하는 걸 곤란해 했다. 채팅을 마치고선 내게 큰 소리로 묻곤 했다.

"느낌이 어때?"

바이올렛이 내게 말했다.

"피드 말을 듣지 마. 소달구지를 살피듯이 꼼꼼히 봐야 해."

"그래, 맞아, 바이올렛."

아빠가 말했다.

"우린 중요한 결정을 내려야 하니까."

아빠는 내게 이렇게 물었다.

"네 생각은 어때?"

난 아빠한테 회전이나 상승에 대해 의견을 말했다.

바이올렛이 말했다.

"하우더는 어때?"

아빠가 물었다.

"하우더가 뭐지?"

"코끼리 등에 있는 좌석이요."

"대단해. 대단해. 고마워."

나와 바이올렛은 업카들이 줄지어 있는 곳을 걸어서 오르내렸다. 난 스와프나 닷지 그리폰을 마음에 두고 있었다.

스와프는 뒷자리가 많지 않았지만 제법 경쾌했다.

닷지 그리폰은 친구들을 위한 뒷좌석이 넓었지만 좀 둔했다.

결정을 내려야 했다. 닷지는 내가 운전하는 모습을 광고로 보여주었다. 비키니 차림의 사람들이 나와 함께 차 안을 메웠는데, 이 큰 파티엔 비치볼까지 있었다. 난 거기에서 주인공이었다. 스와프 광고는 그 차를 만든 논젠이 나와 바이올렛을 태우고 산 위로 낭만적인 드라이브를 하는 모습을 보여줬다. 광고 속 바이올렛의 모습은 실제와 거의 똑같았다. 키가 더 크고 가슴이 더 나온 것만 빼면. 그리고 볼에 거품이 묻었는데, 만약 바이올렛이 진짜 그랬다면 손수건으로 닦아 주었을 것이다.

난 어느 것을 택할지 망설였다. 만약에 너무 작은 업카를 고른다면, 링크와 마티는 이럴 거다. *차라리 내 차를 타자. 더 많이 탈 수 있잖아.* 그러면 난 수십만 달러를 쓸데없이 허비한 셈이 된다. 내가 스와프를 산다면, 그건 좀더 스포티하긴 하다. 닷지는 많이 태울 수 있으니 친구들을 여럿 태우고 자랑할 만할 게다.

"병원에 있었던 덕분에 이게 생긴 거니?"

바이올렛이 물었다.

"응."

"엄마 아빠가 주는 선물?"

"그래. 엄마 아빠가 사 주신 거야."

그녀는 잠시 생각했다. 그러고는 머리를 흔들었다.

"넌 참 행운아야."

"내가 응석받이란 뜻이야?"

"아니."

"꼭 그런 의미로 들리는걸."

"아니, 그건 아니야."

난 잠깐 생각하다가 말했다.

"그러면 뭔데?"

"아무것도 아니야."

"봐, 그건 대가와 같은 거야. 난 법정에서 증인을 서고 어쩌고 해야 할 거야. 말하자면, 너도 그렇지. 우리는 그 인간을 처벌받게 하기 위해 법정에 가야 한다구. 우린 그에 따른 뭔가를 보상받은 거야. 우린 그걸 받을 자격이 있어."

그녀가 날 이상하다는 듯이 쳐다봤다.

"왜 그래?"

내가 말했다.

"아무도 네게 말 안 해주던?"

난 기다렸다. 그녀가 눈썹을 찌푸렸다. 마침내 내가 항복했다.

"아니. 누가 무슨 말을 해?"

"우린 법정에 가지 않아."

"우리가 제외됐다고? 아빠가 우리를 제외시키려고 애쓰긴 하셨지만."

"그럴 필요도 없어. 그 사람은 죽었어."

"뭐라고? 어쩌다?"

"그가 죽은 건 우리가 병원에 간 다음날이었어. 타박상. 머리뼈가 부서졌대."

"타박상이 뭐야?"

난 그걸 찾아봤다.

"그 사람은 클럽에서 맞아죽었어. 경찰들 기억나지? 그들이 머리를 내리쳤어."

그녀가 손을 내밀어 내 팔을 잡았다.
아빠가 손을 흔들며 포장도로를 건너 우리한테로 걸어왔다. 플라스틱 깃발이 인공 바람 속에 나부끼는 가운데 유료 음악 방송이 들려왔다.
난 닷지를 샀다.

도덕 문제

그날밤 우리 가족과 바이올렛은 함께 저녁 식사를 했다. 아빠는 나를 몹시 자랑스러워하며 말했다.

"쟤가 혼자 운전해서 날 따라왔어. 당신 이걸 정말 믿을 수 있어? 바로 우리 아들이 자기 업카를 타고 말이야."

난 웃음을 참을 수 없었다.

"그럼요. 정말 좋았어요."

엄마가 날 보고 미소지었다.

냄새쟁이는 귀담아듣지 않았다. 그의 피드에서 울리는 유치한 유아 음악 쇼가 얼마나 시끄러운지 청각 신경이 망가지지나 않을까 걱정스러울 정도였다. 냄새쟁이는 토끼접시에다 부리토(멕시코 요리)를 올려놓고서 집적대고 있었다.

"바이올렛을 태우고 어디로 갈 거니?"

엄마가 물었다.

"내일 저와 함께 교외로 드라이브할 거예요. 바이올렛은 산책하고 싶어해요. 내가 데리고 갈 거예요."

난 다시 얼간이처럼 입이 찢어지는 걸 막을 수 없었다.

바이올렛이 내게 미소로 답했다.

바이올렛이 말했다.

"숲이 있어요. 제퍼슨 공원이라고. 거기로 갈지 아니면 쇠고기 마을로 갈지 생각 중이에요."

아빠가 끄덕거렸다.

"쇠고기 마을로 가야 해. 그 숲은 없어졌어."

"제퍼슨 공원이요?"

아빠가 끄덕이며, 혀로 입천장에 붙은 음식을 긁어내면서 곁눈질을 했다. 아빠가 말했다.

"그래. 제퍼슨 공원? 맞아. 그건 공기 공장을 짓느라 없어졌어."

"농담이시죠?"

바이올렛이 말했다.

"아니, 사실이야." 아빠가 말하며 어깨를 으쓱했다. "공기는 있어야 하잖아."

바이올렛이 지적했다.

"나무는 공기를 만들어요."

이 말에 난 걱정스러웠다. 아빠가 건방지게 여길 게 뻔했으니까.

아버지가 그녀를 빤히 쳐다보았다. 그러고는 말했다.

"그래, 물론. 하지만 넌 나무가 얼마나 비능률적인지 알잖아, 공기 공장에 비하면 말이야."

도덕문제 · 143

"그래도 우린 나무가 필요해요!"

"뭣 때문에? 자아, 나무 좋지. 하지만 그건 너무 능률이 떨어져. 그러니까…… 땅값이 얼마나 비싼 줄 아니?"

"나무를 베어 버렸다니 믿기지가 않아요!"

엄마가 냄새쟁이한테 말했다.

"얘, 얘! 음식 갖고 장난치지 말아!"

냄새쟁이는 피드 음악에 맞춰 머리를 흔들면서 작고 통통한 손가락으로 토끼접시를 빙빙 돌려댔다.

아버지가 그걸 보고 말했다.

"이건 가족이 함께하는 저녁 식사야. 그러니까 유대감과 단합을 위한 시간이라고."

"그들이 제퍼슨 공원을 없앴다고요? 그건 너무나 기업 위주의—"

아버지는 고개를 끄덕이며 얼굴에 짐짓 미소를 짓고 그녀를 바라보았다. 그리고 이랬다.

"똑똑이, 나도 너 같았던 때가 있었다. 커서 어른이 되면 알게 돼. 청정 공기 사업이나 뭐 그런 걸 말이야. 그 마음을 잃지 말아라. 하지만 명심해. 그건 사람과 관련된 거야. 사람들에게는 많은 공기가 필요해."

잠시 동안, 다들 아무 말 없이 음식을 먹었다. 바이올렛은 화가 났거나 당황한 것처럼 보였다. 내가 채팅을 해서 아빠가 한 말에 대해 미안하다고 했지만, 그녀는 내게 채팅을 보내지 않았다. 아빠가 바이올렛에게 얼간이처럼 비친 것 같았다. 난 뭔가를 말하고 싶었는데, 그러니까 뭐랄까 아빠보다는 그녀가 옳다는 것을. 내가 말했다.

"저기요, 바이올렛이 그러는데 우린 법정에 가지 않을 거래요."

"무슨 얘기냐?"

엄마가 말했다.

"우리가 폭행을 당했잖아요? 기억하시죠? 달에서 있었던 사건?"

"그래, 물론."

아빠가 이어 말했다.

"안 가도 돼, 그는 죽었어. 재판은 없어. 소송에 대해선 다 이야기가 됐어. 우린 나이트클럽을 고발할 것이고, 아마 경찰도 그럴 거야."

내가 말했다.

"그가 죽었단 걸 아무도 일러주지 않았어요."

아빠가 뭔가를 씹었다.

냄새쟁이는 머리를 흔들면서 피드를 따라 노래를 불렀다.

"가랑이든 입안이든. 도덕 문제는 아니야."

아빠가 내게 말했다.

"넌 그걸 꼭 알아야 할 이유가 없었던 거야."

"아니, 이유가 있었어요."

"아냐, 없었어."

"내 피드 문제였어요."

"괜히 걱정만 됐을 거다."
"걱정하고 싶어요. 뭔가 크게 잘못 돌아가고 있다면요."
"가랑이든 입안이든! 도덕 문제는 아니야!"
엄마가 다가와 내 손목을 잡으며 말했다.
"넌 안전해."
아빠가 말했다.
"넌 업카가 생겼어."
"그 미치광이는 죽었어. 아무 염려 없어."
엄마가 말했다.
바이올렛이 말했다.
"그 사건으로 우리 모두가 놀랐어요."
"그래, 맞아."
아빠가 말하며, 대번에 바이올렛을 무시했다.
"하지만 그게 무슨 상관이냐—"
"가랑이든 입안이든! 도덕 문제는 아니야!"
"냄새쟁이!"
"그건 개 이름이 아니잖아요."
엄마가 말했다.
"가랑이든 입안이든! 도덕 문제는 아니야!"
"너 정말—"
"가랑이든 입안이든! 도덕 문제는 아니야!"
"막내야!"
엄마가 소리쳤다.

"너! 식탁에서는 노래하는 거 아니야."

"너 지금 적절치 못하게 굴고 있어." 아빠가 말하곤 나를 가리켰다. "난 정말 실망했다."

"무슨 말씀이세요? 난 단지 묻고 있을 뿐인데."

내가 말했다.

"녀석아, 네게 업카를 사줬어. 그런데도 투정을 부리다니."

넌 투정을 부리는 게 아냐.

바이올렛이 채팅을 했다.

"채팅 그만둬. 너 뭐라고 하는 거냐?"

아빠가 말했다.

"걔들 그냥 놔둬요, 스티브."

엄마가 말했다.

갑자기 바이올렛이 꼼짝도 않은 채 얼굴이 백짓장처럼 하얘졌다.

아빠가 말하고 있었다.

"자, 우린 나이트클럽을 고소할 거야. 됐지?"

"그래요. 어쨌든."

내가 말했다.

"그만해?"

"그만하세요."

"이제 넌 여자친구를 집에 데려다주는 게 좋겠다. 아빠가 사준 새 업카로. 그건 선물이니까 말이야."

아빠가 찌푸린 얼굴로 일어나서 접시들을 주방으로 가져갔다. 그리고 집어던지듯이 폐기물 통 안에다 우르르 쏟아넣었다. 접시들이 그 속으로, 소각로로 부서져 내렸다.

"괜찮아?"

내가 바이올렛한테 말했다.

"이제 가야지."

"잠시만, 내 발이 잠들어 버렸어."

"좀 움직여 봐."

내가 말했다.

그녀가 식탁을 내려다보았다.

발이 움직이질 않아. 해킹 이후로 두 번이나 그랬어. 몸 어딘가가 한두 시간 가량 움직이질 않아. 손가락이든 어디든.

내가 이랬다.

원 제길. 괜찮아?

괜찮아.

물 좀 갖다 줄까?

타이터스, 걱정하지 말아. 잠시면 풀릴 거야. 단지 스트레스였어.

발을 움직여 봐. 일단 해봐.

그녀는 구슬픈 미소를 띤 채 가만히 앉아서, 엄마와 냄새쟁이가 오른쪽에서 접이식 식탁을 치우는 동안 꼼짝하지 않았다. 바이올렛은 식탁이 치워진 자리에서 여전히 의자에 앉아 있었다. 그녀 혼자 양탄자 가운데 남았다.

마침내 그녀가 발을 움직였다. 발로 천천히 원을 그리며. 아주 깊은 숨을 내쉬었다. 두 눈을 감은 채, 내가 손을 내밀어 그녀가 일어서도록 부축했다. 그녀가 내 팔에 안겨 우린 마치 집시춤을 추는 꼴이 되어버렸다. 엄마는 미소를 지었고, 여전히 화가 나 있던 아빠가 말했다.

"흠, 보기 좋군."

우리는 잠시 뒤에 떠났다. 난 그녀의 집을 향해 운전했다. 그녀의 아빠를 쇼핑 센터 주차장에서 만나기로 했다. 그건 새 쇼핑 센터였는데 하늘로 수많은 스포트라이트들이 오갔고, 거대한 피라미드 위로 무지개가 솟았다. 우리는 그녀의 아빠가 올 때까지 잠시 기다렸다. 함께 앉아서 손을 잡은 채로. 새 닷지 그리폰에서 내가 물었다.

"너 정말 괜찮니?"

"괜찮아. 다리 굳은 건 풀렸어."

난 머리를 창에 기댔다. 우리는 말이 없었다.

그녀가 무릎에 시선을 떨구더니, 내게 물었다.

"지금 무슨 생각하고 있니?"

난 뒷좌석을 바라보았다. 한숨이 났다. 손가락으로 스티어링 칼럼을 두드렸다. 내가 말했다.

"이게 잘 조종이 될까? 알지, 이게 더 넓긴 해. 하지만 스와프만큼 조종이 잘 될까?"

그녀가 고개를 끄덕였다. 그리고 말했다.

"그래도 색깔은 괜찮지?"

"멋진 빨강이야. 내가 보기엔."

내가 말했다.

"참 좋아."
그녀가 말했다.
"정말 싸구려 같지 않은 거지?"
"가을빛 같아."
난 미소지었다.
"고마워."
그녀가 말했다.
"난 착한 애야."
"어이쿠 그래. 넌 착한 애지."

그녀의 아빠가 착륙했다. 난 앞 창의 반사광 때문에 그를 볼 수 없었다. 그녀가 차에서 내렸다. 그리고 내게 키스했다. 내가 내일 아침에 보자고 말했다.

그녀가 돌아서서 도로를 건너갔다. 스포트라이트들이 구름 위로 흔들렸다. 빛의 피라미드가 작열했다. 난 하늘로 날아올라 피드에서 노래를 불러왔다. 한 침대에서 일어나, 한 접시에 토스트 두 조각으로 함께 아침식사를 하는 그런 가사였다.

○ ○ ○

그게 사랑이라면
우리가 어찌할 수 없는 천상의 사랑,
가득차 넘치는 성령으로도
우리를 구하지 못하는 그런 천상의 사랑이라면,
그럼 날 떠나가게 해줘.

그게 희망이라면
단지 밧줄에 매달린 이의
집착일 뿐이라면
그럼 날 떠나가게 해줘.
그대여
날 떠나가게 해줘.

하지만······
하지만 믿음이라면
죽음보다 더한
진정한 믿음이라면
그러면 우리 둘 다 믿음을 갖게 해줘.
그리고 꼭 껴안아 줘.

'닿는다'는 건

단지 한쪽만이 닿는 게 아니야
우리 입술이 닿듯이
우리 둘 함께 닿아 있으니까
그렇게 꼭 껴안아 줘.

그대여,
꼭 껴안아 줘.

꼬오오옥 껴안아 줘.

꼭 껴안아.

꼭 껴안아.

○ ○ ○

저 푸르른 신록을 보라

 다음날, 피드의 안내에 따라 난 그녀의 집으로 향했다. 일반 구역에 들어가기 위해 이백 마일쯤 운전했다. 교외에서 산책하기에 좋은 날이었다. 때때로 큰 구름이 보였지만 하늘은 푸르렀다. 지나치는 업카들 위로 반사되는 햇살이 눈부셨다.
 그녀의 마을은 긴 하강 튜브 아래 있었다. 나는 계속 내려가서 폭스 글렌과 케일비 농장, 와터뷰 공원과 같은 낯선 교외를 지났다. 튜브의 바닥에 닿았고 그곳은 크레빌 고원이라는 곳이었다.
 크레빌 고원은 하나의 큰 지역으로, 특이한 것은 집마다 자체의 덮개와 해와 계절을 가진 게 아니었다. 그곳 전체가 단 하나의 해를 가지고 있음이 분명했다. 집들은 모두 아주 오래됐고 납작했다. 도로는 우중충했고 금이 가 있었다. 그러니까 그건 땅 위를 걸어다닐 때 쓰는 그런 길이었다. 크레빌 고원의 해가 솟았고 하늘이 밝아 오고 있었다.
 그녀의 집을 찾았는데 자그만 집에 아빠의 업카가 바깥에 주차되어 있었다. 정원에는 조각품이 있었는데, 둥근 테나 고리 같은 모양의 구조물에 끝이 뾰족한 공이 매달려 있었다.

공중에 아직 떠 있던 업카를 집 옆에 주차시키고 내려서 현관으로 갔다. 도어벨이 내는 음악 소리가 나무 문을 통해 들려왔다.

그녀가 문간으로 나와서 활짝 미소지었다. 날 보고 아주 기뻐했고 나도 그녀를 보니 기뻤다. 날더러 들어와서 집에 계신 아빠에게 인사하라고 했다. 나는 들어갔다.

실내가 어수선했다. 어느 것에나 글자가 붙어 있었다. 종이며, 책이며, 심지어 벽에 붙은 포스터들에도 글자가 있었다. 그녀의 아버지는 괴짜 같았다. 거실 안에서 야외용 의자에 앉아 꼽추처럼 몸을 구부린 채 퍼즐 조각들을 맞추고 있었다. 그의 등엔 정말로 곱사등처럼 뭐가 튀어나와 있었는데, 그건 아주 아주 초기의 외장 피드로, 그때 사람들은 큰 등짐을 메고, 양눈에 스크린을 펼쳐 주는 특수 안경을 끼고 스캐너를 사용했다. 그 역시 안경을 끼었고, 나와 악수를 할 때 그림과 글자가 그의 눈동자에 일렁거리는 걸 보았다. 마치 휘젓는 물 표면에 반사되는 햇살처럼.

그가 양 손을 벌렸다. 그리고 말했다.

"자넬 이렇게 만나게 되어 참 반갑네."

그는 아주 가벼운 미소를 지었는데, 말하는 동안에도 계속 지워지지 않았다. 나지막하고 가라앉은 목소리였다. 그가 말했다.

"반듯한 용모에다 또 내 딸한테 보여준 관대함에 아주 놀랐네. 둘이 친하다니 아주 기뻐. 마치 한 쌍의 날개가 파닥이는 것 같군."

바이올렛이 말했다.

"왜 남들 앞에 아빠를 데려가지 않으려는지 이제 알겠지."

"내 딸이 비꼬고 있기는 하지만, 딸의 연애 상대를 만나게 되다니 이건 아주 대단한 사건이야. 연애할 때 쟤는 집으로 데려오질 않고 대신에 멀찍한 곳, 아마 바닷가 오두막이나 산소 풍부한 은밀한 곳에서 살짝 만나길 좋아하거든."

바이올렛이 말했다.

"아빠는 예절학교에 들어간다 해도 사생활 존중이라는 걸 도통 배울 수 없기 때문에 쫓겨날 거야. 전혀 놀랄 일이 아니지."

"쟤는 아마도 연극 공연 장소에서 연애 상대들을 구하지, 아니면 무허가 술집이거나."

"가는 게 좋겠어."

바이올렛이 말했다.

"자존심이 그나마 쥐꼬리만큼이라도 남았을 때 가야지."

내가 말했다.

"이번에…… 이렇게 뵙게 되어서 참 좋았습니다. 저희는 오늘 교외로 나가려는데요. 바이올렛을 잘 돌보도록 하겠습니다."

난 남자 대 남자로서, 책임감을 보여주고 싶었다.

그가 고개를 끄덕였다. 손바닥을 수평으로 펴서 마치 닷지 그리폰인 양 날아 엔진소리를 내며 책 쪽을 향해 날아가 착지했다. 그가 지른 활기찬 소리에 창문이 덜컹거릴 지경이었다. 십대처럼 아주 고음으로.

"우우우우우! 저 푸르른 신록을 보라! 어린 친구여, 나는 내 눈 아래 보이는 만물의 주인이니라."

내가 고개를 끄덕였다. 바이올렛이 문을 열었다. 우리는 나가서 그리폰에 올라탔다. 그리고 좌석 벨트를 맸다.

"우와."

내가 말했다.

"그런 반응일 줄 알았어."

우리는 이륙했고 거리 위를 날아 내려갔다.

"너희 아빠 괴물이신걸."

"내가 사회생활을 계속하려면, 아빠를 어디 분홍빛 절연체 고치에 집어넣어서 지하에 숨겨 두는 게 좋을 것 같아."

"난 무슨 말인지 한 마디도 못 알아듣겠더라."

"언어가 죽어가고 있대. 아빠는 문자가 타락하고 있다고 생각해. 그래서 완전히 이상한 말과 풍자만 쏟아내지. 그러니 아무도 그 말을 못 알아듣지."

우리는 모서리를 돌았다.

"엄마는 어디 계셔?"

내가 물었다.

바이올렛이 답했다.

"아마 남미에, 거기가 따뜻해서 좋대."
"이혼하신 거야?"
"결혼한 적도 없는걸."
"네가 태어났는데……. 이상한데?"
"무슨 말이야?"
"그러니까…… 그건……우리가 대개 하는 식이…… 아니잖아?"
"그건 그렇지."

그녀는 그만 화제를 바꾸고 싶은 듯했다.

업카가 하강 튜브 속으로 들어갔고, 우리는 상승했다.

농장의 하루

우리는 한 시간 가량 날아서 농장 지대로 들어갔다.

가는 동안 그녀가 가족 이야기를 들려주었다. 엄마 아빠는 대학시절에 만났는데, 생활 방식에 대한 실험의 일환으로 함께 살기로 했고, 그녀를 가졌다는 거였다. 몇 년간은 모든 게 좋았다. 하지만 그녀가 예닐곱 살 무렵부터 부모님은 사사건건 싸우기 시작했고, 내내 고함질 소동이었다. 그리고 엄마가 떠나 버렸다. 내가 물었다. 그때가 그럼 아빠가 그렇게, 말하자면 알아듣기 힘든 사람이 되었을 때냐고. 그녀의 말이, 아빠는 항상 그랬고, 엄마가 떠난 이후로 더 지금처럼 되기 시작했다는 거였다.

그녀가 아빠의 강의에 대한 몇 가지 기억을 내 피드에 올려줬다. 그가 강의실을 누비면서 말하고 있었다.

"구십 년대에, 그 이전의 프로그래밍 언어들, 그러니까 신고전주의에 중점을 둔, 아리스토텔레스 논리 구조까지 담은 그 언어들이 밀려나고, 객체 지향의 상호작용적 구조로 간 거야."

그의 신발이 타일 바닥을 끌며 딸그닥거렸다. 학생들의 눈을, 마치 싸울 듯이 일일이 노려보았다. 그는 학생들 쪽으로 몸을 기울이며 말했다.

"객체 지향적 프로그래밍에선, 독립된 소프트웨어 항목들이 한층 자유로이 상호작용을 하지. 바로 당시 후기 자본주의 구조의 기업 서비스 제공 체계를 반영했던 거야."

이런 말을 누가 알아먹으랴. 하지만 돌연 그는 분홍빛 절연체 고치 속에 넣어져 지하에 갇혀서는 안 될 막강한 사람처럼 보였다. 그는 우리와는 다른 종류의 사람이었다.

그가 정상인처럼 이야기할 때란 몹시 피곤하거나 자러 가기 전 식사할 때 정도라고 했다.

그녀와 아빠는 번갈아 저녁 식사를 장만했다.

그들은 키치네트 식품 합성기를 마련해 뒀던 것이다.

그녀가 내 가족 이야기를 물었다. 하지만 그건 그리 흥미로울 게 없었다. 그저 내 부모님은 친구들을 통해 만났고, 사귀다가 함께 지내기 시작했다. 어느 날 둘은 금성에 갔다. 둘은 금성에서 오늘날의 레스토랑에 앉았지만, 그 분위기는 금성이 러브 행성으로 불릴 적, 그러니까 Love를 러브로 발음할 때였다. 그리고 아빠가 손을 들어올렸는데 한쪽 손가락에 큰 혹이 붙어 있었다. 그건 마치 막 허물을 벗고 날아오르려는 나비를 담고 있는, 포낭 같다고나 할까? 엄마가, 스티브, 그게 뭐죠, 악성인가요? 하니까 아빠가, 자기, 난 양성이기를 바라요. 하면서 작은 뚜껑을 따서 포장을 벗기니 그 속에 엄마한테 줄 약

농장의 하루 · 159

혼 반지가 있었다! 아빠가 반지를 꺼내 엄마의 손가락에 끼우니 엄마가, *어머나! 어머나!* 소리치고 레스토랑에 있는 모든 사람들이 손뼉을 치기 시작한다. 엄마가, *손가락에 너무 꽉 끼어요,* 해서 두 분은 급히 보석상으로 가서 반지를 조정해야 했다. 요즘도 두 분이 싸우고 화해할 때면 언제나 엄마가 이런 농담을 던진다. 그러니까, *그래, 우린 결혼했지, 여기 그걸 증명하는 상처가 있잖아.*

바이올렛의 이야기를 듣는 건 기분 좋았다. 내 이야기를 하는 것도 좋았지만 그녀의 이야기가 한층 재미있었다. 나는 말했다. 아빠가 그녀를 키우고 스스로 가정 학습을 하도록 하는 게 힘들었을 거라고. 그녀가 말했다. 아빠는 양육에 워낙 열심이었고 가르치는 것 또한 그랬다고. 그녀는 아빠를 자랑스러워했다. 비록 그녀의 아빠가 그렇게, 내가 본 바로는, 정신이상자처럼 보인다 해도.

우리 피드가 방문객을 초대하는 농장의 배너를 띄웠다. 거기서 산책을 하면서 온갖 게 자라는 걸 볼 수 있다는 거였다. 그래서 우리는 그곳으로 나가는 하강 튜브로 빠져나와 착륙했다. 그날 다른 사람들은 많지 않았고, 그래서 우리가 산책하는 동안은 거의 둘만의 시간이었다.

아주 평화로웠다. 우리는 산책하면서 손을 잡았고 팔짱을 끼기도 했다. 바이올렛은 소매 없는 옷을 입고 있어서 그녀 팔꿈치에 박힌 작은 굳은 살까지 볼 수 있었다.

시골 냄새가 났다. 그곳은 필레 미뇽(소의 두꺼운 허릿살) 농장이었고, 우리가 걸어가는 길 주변으로 조직이 수킬로미터에 걸쳐 퍼져 있었다. 우리 주위는 온통 거대한 붉은 벽으로 둘러싸여 있었는데, 그것은 아름다운 마블 무늬(흰색 차돌박이 무늬)를 펼쳐냈다. 작물들에는 관이 있었고, 그리로 조직의 피가 통하고 있었다. 우리는 그 피가 주위를 돌아, 아래위로 흐르는 걸 볼 수 있었다. 그건 정말 흥미로웠다. 그런 게 어떻게 만들어졌는지 궁금했고, 어디서 시작되는 것인지 알고 싶었다.

완벽한 오후였다. 농장 일부는 관광객을 위한 스테이크 미로로 만들어졌는데, 우리는 그 미로에 들어가 누가 중앙으로 먼저 가는지 시합하며, 구석을 돌고 엿보고 숨곤 했다. 거기엔 착시 현상을 일으키는 거울들이 있었다. 그래서 존재하지도 않는 온갖 쇠고기를 진열한 복도를 보게 된다. 우리는 웃음을 터뜨리며 서로를 향해 달리고 소리치고 되돌아가고 했다. 스테이크 미로에는 다른 여행자들도 있었는데, 우리를 날쌔다고 생각했을 것이다.

그리고 우리는 앉아서 농장 매점에서 산 사이더도넛(반죽을 할 때 발효시킨 사과즙을 넣은 도넛)을 먹었다. 보통의 맛과 계피맛이 있었는데 난 계피맛이 더 좋았다. 바이올렛이 말하길, 보통 것으로 시작하는 것이 중요하다고 했다. 그래야 계피맛이 더욱 살아난다는 거였다. 그녀는 무엇이든 조금 늦추면 더 좋아진다는 지론을 가지고 있다고 했다. 그녀는 자기 통제, 그렇다, 절제의 중요성에 관해 일관된 견해를 가졌다. 예컨대, 뭔가를 살 때 한동안 스스로 주문을 미루어 둔다. 그런 뒤에 구매 사이트에 가서 그걸 본다. 그 감각을 음미하는 것인데, 그러니까, 그게 어떻게 느껴질지 또는 무슨 냄새를 풍길지 상상한다. 그러고 나서 한 주일 동안 덮어둔다. 그런 뒤에 마침내 그걸 주문한다고 해도, 재고가 부족하든가 해서 즉시 배송되지 않을 경우에만 그렇게 한다. 그러고 마침내 그게 배송되려 할 때 그녀는 이런다. *아, 난 신속 배달을 원하지 않아요, 보통으로 해주세요.* 그래서 그게 삼 일이나 걸려 그녀한테 도착하면, 그녀는 그걸 상자 속에 그냥 놔둔다. 그런 다음 비로소, 그녀는 상자를 열어서 스커트의 바느질이며 뭐며를 꼼꼼히 살핀다. 그걸 만져 보고 비로소 그게 그녀의 것임을 확인한다. 손가락으로 부드럽게 어루만진다. 가장자리를 따라서, 그것도 와락 껴안는 식이 아니라 아주 점잖게, 손 끝이나 어쩌면 손등으로 만진다. 며칠이고 기다리면서 더 이상 참을 수 없을 때에야 그걸 꺼내 입어 본다.

그런 점에서 난 완전히 정반대다. 도넛을 더 먹고 싶은데, 거기서 도넛을 더 먹느냐, 도넛이 정말 좋은 거냐 이리저리 생각하는 건 참을 수가 없다.

그렇게 우리는 잠시 그 자리에 앉아 있었다. 난 손으로 테이블 위에 도넛 봉지를 펼쳐 놓았다. 종이 위에 또렷이 새겨진 도넛 고리가 보기 좋았다.

조금 지나, 우리는 자리를 옮겨서 농장 전망탑에 올랐다. 해질 무렵이라 아주 아름다웠다.

우리는 탑 위에 나란히 앉아서, 다리를 흔들었다. 구름이 우리 앞에서 붉어지고 있었다. 수킬로미터나 되는 필레 미뇽이 발 아래로 훤히 내려다보였고, 유전자 암호가 잘못 부여된 장소들이 가끔 눈에 띄었다. 쇠고기 작물의 중심부는 뿔이나 눈, 혹은 석양에 벌렁거리는 심장 모양으로 보였다. 수킬로미터에 걸친 붉은 색 근육은 수축하며 떨고 있어 그 위로 전율하듯 떨림이 물결쳤다. 새들이, 아마 보금자리를 찾아가는 갈매기들일까, 날아가면서 슬픈 소리로 울어댔다. 쇠고기와 새들과 하늘, 그 모든 것이 마치 스스로 빛을 발하는 듯 번쩍였다. 그 광경을 우리는 바라보았다.

이윽고 어둠 속을 날아 집으로 돌아올 때, 계기반에 불이 들어온 업카 안에서 그녀가 내게 물었다.

"만약에 원하는 대로 죽을 수 있다면 넌 어떻게 죽고 싶어?"

내가 말했다.

"그런 건 왜 물어?"

그녀가 말했다.

"그것에 대해 많이 생각해 보았거든."

난 잠시 생각하다가 말했다.

"난 이렇게 죽고 싶어. 온 감각 속에 강렬한 쾌감이, 그게 너무나 꽉 차서 번개처럼 날 뚫고 나오는 거야. 피드가 채널마다 흥분으로 꾹꾹 채워져서, 빨리 더 빨리 좋게 더 좋게, 그러다 마침내 뻥! 그거야, 극한의 쾌감, 난 그런 식으로 죽고 싶어."

그녀가 고개를 끄덕였다.

나는 말했다.

"아주 늙어서 지긋지긋해지면 그렇게 할 거야."

그녀가 말했다.

"그러니까, 죽음이란 지금으로선 피상적인 거라고 봐. 닥치기 전까지는 구멍 속에 잠복해 있는 거지. 지금은 단지 잘 모르는 언젠가의 일이야."

우리는 호수 위를 날았다. 호수 바닥의 거대한 푸른 광고의 불빛이 밝혀져 물 위로 확대되어 비쳤다. 미소짓는 사장의 모습이었는데, 그걸 바라보면 "다이나컴 주식회사"라고 소리치며 선전했다.

내가 물었다.

"그건 왜 물어보는 거야?"

그녀가 말했다.

"언젠가 끝난다는 걸 알면 좋은 시간이 한층 더 좋아지지. 마치 채소를 구울 때 부분적으로 태워야 더 맛있는 것처럼 말이야."

나는 그건 아마도 그녀의 아빠가 요리했기 때문에 그렇지 솜씨 좋은 사람이 했더라면 태우지 않았을 거라고 말하고 싶었다. 하지만 그녀 말의 핵심은 채소에 대한 게 아니란 생각이 들어서 그냥 운전만 계속하다가 물었다.

"지금은 좋은 시간 맞아?"

그녀가 말했다.

"가장 좋은 시간 중의 하나야."

내가 말했다.

"그러니까 내가 쾌감을 과다 다운로드할 시간이 되었을 때, 그때 네가 내 곁에서 그렇게 해줄래?"

그녀가 놀란 눈으로 날 쳐다보았다. 잠깐 동안 그녀는 혼란스러워했다. 무슨 뚱딴지 같은 소리냔 듯이.

비로소 그녀가 내 말뜻을 알아챘고, 마치 선물을 받은 것처럼 웃었다. 그녀가 말했다.

"네가 바란다면, 그래. 꼭 거기 있을게."

그녀가 갑작스레 내 뺨에 키스를 했다. 그러고는 속삭였다.

"내가 네 생명의 플러그를 뽑을 거야, 촌놈, 가장 가까운 사람이 되는 거야."

그녀의 플러그를 뽑는다는 말투가 섹시하게 들렸고, 바로 그때 모든 게 완전하게 느껴졌다.

그녀를 내려주고, 다음 약속을 잡고, 우리는 비밀스런 악수를 했다. 난 집으로 돌아오면서 영국 밴드가 폭풍우처럼 고함을 토해내는 새 노래를 들었다. 집에 도착하니 꺼졌던 불이 날 위해 켜졌다. 난 빈 집으로 걸어들어가 잠자리에 들었고, 누워서 모든 게 얼마나 완전한가 생각했다.

주변에 가족이 느껴졌다. 그들의 피드를 어렴풋이 추적할 수 있었다. 가족들은 그걸 막아 놓지 않았던 것이다. 냄새쟁이는 기린 이야기를 들려주는 어린이 사이트에 가 있었다. 그렇게 그는 노래를 듣고 색다른 모습의 신기한 것들을 보면서 꿈나라로 가고 있었다. 부모님은 위층에서 맬 상태에 들어가 있었다. 두 분은 내가 아는 걸 원치 않겠지만 난 알 수 있었다. 두 분이

선택한 건 아주 번쩍이는 비싼 맬 사이트여서 추적이 쉬웠기 때문이다. 두 분 다 접근을 경계하고 있지 않았다. 그러니까 경계를 풀지 않고는 완전한 맬 상태에 오랫동안 들어갈 수가 없기 때문이다.

해와 별을 켰다 껐다 할 수 있는 돔 속에서, 집안에서, 우리 가족들은 그렇게 잠들어 있었다. 피드가 내게 아주 살며시 속삭였다. 새로운 유행에 대해, 짧아지거나 길어진 바지 길이에 대해, 꼭 알아야 할 밴드들이며, 새 레벨의 게임과 피해야 할 게임, 꼭 해보아야 할 게임 등등. 여러 피부 색깔의 친구들이 모두 콜라를 마시고 있었고 맥주가 산길에 흘러내렸다. 그리고 「오? 우와! 짱!」의 주인공들은 상처를 입었고, 그래서 이제는 상처가 유행, 아주 큰 유행이어서 내 상처는 백만 달러짜리로 보였다. 해가 다른 나라 위로 뜨고 있었고, 속옷은 값쌌고, 신기술은 신형 흉근·복근·젖꼭지를 개발했다. 미국 대통령은 미래를 확신했고, 웨더비 앤 크로치에는 세일 배너와 멋진 럭비 셔츠가 있었고, 또 치노를 입은 주근깨 꼬마들이 해변에서 노는 장면과 해초더미를 말리는 장면이 나왔고, 그리고 내가 잠에 떨어지자 피드가 내게 다시 또 다시 소근댔다.

모두 잘 될 거야. 모두 잘 될 거야. 모든 것이 잘 될 거야.

○○○

······처음에, 사막과 초원에서 입의 문화, 말하는 문화가 생겼다. 그러고서 도시들에서 사원과 저잣거리와 함께 상형문자가 나타났고, 나중에 마치 마술처럼 소리를 만드는 상징이, 그리고 문자 문화가 이어졌다. 그러자 대학에서, 또 초기 국가의 뾰족탑 아래 인쇄 문화가 나타났다. 이런 문화—입의 문화, 문자 문화, 인쇄 문화—들은 항상 인류의 위대한 시대로 간주되었다.

그러나 우리는 새로운 시대로 접어들었다. 우리는 새로운 인간이다. 지금은 몽상 문화, 꿈의 문화 시대다.

그리고 우리는 꿈의 민족이다. 우리는 선각자다. 우리는 마법사다. 우리는 영상으로 말한다. 우리 문자는 모자 속에서 날아오르는 비둘기떼와 같다. 우리는 단지 손과 욕망을 내뻗기만 하면, 원하는 것을 손바닥 안의 손수건처럼 얻을 수 있다. 우리는 마법사와 요술사의 종족이다. 우리는 아틀랜티스인이다. 우리는 전설의 대륙 뮤의 후예들이다.

우리가 원하는 것은 우리 것이다.

지금은 꿈의 문화 시대다. 그리고 우리 미국은 꿈의 나라다.

○○○

다시 찾아온 침입자

그날밤 늦게, 난 악몽을 꾸었다.

누군가 내 머리를 빗자루로 찔러댔다. 그들이 내 귀에 그걸 쑤셔 넣으려 했다. 그들이 말했다.

"속삭임은 좁은 곳을 더 좁게 만든다."

그러자 갖가지 장면이 나왔고, 난 온 세상을 보았다. 설명이 곁들여졌다. 하지만 난 여전히 잠들어 있었고, 그들을 알아볼 수 없었다. 내가 본 건 아주 값싼, 단돈 150달러짜리 카키복들이었는데 난 그 바느질을 좋아하지 않았다. 그때 그 옷들이 찢겨 나가면서 피로 물들었다. 그건 거리의 폭동 장면이었다. 사람들이 왁자지껄 고함을 지르고 있었는데, 카키복이나 청바지에 티셔츠 차림이었다. 그들이 돌과 병을 던져댔고, 경찰이 말을 타고 전진했다. 그리고 군중 속에서 한 남자가 권총을 흔들어댔고, 그때 총격이 시작되었다. 그들은 공장들 앞에 있었는데, 가스 구름이 밀려들었고 성조기가 큰 불길을 일으키며 타오르기 시작했다. 가스가 점점 짙어지자 사람들은 더욱 급속하게 마치 거짓말처럼 목을 움켜쥐고 비틀대다 주저앉으며 땅바닥에 쓰러졌다. 나는 한 상징적 그림을 보았다. 작은 악마가 머릿속 뇌 안에 들어앉았는데, 입에서 번갯불을 뿜어내고 있었다.

나는 보았다. 검은 들판이 죽 펼쳐지고, 질리도록 검은 물체들이 몇 마일이나 펼쳐 있는 것을. 콘크리트 벽이 하늘에서 무너져 내리며 작은 나무집들을 부수는 것을. 나는 보았다. 야수 한 마리가 일어서려고 하는데 뒷다리가 부러져 움직이지 못한다. 짐승은 앞발로 몸을 끌면서, 울부짖으며 회색 먼지 속을 지나갔고, 모래 속에서 바늘이 솟았다. 그 입이 벌어졌다. 나는 보았다. 긴 케이블이 바다를 관통하고 있는 것을. 나는 보았다. 소녀들이 재봉질하는 것을. 커다란 홀에서 작은 소녀들이 재봉질을 하고 있었다. 나는 보았다. 사람들이 미사일을 우러르며 기도하는 것을. 나는 그 바위투성이 장소에서 여름 냄새를 맡았고, 여름은 전기 불꽃 같은 냄새를 풍겼다. 나는 보았다. 날 쳐다보는 한 꼬마를. 다른 문화권의 꼬마였고, 드레스를 입은 얼굴 가득 그늘이 짙게 깔렸다. 기묘한 그늘이. 그건 정말로 서늘한 영상이었다. 주변에 그늘을 드리울 만한 건 아무것도 없었다. 마침내 난 깨달았다. 그건 그늘이 아니라 타박상이라는 걸. 그러자 총의 개머리판이 내려와 그 얼굴을 내리쳤고 모든 영상이 끝났다.

타이터스, 바이올렛이 불렀다. 타이터스. 거기 있니?

내가,

뭐야? 무슨 일이지? 저기…… 이런……?

내가 자는 걸 깨웠나 봐?

으응, 대체…… 그 소녀는……?

타이터스, 봐 봐. 누군가 내 피드를 어지럽히고 있어. 내 명세서를 점검하고 나한테 온갖 이미지들을 보내고 있어.

아마 어느 회사겠지. 어휴…… 아, 정말, 네가 흔들어 깨울 줄은. 기묘하기 짝이 없는 꿈을 꾸었어.

그건 회사가 아니란 생각이 들어. 그들은 인식표가 없었어.

넌 방어 장치가 없니?

그들이 방어 장치를 뚫고 밀어닥쳤어.

음, 이런, 젠장. 난…… 내가 얼마나 깊이 잠들었는지 알아?

피드테크 고객 지원을 요청했어. 난 이걸 보고할 거야. 뭔가가 일어나고 있어.

그래, 알았어. 젠장, 알았어. 그러면 난 다시 잠 좀 자도 되는 거지?

정말 그건 네가 아니었지?

정말이야— 난 아냐. 난 아주 졸려서, 마치 졸음 지수가 십은 된 것 같았다고.

그게 누군지 그들이 추적해낼 거야, 틀림없이.

그래. 아마도.

넌 하나도 안 보이니? 이것들이?

이것이라니?

여기 누군가가 있어. 안 느껴져?

누구 말이야?

우리 말고 다른 누군가. 방어벽을 뚫고 들어왔어, 방금 전에.

한 목소리가 말했다.

안녕, 난 피드테크 고객 직원 니나예요.

어휴 다행이네.

낡은 어깨 때문에 여전히 피곤한가요? 왜 확장 기능을 쓰지 않으세요?

바이올렛이 이랬다.

누군가 내 피드에 접근했어요. 그들이 명세표와 통계를 검토하고 있었단 말이에요.

그러면 이 새벽에 어떻게 도와드릴까요?

당신이 그들을 따라가서 조사해야 해요. 어떻든, 그게 누군지 알아내요. 얼른요…… 얼른!

바이올렛, 난 기꺼이 개인적으로 고객 누구에게나 응답하고 또 어떤 지원 요청도 반겨요. 하지만 불행히도 지금은 고객 요청이 증가해서, 할 수가 없어요. 그래서 당신과 대신 대화하도록 이 인공지능 니나를 보낸 겁니다.

아니, 내 말을 이해하지 못하는군요.

당신의 최근 구매 내력을 살펴보니, 당신이 사지 않은 많은 제품에 관심을 나타냈다는 걸 알겠어요. 그렇게 많은 훌륭한 제품을 두고 마음을 정하기에 어려움을 느끼시죠?

제발 진짜 담당자를 연결시켜 달라니까?

바이올렛, 난 당신을 도와서 당신한테 딱 맞는 제품들을 찾게 해

드릴게요. 그들이 외칠 거예요, "당신! 당신! 당신!" 마치, 항상 토요일이었다! 그것처럼요, 오, 난 알아요! 당신이 숙녀란 걸, 당신은 완전 성인용 바이올렛 품목을 원해요! 그건 내가 돕겠어요!

됐어, 바이올렛이 채팅했다. 그만 됐어. 고맙지만, 난 됐어.

때로는 선택하기가 쉽지 않아요.

사라져.

여기 인공지능 니나가 당신을 도울 수 있어요. 불량품을 물리쳐요—그리고 명품을 찾아내요! 당신이 찾는 걸 도와드립니다. '미즈 바이올렛 던', 당신 같은 숙녀에 딱 어울리는 훌륭한 제품을!

꺼지라니까!

좋아요, 당신은 지금 대화하고 싶어하지 않는군요. 그러면 난 내 작은 집으로 돌아갑니다. 거기서, 분류와 조사를 하면서, 당신과 당신 친구들, 그리고 피드테크의 모든 우수한 고객들이 편하고 즐거운 생활을 할 수 있도록 노력하겠습니다. 당신의 꿈을 제품으로 실현하는 피드테크.

그래. 고마워. 아주 대단히 고마워.

감사합니다, 애플바움 가 1421의 바이올렛 던. 조만간 다시 당신을 도울 수 있기를 바랍니다. 언제라도 당신이—.

자러 가도 돼? 내가 물었다. 난 아주 악몽을 꾸었어.

바이올렛은 완전히 녹초가 된 듯했다. 그녀가 말했다.

그래. 내일 이야기할게.

우린 잘 자라는 인사를 나눴다. 그녀는 느릿하게 갔고, 난 웅크리며 돌아누웠다. 머릿속에서 돌아가는 영상은 이제 나아져 그렇게 격렬하지도 불쾌하지도 않았다. 내 머리카락을 어루만지는 터틀넥 스웨터의 여성들이 많았다. 난 음악을 들었다. 그리고 잠들었다. 깊은 잠이었고, 아침이 되도록 깨지 않았다.

ㅇㅇㅇ

 사막 위로 날아가는 업카가 있다. 통로를 지나 협곡 위로, 멋지게 만곡을 가로지른다.

 누군가 이런 말을 했다. 부자가 천국에 가는 것보다 낙타가 바늘구멍을 통과하기가 쉬우니라.

 한 도시가 있다. 장터. 낙타들. 아랍인들.
 업카가 머리 위를 날고, 그들은 휙 머리를 숙인다.

 그렇다. 이제 우리는 안다. '바늘 구멍'이란 바로 예루살렘에 있는 한 관문의 또 다른 이름이란걸. 그리고 스와프 XE-11은 메가 렙톤 리프트와 일렉트로키네틱 자이로스타시스를 써서, 땅에 수직으로 내려앉을 수 있고 또 1.2초 만에 다시 일 단계 떠오를 수 있다— 그래서 그 관문을 지나는 것은 더 이상 문제가 되지 않는다.

 스와프 XE-11: 당신은 그것을 얻을 수 있다.

ㅇㅇㅇ

현실

 토요일, 우리가 꿈속의 뉴스에서 폭동을 본 지 며칠 뒤였다. 판촉 행사가 있었다. 친구들한테 코카콜라의 맛이 얼마나 훌륭한지에 대해 한 천 번 정도 말하면 콜라 여섯 팩을 거저 준다는 거였다. 그래서 우리는 다 함께 가서 대략 세 시간 동안 코크, 코크, 코크, 코크를 외치고 일 년치 콜라를 얻기로 작정했다. 그건 코카콜라 회사를 벗겨먹을 기회였고, 우리는 모두 재미있는 아이디어라 생각했다.
 난 바이올렛네 집으로 가서 그녀를 태우고, 마티네 집으로 갔다. 거기서 다들 만나기로 한 것이다.
 도착하니, 칼리스타와 로가가 칼리스타의 차에서 내리는 중이었는데, 나는 놀라고 말았다. 걔들 옷차림이 완전 너덜너덜했다. 걸음걸이는 평소와 다를 바 없었지만, 불에 타고 흠씬 얻어맞은 꼴이었다.
 나는 그쪽으로 달려갔다.
 "엄청나군! 너희들 괜찮아? 어떻게 된 거야?"

바이올렛도 물었다.

"얘들아, 괜찮아?"

둘은 서서 우리를 쳐다보다가 다시 서로를 쳐다봤는데, 이런 표정이었다. *이런, 얘네들 바보 아냐!*

로가가 말했다.

"아휴, 이건 폭동 복장일 뿐이야. 이게 다시 유행이야. 이십 세기의 대폭동에서처럼 얻어터진 모습이지. 이번 주 초부터 열풍이 대단했어."

난 그제서야 알았다.

"아하."

바이올렛이 말했다.

"미안해."

"그 까짓 걸로 뭘."

칼리스타가 말하며 머릿카락을 쓸어넘겼다.

안으로 들어가자 마티와 퀸디 또한 폭동 복장을 하고 있었다. 다들 인사했다. *안녕! 안녕! 안녕! 반가워! 어떻게 지내?*

"헤이!"

로가가 퀸디한테 소리치며 손짓했다.

"그거 켄트 주 의상, 맞지? 멋진 스커트야!"

퀸디가 다리를 구부렸다.

"이건 스커트가 아냐— 퀼로트야!"

"어머, 근사해!"

칼리스타가 말했다.

"네게 정말 잘 어울려!"

퀸디는 칼리스타하고 더 말하지 않았는데, 왜냐하면 칼리스타가 그때 링크를 부둥켜안으며 서로 얼굴을 비벼대는 바람에 질투심을 느꼈던 것이다.

마티가 말했다.

"어이! 안으로, 여기야— 젠장 그래, 인간들아, 실내로 들어와. 어이, 바로 여기야."

우리는 자리 몇 개를 차지했다.

"오케이, 오-졸라-케이!"

마티가 고개를 끄덕이며 소리쳤다.

"코카콜라!"

우리는 시작하기를 기다렸다.

우리는 기다리고 있었다.

거기 잠시 앉아서, 모두 웃고 있는 듯했지만 실은 아니었다. 우리는 각기 다른 사람의 얼굴을 쳐다보았다. 바이올렛이 내게 채팅했다.

이건 내가 열두 살 때 하던 거와 같아. 우린 이런 밤샘 파티를 했고 서로 가슴을 보여주기로 했어. 결국 포기했는데, 우린 단지 미국 문화의 천박스러운 단면을 알아챘던 거야.

"그렇게……."

마티가 비꼬는 투로 말했다.

"누구든 찬양하리니 그 위대한 맛…… 코카?"

로가가 말했다.

현실 · 177

"난 그 신선한 향취가 좋아."

"아주 더운 날엔 진짜 그만이야. 얼음 채운 콜라만한 게 없어."

링크가 말했다.

"난 레귤러 콜라가 좋아. 하지만 다이어트 콜라의 환상적인 맛도 좋아."

퀸디의 말이었다.

링크가 칼리스타를 꼬집었다. 그녀가 한숨 쉬듯 말했다.

"나도 그래."

마티가 말했다.

"코카, 그 기막힌 맛, 너무 좋아서 그걸 들고 있는 녀석을 때려눕히고라도 뺏어 마시고 싶어."

"또 누구? 코카에 대해 말해 봐."

링크가 말했다.

로가가 외쳤다.

"코카, 정말 좋아. 거의 펩시만큼."

"제기랄! 거의라고? 너 때문에 우린 1점을 잃은 거야. 망할 점수가 바로 내려갔다고."

내가 얼른 말했다.

"코카가 좋은 건 그 에너지 때문이야."

링크가 칼리스타를 꼬집었다. 그녀가 한숨 쉬듯 말했다.

"나도 그래."

바이올렛이 말했다.

"난 코카가 목을 넘어갈 때 그 타는 듯한 탄산의 느낌에 반했어. 그 따가움은 마치······."

그녀가 허공에 손을 저으며, 천장을 바라보면서 뭔가를 생각해 내려 했다. 그리고 말을 이었다.

"그건 마치 달콤한 자갈밭 같아. 마치 통근차를 향해 달리는 한떼의 사람들이 내 기관지 속을 밟고 지나가는 것 같아."

모두가 그녀를 쳐다보았다. 내가 느끼기로 그들은 바이올렛의 말이 멍청하다고 서로 채팅하는 중이었다. 난 그녀 곁에 다가앉았다. 그리고 그녀의 등에 손을 올렸다.

그녀는 계속 말했다.

"난 가끔 처음으로 코카를 마셨던 때가 언제인지 생각해 봐. 그게 분명히 목에 고통을 줬기 때문인데, 기억이 잘 안 나. 우리는 그걸 어떻게 즐기기 시작한 걸까? 뭔가가 입맛에 맞는다면 그건 어떻게 해서 맞기 시작한 걸까? 내게 코카를 처음으로 줬던 건 누구지? 아빠? 난 그렇게 생각지 않아. 꼬마한테 콜라를 주고선, '*애한테 콜라는 처음이야. 난 정말 대단해.*' 이러는 이는 누구지. 우리는 대체 어떻게 콜라를 마시게 된 거지?"

한참이나 잠잠했다.

그리고 마티가 말했다.

"그래. 그렇기는 하지만, 이봐, 그럼 코카가 그렇게 대단한 거품을 내는 것에 대해선 어떻게 생각해?"

그러고서 우리는 온통 코카가 어떻게 시장 경쟁에서 이겨 각광받게 됐는지, 코카의 판촉 활동에 대해서 말을 하고 또 했다.

하지만 바이올렛은 더는 아무 말도 않고 묵묵히 앉아 있었다. 남자애들은 계속 떠들어댔다. 난 무슨 말에든 아주 크게 웃어 댔다. 왜냐하면 바이올렛이 완전히 침묵하고 있는 걸 사람들이 알아채지 못하길 바랐기 때문에. 그래서 난 탄산처럼 들끓는 온갖 이야기들에 박자를 맞추면서 그녀를 다시 이야기로 끌어들이려 했다. 친구들은 침을 튀기며 앞 다퉈 코카를 찬양했다. 럼주와 코카, 경기장에서의 코카, 김 빠진 코카, 병에 든 코카, 코카와 나초(멕시코 요리), 코카와 핫도그, 뜨거운 코카, 체리 코카, 통에서 꼭지를 틀어 따르는 코카, 이런 것들을 떠들어댔다. 마침내 또 다른 고요가 찾아들자 링크가 말했다.

"어이, 마티, 집에 코카 좀 있냐?"

마티가 대답했다.

"아니. 그런데 제길, 정말 목마르네? 코카 좋다고 이렇게 떠들어대자니 말이야."

우리는 잠시 발 밑만 내려다봤다. 난 앉아 있는 긴 의자에서 엉덩이를 비비적거렸다.

"우리 나가서 목 좀 축이자."

링크가 말했다.

"그래. 가게로 가자고."

"어느 가게?"

"저기 스포츠 센터 부근에 편의점이 있어."

우린 모두 일어났다. 마티가 마치 선전하듯 말했다.

"좋아. 우리 나가서 멋진 코카 음료를 좀 마시자. 신선한 향취를 맛보자구."

하지만 이제 아무도 그런 식으로 떠들지 않았다.

로가와 칼리스타는 둘이서 소곤대다 바이올렛이 뒤따라오는 걸 보고 화제를 바꾸었다.

"어머! 그게 스톤월 신발이야? 정말 멋진데."

칼리스타가 말했다.

"괜찮지?"

로가가 말했다.

"그래. 아주 편해 보이는데. 정말 편하니?"

"진짜 편해."

로가가 발을 빼고는 꽃무늬 신을 만지작거리면서 말했다. "난 칠 사이즈를 신는데 이 신은 남자 칠 사이즈보다 더 큰 것 같아."

"이 상의는 와츠 폭동 상의야."

바이올렛이 물었다.

"난 폭동에 대해서 제대로 아는 게 없는데. 와츠 폭동은 어떤 거야?"

칼리스타와 로가가 멈춰서서 그녀를 쳐다보았다. 난 둘이 순간적으로 채팅하는 걸 느꼈다.

"그러니까, 폭동이란—"

칼리스타가 말했다.

"글쎄, 바이올렛. 그러니까 사람들이 창문을 부수고 서로 치고 박고, 그리고 경찰에 붙잡혀 가는 거지. 폭동. 알지, 폭동?"

현실 · 181

"아, 난 단지 너희가…… 아는가 해서…… 어쩌면…… 난 그걸 촉발시킨 게 뭔가 해서."

바이올렛이 두 손을 급히 저었다.

"잘났어."

칼리스타가 말했다.

"난 단지 묻고 있는 거야."

바이올렛이 말했다.

"됐어."

"난 단지……."

"그래. '촉발시키지.'"

"뭐? 난 비열한 그런 뜻으로 한 말이 아니야."

"됐다고. 알았어. 로가, 가자."

둘은 계속 걸어갔다. 그리고 로가가 말했다.

"그런 말 따윈 네 메티자비즘에 넣어 버려."

칼리스타가 물었다.

"메티자비즘이 뭔데?"

"아 미안. 그냥 알아들을 수 없는 멍청하고 긴 단어를 쓰는 게 좋을 것 같아서."

칼리스타가 웃으며 돌아보았다.

"쉿. 쟤가 들었으면 깨까닥……."

난 생각했다. 오 젠장.

바이올렛이 나한테 채팅을 했다.

쟤네 말 들었어? 이건 더 이상 참을 수 없어.

내가 이랬다.

무슨 말이야?

쟤들은 정말 못됐어. 날 집에 데려다줄 수 있니?

내가 말했다.

그런 건 털어 버려. 털어 버려. 나쁜 뜻은 아냐.

쟤들은 날 미워해.

널 미워하는 사람은 없어.

네 친구들이 날 미워해. 내가 멍청하다고 생각한단 말이야.

안 그래— 제길!— 널 멍청하다고 생각하는 사람은 없어.

지금, 내가 괜히 그러는 줄 알아.

지금 친구들을 떠날 순 없어. 그건 쟤네들 바보짓에 완전히 항복하는 꼴이야.

쟤들이 날 모욕했어.

아휴, 모욕한 게 아니야.

아까 내가 한 말을 바보 같다고 생각하잖아. 내 말은 뭐든 이상하고 멍청하다고 생각하거든. 날 집에 데려다 줘. 문제될 게 뭐야?

링크가 이랬다.

"너희들 같이 안 갈 거야?"

바이올렛이 말했다.

날 집에 데려다줘.

젠장! 왜 그래? 정말.

난 떠나고 싶어.

나는 링크한테 말했다.

"안 되겠는데. 어, 바이올렛이 집에 가야 한대."

"제길, 파티는 이제 시작인데. 아직 주방에서 뭘 꺼내 곱창도 채우지 않았잖아."

링크가 말했다.

"난 정말 가야 해."

바이올렛이 미소를 지으며 말했는데 마치, 공식 사친회에서 회원들과 악수를 하는 듯했다.

모두들 밖으로 나와 업카를 타고 편의점에 가는 중이었다. 칼리스타는 그녀의 WTO 폭동 자켓을 뽐내고 있었다. 바이올렛과 나는 그들에게 작별 인사를 했다. 우리는 내 업카에 탔고 이륙했다.

그리고 다투기 시작했다.

비행 중의 다툼

 난 마티네 거주 지역의 메인 튜브에서 하강했다. 거긴 통관문이 있는 지역이었다. 인근의 보안 통로가 열리기를 기다렸다가 하강 튜브 속으로 비행했다. 마치 시속 백만 마일로 날아서 바이올렛을 좌석 뒤쪽에 납작 붙여 버릴 기세였다. 그리고 위로 솟구치다 이런 생각이 들었다. 과속으로 그녀를 놀라게 하는 대신에, 아빠가 그랬던 것처럼 분노를 억누르면서 모든 일을 아주 빈틈없이 처리하자.

 그래서 지표면에 바짝 붙어 정말 훌륭하게 비행하면서, 냉각탑 부근의 빈민가 위를 지났다. 난 완벽하게 날았다. 내 뒤에서 하강 튜브를 빠져 나오는 다른 애들을 볼 수 있었는데, 그들은 내 업카 때문에 착륙을 방해받고 있었다.

 우리는 잠시 그렇게 계속 비행했다. 비가 내리고 있었다. 아래쪽 공장 탑들에는 많은 불빛이, 아주 환한 불빛이 켜져 있었다. 그 불빛이 매연 가스층을 뚫고 도관과 저장 탱크와 사다리 위로 비쳤다. 하늘에는 정박한 화물선들이 있었다. 난 그 주위를 정중하게, 신사처럼 날았다.

우리는 둘 다 너무 화가 나서 말할 수조차 없었다. 턱이 부르르 떨렸다.

그래서 우리는 피드로 채팅을 시작했다. 그녀가 이랬다.

뭐야?

아무것도 아냐.

뭐가 아무것도 아냐?

뭐가 아무것도 아니라니?

그녀가 말했다.

대체 뭘 갖고 화를 내는 거야?

난 숨을 토했다. 소리나게 분노의 숨을 토했다.

우리가 왜 자리를 떴는데?

걔들이 날 놀렸기 때문이지.

나는 아무 말도 하지 않았다. 난 스스로에게 타일렀다. *이건 정말 쓸데없는 일이야.* 모든 일이 무의미했다. 그건 멍청한 일이었고 날 열받게 했다.

바이올렛이 다시 도발했다.

왜 말이 없어?

그래서 난, 멍텅구리처럼 말했다.

그래, 말이야, 너 그렇게 으스대는 게 아냐.

으스대? 뭘 말이야?

네가 더러 그러는 것처럼. 이상한 말을 쓰는 거.

난 이상한 말을 쓰지 않아.

그래. 별나게 잘난 체할 뿐이겠지.

"정말 기가 막혀!"

그녀가 소리를 질렀다.

"그게 무슨 뜻이야?"

"내 말뜻을 알 텐데. 그건 말이야…… 내가 너를 좋아하는 그런 이유이기도 한데, 하지만 넌 꼭…… 그러니까……."

"네가 날 좋아하는 이유가 뭔데?"

"내가 좋아하는…… 알지. 넌 정말 재미있어, 그리고 예쁘고, 또 넌……."

"누구나 예쁘지. 어느 누구나 포장한 팬지꽃처럼 예쁠 수 있어. 그건 네가 지금 말하려는 게 아니야."

"되도록 조금만 네가…… 되도록 말야…… 그건 때로 두려움 때문에 그런 거야. 그건 마치…… 때로는 네가 우리를 관찰하고 있는 것 같은 기분이야. 우리들과 어울리려는 게 아니라."

"그래, 난 너희들처럼 살아오지 못했어."

"지금 내 말은 때로는 그게 어떻게…… 느껴지는가 그 말이야."

"그런 기분을 말해 줘서 고맙군."

"난 단지 네게 일러주고 있는 거야."

"고마워."

우리는 비행했다. 공중 범죄단에서는, 파라세일을 탄 마약 밀수단에 대해 생방송을 하고 있었다. 나는 그녀한테서 오는 채팅을 막아 버렸다. 그녀가 그걸 열심히 밀어내고 있었다.

나는 피드 방어벽을 열고 그녀가 다시 채팅하게 했다.

날 못된 애라고 생각하지, 안 그래?

이건 황당하군. 바보 같은 소리 마.

그녀가 창밖을 응시했다.

또 뭐가 문젠데, 응? 내가 물었다. 뭔데?

잠잠했다. 아무 대답이 없었다.

한참 동안 잠잠했다.

그래서 내가 이랬다.

뭐가 잘못 된 게 또 있냐고?

그녀가 날 바라봤다. 울지 않으려고 애쓰는 것이 느껴졌다. 그녀가 이랬다.

그래.

내가 이랬다.

그게 뭔데?

그녀가 속삭였다.

"말해 봐. 입 밖으로."

난 입술을 깨물었다. 이런 식의 대화를 난 싫어한다. 진짜 신경질이 났다. 내가 말했다.

"좋아. 뭐가, 응, 뭐가 잘못된 거야?"

한참 동안, 우리는 연기의 숲을 지났다. 연기는 아래쪽에서 솟고 있었다. 마치 링크네 주행로 옆으로 솟은 가로수 행렬 같았다. 우리가 행복한 기분이었다면 난 회전 활강하듯 했을 텐데. 연기가 흐리기는 마치, 모르겠다. 그냥 흐렸다는 게 맞겠다. 빗줄기가 연기를 파고들었다.

그녀가 말했다.

"내 피드가 정말 고장났어."

"지금?"

"네가 채팅하는 게 안 들려. 하지만 괜찮아."

"기술자한테 가 봐."

"갔었어, 벌써 여러 번. 그래, 내 피드가 아주 고장났어."

"그건 이미 말했었잖아."

"듣기나 해. 기술자들한테 다니고 있단 말이야. 피드웨어가 중요한 에러를 일으키고 있어."

그녀는 겁에 질린 듯했다. 날 쳐다보고 있지 않았다. 오랫동안 다른 곳을 보고 있었다.

"난 피드를 늦게 가졌어…… 다른 애들보다."

그녀가 담담하게 말했다.

"내가 피드를 가진 건 아주 뒤늦게야."

"그랬다고 했지. 그래서?"

"그런데 문제가 있어. 나이가 들어서 피드를 가지면 프로그램이 꼭 맞게 짜이지가 않아. 그러니까 피드웨어가 고장에 민감하다는 거지."

"민감해?"

"고장나기가 더 쉽단 말이야."

"그럼 어떻게 해야 돼?"

"아무도 몰라. 피드는 온갖 기능과 연결돼 있어. 신체 조절, 감정, 기억. 어디나. 피드 에러는 때로 치명적이야. 모르겠어. 어쩌면 자칫……. 모르겠어. 그들은 안정될 거라고 생각했지. 하지만 아니야. 점점 나빠지고 있어. 아주 나빠. 어제 그들이 말하기론 더 악화되고 있대."

"녹스는 것처럼?"

"그러니까, 하드웨어 고장이 아니고 소프트웨어와 웨트웨어 (인간의 두뇌) 경계면이야. 그들 말로는 자기들도……. 난 울지 않을 거야. 울지 않을 거야."

난 어찌 해야 할지 알 수가 없었다. 팔로 그녀를 감싸줘야 할 것 같았다. 그래서 팔을 그녀 쪽으로 움직였다. 그녀를 껴안기가 쉽지 않았다. 축 늘어져 있었다. 그녀가 중얼거렸다.

"그들은 몰라. 난 움직일 능력을 잃을지도 몰라. 생각할 능력을 잃을 수도 있어. 어떻게 될지 몰라. 피드는 어디에나 연결돼 있어. 대뇌 변연계…… 해마상 융기, 그런 걸 다 목록에 넣었어. 만약 피드가 심각하게 손상되면 기본적인 순환 과정에 영향을 줄 수 있대. 어쩌면 내 심장이 바로……."

우리 업카는 공중을 날고 있었다. 내 손이 정말로 쓸모없이 느껴졌다. 내가 말했다.

"이런 젠장. 그냥 피드를 정지시켜 버리면 안 돼? 전에 그렇게 했잖아."

"아니야. 그때는 피드를 정지시킨 게 아냐. 피드넷으로부터 차단시킨 거야. 기능 대부분을 닫아 놓은 거지. 피드는 언제나 작동해. 그건 뇌의 일부야."

난 그녀를 바라보았다. 그녀도 나를 바라보고 있었다. 우리는 하늘의 연기 통로를 따라가고 있었다. 네브래스카 상공 어디쯤에서 마약상들이 공중 사격을 받고 있었다.

그녀가 말했다.

"곧바로 낙하해. 낙하해. 그리고 급히 멈춰."

난 계기반을 응시하면서 도대체 무슨 뚱딴지 같은 소린지 의아했다.

그녀가 말했다.

"난 뭔가를 느끼고 싶어. 함께 현기증을 느껴 보자구."

그게 내게 충동을 일으켰다.

난 업카를 급하강시켰다.

멈췄을 때는 우리 둘 다 땀에 젖어 있었다. 이마와 손끝이 축축했다.

그녀가 내게 미소지었다. 우린 심한 구역질을 느꼈다.

"내 손끝이 아주 흥건해."

내가 말했다.

그녀가 끄덕였다.

우리는 좀더 날았다. 그녀가 내게 채팅을 보냈다.

이제 친구들에게 돌아가자. 난 괜찮아.

아냐. 넌 돌아가고 싶지 않을걸. 내가 말했다. 친구들이 심술을 부렸어.

심술부리지 않았어. 내가 잘난 체했던 거야.

넌 그게 아니라—
"난 이제 괜찮아."
내가 말했다.
"그냥 돌아갈 수는 없어. 기분이 완전히 이상해졌어. 돌아갈 수 없어. 너희 집으로 가자."
"아빠가 계실 거야."
"그러면 우리 집으로 가자."
"좋아."
한 손으로 진로를 바꾸며 다른 손을 내밀었다. 그녀가 그 손을 잡았다. 우리는 잿빛 연기를 넘고 넘고 넘어 집으로 날아갔다.

할 일이 아주 많아

 우리는 집에 도착해서 안으로 들어갔다. 뒤쪽 차고 문을 닫고 함께 계단을 올라가 거실로 갔다. 우리는 거기 앉아 피드를 보려고 했다. 그러나 별 재미가 없었다. 아무러나 한낮의 시시한 프로였다. 그렇고 그런 인물들이 큰 머릿단을 하고 쥐어짜는 연속극. 그리고 많은 꼭두각시들. 그들이 온갖 시시껄렁한 걸 쏟아내고 있었다.
 "갈 만한 곳이 있었으면 좋겠어."
 바이올렛이 말했다.
 "내가 하고 싶은 건 말이야…… 모르겠어."
 "무슨 말이야?"
 "그냥, 저기 바깥에 전 우주가 있잖아."
 "아하."
 "물 속에 들어가 본 지 참 오래 됐어."
 "난 방학 동안에 진짜 깊은 곳에 내려가 봤어. 아주 좋더라. 놀 거리도 많고 말이야."

"그냥 한 가지 예로 제시한 거야."

그녀가 말하면서 내 얼굴을 두드렸다.

"미리 예약을 해야 돼. 그러지 않고 혼자 내려갔다간 잠수병에 걸려."

그녀가 내 얼굴을 톡톡 치며 말했다.

"내게는 시간이 많지 않아. 하고 싶은 건 아주 많은데."

그녀에게는 입 밖에 내기 어려운 뭔가가 있었다. 왜냐하면 내 얼굴을 두드릴 때 그건 단 한 가지라고 느꼈으니까. 하지만 한편으로는 그녀가 원하는 게 다른 무엇일지도 몰랐다. 만약 내가 느낀 그런 게 아니라면, 내가 느낀 대로 행동했는데 '그녀가 하고 싶은 아주 많은 것'이란 게 세발자전거를 타고 사하라를 건너는 것으로 밝혀진다면, 그거야말로 정말로 당황스럽고 황당한 일 아니겠는가.

내가 말했다.

"네 말은······."

나는 멈췄다가 다시 시도했다.

"그러니까 네 말은······ 그러니까, 우리가······."

내 피드가 틈을 놓치지 않고 광고를 펼쳤다.

혀 굳음증? 답답해요? 이런 끔찍한 상황에 꼭 필요한 특효약, 사이라노피드를 써보세요, 아주 싼 값에 구할 수 있고—

그녀가 말했다.

"미안해, 마티네 집에서 널 당혹스럽게 했다면."

"음, 그만두는 거야?"

잠시 후 내가 말했다.

"네 피드가 그렇게 안 좋은지는, 오랫동안 아무 말 없었잖아."

그녀가 고개를 끄덕였다.

"몇 주 됐어. 안 지."

"나한테 말할 수 있었잖아."

"그럴 수 있었지."

그녀가 말했다.

"너 혼자서 끙끙댈 건 없었는데."

그녀는 이제 자기 무릎에 손을 얹었다. 그녀가 말했다.

"난 바깥에 나가서 세상을 보고 싶어. 아주 많은 걸. 아주…… 많고 많은 걸."

"그래. 그래. 모르긴 해도 그래. 그냥 이렇게 여기 있는다는 건 형편없어. 아주 형편없어."

난 무슨 말을 해야 할지 몰랐다. 우리는 거기 앉아 있었다. 나란히 그렇게 앉아 있었고, 제대로 된 건 아무것도 없는 듯했다. 대화가 끊어졌다.

내가 그녀에게 기댔고 그녀가 내게 기댔다. 우리는 그렇게 서로 기댔다. 그리고 벽을 바라보고 있었다.

그녀가 숨을 크게 토했다.

낯선 순간이었다, 섹스 후의 슬픔처럼. 설령 아침이나 밤이었다 해도 늦은 오후처럼 느껴지고, 당신은 등을 돌리고 누워 있고 그 사람도 등을 돌리고 눕고, 그렇게 누웠다가 다시 그 사람을 향해 돌아누우면 보이는 건 등뿐. 그리고 당신의 다리 위로는 베네치아풍 블라인드가 그늘을 드리우고……. 그런 느낌의 순간이었다.

그녀가 말했다.

"넌 공중으로 뭔가를 던져 올려놓고 다시 제자리로 돌아오길 기다리는 거야."

나는 무슨 말인지 전혀 알아들을 수가 없었다.

우리는 앉아서 벽난로를 쳐다보았다. 모조 통나무와 모조 화덕. 벽돌은 완벽했으며, 벽체는 온통 기묘한 흰색이었다.

그리고 현관문이 열리는 소리가 났다. 엄마가 냄새쟁이와 함께 들어왔다. 우리는 둘 다 안도와 실망의 한숨을 쉬었다.

우리는 서로 떨어져 앉았다. 냄새쟁이가 거실로 뛰어들며 운동화를 한 짝씩 벗어서 벽에다 던졌다. 그리고 양탄자에 누워 옷을 하나씩 벗으면서 「탑 쿼크」를 보기 시작했다. 엄마가 고함을 지르며 냄새쟁이 보고 제 방으로 들어가라고 했다. 걔는 그냥 거기 누워 있었다. 엄마가 손뼉을 치면서 이름을 불러댔다. 걔는 그냥 「탑 쿼크」를 봤는데, 그걸 닫고 보는 것도 아니었다. 그래서 우리도 그걸 같이 봐야 했다.

오, 탑 쿼크, 난 결코 잘해낼 수 없을 거예요.

잘 들어, 다운 쿼크, 좌절하면 안 돼! 친구들이 뒤에 있다는 걸 기억해.

맞아, 다운 쿼크!

맞아, 우린 널 위해 노래할 거야! 즐겁고 신나는 노래, 낄낄낄 유쾌한 노래를.

바이올렛은 우리와 함께 저녁 식사를 했다. 아버지는 자리에 없었고 그래서 지난번보다 순조로웠다. 그녀가 우스갯소리를 해서 엄마를 웃겼다. 엄마가 내게 참 멋진 소녀라고 채팅했다.

우리는 밤늦게 날았다.

내가 결국 그녀한테 물었다.

그들은 알아, 얼마 동안이나 괜찮을지?

아니. 처음엔 몇 년은 괜찮을 거라고 그랬어. 이젠 그들도 장담 못한대. 꽤나 빨라질 거라고 해.

그래도 몇 년은 괜찮겠지.

몇 년까지 못 갈 거야. 언제가 될지 몰라.

나는 그녀의 집에 그녀를 내려놓았다. 우리는 아무런 약속도 하지 않았다. 어떤 약속도 없었다.

난 남은 밤을 숙제하느라 보냈다. 남은 일이라곤 오직 그것밖에 없지 싶었다.

○ ○ ○

기독교 사이버 어린이 네트워크, 멍멍이와 센돌이에서:

"아빠, 난 멍멍이가 돌아올 거라고 생각했어요. 하지만 이제는 알아요, 다른 곳에서 살고 있다는 걸."

"그래. 그건 말이다, 이제는 너무 오래 됐어. 설령 돌아온다고 해도 어떤 모습일지 알 수가 없어. 털이 얼마나 길었을지."

"멍멍이는 최고의 개였어요. 돌아오기만 하면 좋을 텐데."

"빌리, 모든 게 다 잘된다는 법은 없단다. 그 개는 훌륭했어, 하지만 슈퍼개는 아니었다. 너도 내 말이 옳다는 걸 알게 될 거야."

"난 아직도 우편함 옆에 기름덩이를 놔둬요. 난 아직도 노래를 불러주고—"

○ ○ ○

바닷가

 우리는 바다로 갔다. 학교를 마친 후라 바다 밑으로 잠수할 시간이 없어서 우리는 바닷가에 서 있었다. 파도가 일렁였다. 바다는 죽었지만 그 색조는 다양했다.
 해가 한쪽에서 비칠 때는 푸른빛이었다가 다른 쪽에서 비칠 때는 자줏빛이었다. 때로는 노랗다가 녹색으로 되었다. 우리는 방호복을 입고 있어서 냄새를 맡지 못했다.
 함께 모래밭에 앉았다. 난 팔과 다리를 둥글게 말았다. 그녀가 그 안에다 모래를 쌓았다. 방호복은 오렌지색이었고 **뻑뻑**했다. 형편 없는 색깔에 사람마저 바보처럼 보이게 해서 난 그게 싫었다. 그녀가 모래 쌓기를 끝내자 난 팔을 풀었고, 우리는 하늘을 바라보았다.
 내가 이랬다.
 넌 걱정하지 않아도 돼. 과학이 있으니까, 과학자들이 언제나 새로운 걸 발견해 내니까.
 그래. 저 바다 봤지?

넌 저 우울한 걸 책에서 더 많이 읽었겠지.

모든 게 죽었어. 모든 게 죽어가고 있어.

업카 몇 대가 구름 속에 떠다녔다. 화물선도 있었다. 운송선 몇 대가 기수를 노르웨이로 일본으로, 또 어딘가로 향하고 있었다.

난 바로 앉았다. 짜증이 났다.

내가 채팅했다.

정말 웃기는 거 알아? 그 인간, 그 해커, 넌 그 자와 비슷해. 그 자가 널 완전히 해쳤는데, 한편으로 넌 그 자와 일치한단 말이야.

그래. 그녀가 말했다. 아주 아이러니하지.

뭐라고? 지금 스스로를 비꼬는 거야?

난 망가졌어.

그건 너무 부정적이야.

부정적이라고? 긍정적인 건 뭔데? 내 몸이 완전히 나락으로 떨어지고 있어. 내 발을 봤잖아— 그런 현상이 더 자주 일어나고 있어. 손가락이나 얼굴도 이제 곧 굳어질 거야. 그게 점점 더 잦아지고 있어. 이틀에 한 번씩, 십 분이나 십오 분쯤. 때로는 몇 시간씩.

에이 젠장. 그런 얘기는 하지 말자. 에이 젠장.

그리고 난 피드에서 보내는 이미지들을 하나도 못 받고 있어. 에러 메시지만 잔뜩 떠.

그들이 고쳐줄 거야.

모르겠어. 모르겠어. 난 정말 모르겠어.

난 모래를 걷어찼다. 그녀를 쳐다보았다. 마스크 안의 그녀

모습은 병색이 없어 보였다. 커다란 선글라스가 햇빛을 받아 갈색과 자줏빛을 띠었다. 내가 말했다.

  알지, 내가…….

  뭐라고?

  얼마나 널 좋아하는지.

  그녀가 내 뒤통수를 치며 말했다.

  그거면 됐어.

○ ○ ○

통행금지 도로에서 폭스바겐 안에 앉아 있는 두 연인.
"그걸 그 여자한테 줬어?"
"웃기는 소리 하지 마."
"그걸 그 여자한테 줬냐고?"
"날 뭘로 생각하는 거야?"
"내 생각을 말해 주길 바래?"
"내 얼굴에 입김 뱉지 마. 딴 사람 얼굴에나 뱉아."
"내가 하고 싶으면 누구한테든 내뱉을 거야."
"난 그 여자한테 그걸 주지 않았어."
"날 바보로 생각하는 거야?"
"그 여자는 그걸 갖고 있지 않아."
"웃기는 소리 하지 마."
"내 얼굴에 입김 뱉지 마."
"그걸 그 여자한테 줬어?"
"내 생각을 말해 주길 바래?"
"날 뭘로 생각하는—."

○ ○ ○

림보와 기도

월요일, 나는 교실에 앉아 있다가 칼리스타가 머리를 새로 올린 걸 보았다. 뒷목에 한 번도 본 적이 없던 아주 기이한 큰 상처가 있었다. 난 그걸 보고 *저런!* 하고 놀랐다. 퀸디가 내 옆에 앉아 있다가 채팅을 했다.

놀랐어? 진짜가 아냐.

퀸디는 여전히 칼리스타를 미워했다. 퀸디는 링크와 자기가 잘 되기를 바랐으니까.

내가 퀸디한테 물었다.

무슨 말이야?

칼리스타가 어제 저걸 해넣었대. 퀸디가 비죽대는 얼굴로, 이제는 상처가 '자랑'이야. 저건 상처를 흉내낸 거야.

놀랍군. 기막히게 놀라워.

진짜가 아니야. 말하자면, 칼자국이긴 한데 인공적인 거야. 실제로 부푼 것도 아니야. 라텍스 방울이란 말이야.

우와. 쟤 머리 말이야, 저러고도 쓰러지지 않다니. 마치 엉덩짝 같은걸.

저건 너무 바보 같아. 어휴. 얼마나 멍청해 보이는지 내 눈이 의심스러워.

링크가 들어와 칼리스타 이마에 키스를 하면서 손을 그녀의 뒷목으로 가져가 그녀의 상처를 건드렸다.

야! 정말! 난 퀸디의 허리를 꼬집었다. 정말, 저건 우와, 완전 머리 쥐나서 내 피드 고장나겠다!

너무 바보 같아. 링크가 저기 빠졌다는 게 믿기지 않아. 너무 멍청해.

우와! 바이올렛한테 알려 줘야겠다. 걔는 기겁할 거야.

그렇지.

걔는 항상 문명이 몰락하는 증거 같은 걸 찾고 있거든.

맞아.

난 퀸디를 쳐다보았다.

뭐가 맞아?

별것 아냐. 바이올렛은 항상 그래. 네가 말했잖아. 걔는 문명이 쇠퇴한 증거를 찾고 또 뭐든 난장판이라고 생각하잖아.

그게 문제가 돼?

난 그런 걸 문제삼지 않아. 걔가 멋있다고 생각해.

바이올렛한테 이걸 채팅할 거야.

그래. 해라. 걔도 아마 재미있어 할걸.

난 바로 바이올렛을 찾았다.

너 듣고 있어? 내가 말했다. 칼리스타가 인공 상처를 했어.

냉동 플레이크는 이제 그만 먹어야겠다.

링크가 그 상처를 만지작거리고 있어.

접시 좀 치우고.

너한테 처음 전하는 거야.

링크는…… 대단하지, 하지만 걔가 여자들의 관심을 끄는 아주 매력적인 남자애는 아닌 것 같은데?

난 웃었다.

맞아. 링크가 그건 아니지.

내가 말했던가, 링크를 처음 봤을 때 난 아주 멋있다고 생각했어.

링크가? 걔는 정말 생긴 건 영 아닌데. 너 링크를 봤잖아?

그게 바로 멋있다고 생각한 이유야. 너희들은 다 아주 아름다웠어. 그런데 걔는 소름끼쳤어. 글쎄, 뭔가 느낌이 왔지.

뭐야, 농담하고 있었잖아?

걔가 입을 열 때까진.

지금 링크와 마티가 동축 케이블로 줄넘기를 하고 있어. 아, 마티가 걸렸다. 책상 위로 쓰러졌어.

난 이렇게 그녀와 이야기하는 게 좋았고, 아침의 첫 일과가 그거였다. 그건 일종의 침실 같은 느낌이었다. 시시덕대면서 나른한 그런 느낌.

그녀가 말했다.

링크에 대해 한 가지 물어봐도 돼?

뭔데?

이름 말이야. 링크. 거기서 따온 거야? '잃어버린 고리(missing

림보와 기도 · 205

link: 진화의 과정을 설명하는 데 필요한 발견되지 않는 화석)?'

아냐.

내가 말했다.

그럼?

알려고 하지 마. 네가 걱정하는 문명의 종말 따위를 설명하는 데는 별 도움이 안 될 테니.

그래……? 그럼, 어머나…… 그거 좀 야한 뜻 아냐, 안 그래?

아냐.

맞아, 그런 것 같다. 남자애들이 탈의실에서 농담할 때 쓰는 그런 말!

아냐, 그게 아냐.

맞는 것 같은데?

아니라니까. 걔는 정부 실험의 산물이야.

뭐라고?

걔네 집안은 아주 오래 됐고 엄청 부자야. 그래서 자격을 얻었지.

무슨 자격?

걘 복제야, 루시 토드 링컨의 오페라 관람용 외투에 묻은 혈흔으로 말이야.

긴 침묵이 흘렀다.

그리고 바이올렛이 말했다.

메리.

그래. 메리구나, 메리 토드 링컨(링컨 대통령의 부인).

다시 침묵이 흘렀다. 난 앉은 채 기다렸다.

그녀가 말했다.

그러니까 링크는 에이브러햄 링컨의 유전자 복제로군.

그래.

에이브러햄 링컨.

바로 그거야.

링크가 지금 뭘 하고 있는지 말해 봐.

어…… 림보. 동축 케이블을 갖고.

링크답다.

그런데 몸을 앞쪽으로 숙여서 그다지 어렵지 않아.

이렇게 있으려니 너무 지겨워.

거기 너네 집은 어때?

날 낮게 하소서.

뭐 하고 있어?

아빠는 일하러 갔어. 엄마는 단지 사진으로 현관문 홈에 박힌 그 모습일 뿐이고. 난 시리얼을 먹고, 스타킹을 신고, 고대 마야 주문을 읽고 있어.

너 마야 문자를 아니?

마야 문자로 된 게 아냐. 스페인어로 된 거야. 피드가 그걸 영어로 번역하는 거지. 난 사라져 가는 문명을 보호하기 위해 주문을 *읽는 거야.*

와-아.

그들의 왕국이 몰락하기 전에 쓰인 건데, 이런 거야.

"하늘의 영혼, 땅의 영혼이여, 해가 움직이는 한 새벽이 오는 한,

우리에게 자손을 주소서. 우리에게 푸른 길을 주소서. 우리에게 푸른 오솔길을 주소서. 사람들이 아주 평화롭게 하시고, 그들이 쓰러지지 않게 하소서. 그들이 다치지 않게 하소서. 불명예도 없고 속박도 없게 하소서. 오 저 숨어 있는 영광이여, 번개 신이여, 표범 신이여, 불의 신이여, 하늘의 자궁이여, 땅의 자궁이여. 우리 인간들에게 항상 나날을 주시고, 항상 새벽을 주소서."

그러고 이렇게 이어져.

"오 외다리 왕이시여, 푸르름을 주시는 이여."

외다리 왕?

아멘, 형제여.

링크와 마티가 동축 케이블로 올가미 놀이를 하고 있어.

그래?

칼리스타는 머리를 빗고 있어. 상처 부위에 닿을 때마다 기겁을 하네.

가정 학습에 도움을 줘서 고마워.

금요일 밤에 파티가 있는데. 오지 않을래?

친구들이 날 미워하잖아.

미워하지 않아. 퀸디가 그러는데 네가 멋있다고 생각한대.

너 개랑 내 얘기하고 있었구나.

신경 쓰지 마.

신경 안 써. 걔네들은 날 미워하잖아, 안 그래?

꼭 껴안아 주고 싶은 애라고 하던데?

그래. 좀더 살고 싶군.

그렇고 말고.

알았어.

좋아.

데리러 올래?

물론.

지금 몇 시나 됐니? 넌 가야겠네?

그래. 수업 시간에 발표를 해야 해.

난 쓰레기통에다 대고 발표를 하지. 그러면 소리가 메아리쳐.

쓸쓸하군.

스스로에게 말하지, 교실로 오라고.

그래.

그러곤 빙빙 돌아, 내가 나타나길 기다리면서. 기다리고 또 기다려. 알겠지, 교실에서 기다리고 또 기다려. 그녀가 말했다. 그러나 기다리는 나는 결코 오지 않지.

○ ○ ○

이번달 여성 핫 섹스 팁 20.

이봐요, 아가씨! 남자친구가 당신에게 뿅 가도록 만들고 싶어요? 그렇다면 오 우리 사랑스런 숙녀 아가씨, 루시아가 남자들과 바지 속 그들의 물건에 대해 말하는 바를 꼭 챙겨 듣도록 해요!

뉴저지에서 온 나탈리가 우리한테 메시지를 보냈어요. "그이가 한 말. '파티에선 섹스 않기!' 하지만 파티에 대한 우리의 경의를 표하기 위해서 우리는 이제—"

"내가 묻는 것은 이거야. 왜 그렇게 했는지 생각해 봐. 미국은 대학살을 자행하는 독재를 전복시켜 왔어. 우리는 해마다 해외 원조에 수십억 달러를 써. 우리는 실패한 경제를 지원해. 우리 해안을 찾는 다수에게 항구를 열어 줘. 우리는 옳은 일을 하려고 애써왔어. 우리는 옳은 일을 하려고—"

○ ○ ○

쓰러져 있는 희망

 금요일 날 파티에 데려가기 위해 바이올렛의 집으로 갔다. 그것이 그녀의 기운을 북돋워 주길 바라며.
 이제 그녀 집으로 가는 길은 익숙해졌고, 스쳐 가는 주변의 온갖 것들을 보는 게 좋았다. 안테나와 사면 배출구 같은 것들을 바라보면 내 피드가 그게 뭔지 말해 주었다. 차밍 잔디 관측탑, 리버데일 배기관 후드, 정신 경제학 연구소, 브릿지턴 놀이공원과 놀이 중독 도움센터. 얼마 후 낯익은 주변 풍경으로 보아 바이올렛의 집이 가까워지고 있음을 느꼈는데, 그건 마치 포장 속에 뭐가 들었는지 알 수 없는 선물을 받는 기분이었다.
 바이올렛을 태우고 파티 장소로 날아가는 동안, 뭐 피드에 저항한다 어쩐다 해도, 그녀는 피드에서 읽은 기묘한 것들에 관해 이야기했다. 나비 날개에서 떨어지는 인분에 관해 말했고, 수송관 속에서 무리지어 살아가는 동물들에 대해 말했는데, 사람들은 벽을 통해 그 동물들이 몰려다니는 소리를 듣는다는 것이었다. 또 새로운 곰팡이 종이 있는데 그게 전선이 지나는 곳에 정글을 만들고 있으며, 어린애가 그 위에 앉을 수 있을 만큼 커다란 민달팽이가 있다고 말했다. 그녀가 말했다. "자연은 적응력이 정말 대단해. 그런 걸 보면 자연이란 참 놀랍다는 생각이 들지 않니?"

우리가 도착하니 다들 벌써 마시고 있었고, 꽤 재미있어 보였다. 누군가 디제이가 되어 피드에서 음악을 방송하고 있었다. 우리는 거기에 채널을 맞추었는데, 그러지 않으면 단지 그 음악에 맞춰 흥청거리는 사람들의 발소리만 들어야 하니까. 내 피드는 청각 기능이 꽤 뛰어났다. 그래서 음악소리가 정말 쟁쟁했고 신바람이 났다. 우리는 음료를 좀 마셨다. 그리고 사람들에게 인사를 했다. 피드에서 이런 노래가 흘렀다. *내게는 발이 있지. 그 발로 걸어간다네. 걸어라 발들아. 걸어가려무나. 열 개의 발가락. 난 그 발로 걷는다네*, 이런 노래였고, 우린 거기에 맞춰 팔을 흔들며 낮게 엉덩이춤을 추었다. 그건 노래에 어울렸다.

분위기는 괜찮게 흘러갔다. 그러나 퀸디가 들어오자 파티장 안은 마치 휘이이잉 찬바람 부는 시베리아 벌판처럼 썰렁해졌다. 그녀의 피부는 온통 인위적으로 찢겨져 있었다. 우리 모두가 멀거니 그녀를 바라보았다. 온통 상처투성이의 그녀를.

그녀가 두 팔을 들었다. 상처는 마치 눈 같은 모양으로 찢어져 있었다. 몸을 움직일 때마다 상처가 더 벌어져 붉게 보였다.

"괜찮아 보이니?" 그녀가 깔깔대며 물었다. "어제 이걸 했어."

"너 정말, 상처투성이구나."

마티가 말했다.

"이건 '상처'가 아니야."

퀸디가 말했다. 마치 마티를 바보 취급하듯 웃으면서.

"먼저, 이건 최신 유행이야. 그리고 하나 더, 네가 알아 두는 게 좋을 것 같아 말해 주는데, 이건 '회초리 자국'이라고 하는 거야. 껍질 눈이라고도 하지."

마티와 링크와 나는 서로 채팅했다.

허 참.

거 참.

우와, 참.

바이올렛이 손으로 얼굴을 가렸다.

사람들이 다시 춤을 추기 시작했다.

난 칼리스타와 로가가 폭풍처럼 채팅하는 걸 알 수 있었다. 애들은 춤을 추고, 그리고 피드는 계속 노래를 보냈다.

난 비뚤배뚤 걷는다네. 너를 떠난다네. 비뚤배뚤 걸어서. 난 떠난다네.

퀸디가 음료가 놓여 있는 탁자로 가서 보드카와 탕(오렌지 주스 상품명)을 따랐다. 다른 여자애 몇이 그녀한테 말을 건넸다.

바이올렛이 내 곁에 서 있다가 채팅했다.

쟤가 한 일이라고 믿기지 않아.

내가 답했다.

다 링크 때문이야. 칼리스타를 이기고 싶은 거야.

돈이 얼마나 들었을지 짐작이 가니?

글쎄.

저 자국 하나하나가 다 플라스틱으로 씌운 거야.

와. 꽤나 비쌌겠는데.

종말이야. 문명의 종말, 우리는 추락하고 있어.

그렇진 않아. 저 껍질눈이라는 게 그리 매력적이지 않은 건 분명하지만.

내가 바라는 건 오직 내 아이들이 살고 있을 때 최후의 날이 닥쳐오지 않는 거야. 불길이 타오르고, 사람들은 지하에서 살게 될 그날이.

바이올렛.

모든 것이 나락에 떨어질 거라는 생각보다 더 나쁜 게 딱 하나 있지. 우리가 영원히 이런 식으로 살아갈지도 모른다는 것.

난 그녀를 쳐다보았다. 농담하는 게 아니었다. 그녀는 온통 얼굴을 찌푸리고 있었다.

바이올렛, 나는 그녀의 손을 잡았다. 생각이 하나 떠올랐다. 네게 보여줄 게 있어.

그녀는 아무 말도, 채팅도 하지 않았다. 우리는 애들 있는 곳을 떠나 계단을 올라갔다. 침실 문은 닫혀 있었다. 난 그녀를 데리고 침실을 지나 다락 쪽으로 갔다. 손잡이를 끌어당기자 다락 위에서 사다리가 펼쳐졌다. 그것을 타고 올라가, 전등에다 신호를 보냈다. 하지만 그곳 전등은 피드와 연결되어 있지 않았다. 그 전등은 손잡이 끈으로 작동이 됐다. 끈을 잡아당기니 불이 들어왔다.

 온갖 낡은 물건들이 그 안에 있었다. 그녀가 내 뒤를 따라 올라왔다. 발 밑의 마루가 덜커덕거렸다. 다락의 바닥은 몹시 낡아빠졌다.

 내가 이랬다.

 우리가 숨바꼭질할 때 이리로 올라오곤 했지. 이곳에 숨으면 다른 애들이 찾아내지 못했지. 어쩌다 찾아낸 애는 여기에 함께 숨는 거야. 여긴 진짜 멋진 장소였어. 링크와 가장 친한 애들만 아는 곳이니까. 우리는 같이 이곳에 올라와 숨곤 했는데, 링크와 친하지 않은 애들은 벽장 아래로만 돌아다녔어. 우리는 걔들이 밑에서 하는 말을 들으며 킥킥 웃어댔지.

 난 여기 숨어서, 더 어렸던 시절을 생각하곤 했어. 그러니까 내가 링크와 친하기 전이었던 때 말이야. 그때 난 온데를 찾아 누볐어. 마치 사람들이 한쪽 문으로 들어왔다가 다른 문으로 빠져나가 버린 집 안을 뒤지는 만화 장면처럼 말이야. 애들을 찾아서 숨을 만한 장소는 다 살폈지만, 쉽지 않았어. 애들은 계속 낄낄 웃어대는데, 찾지를 못하겠는 거야.

 그렇게 찾아 헤매다가, 문득 주변에 아무도 없고 혼자뿐이라는 걸 의식하면 기분이 묘해지지. 혼자가 된 지 꽤나 시간이 흘렀다는 걸 깨닫는 거야. 잠시 그런 기분으로 빈 집안을 돌아다니는데, 수건은 모두 개어져 있고 비누는 아직 젖은 채로 비누통 안에 있어. 그때의 오싹한 느낌이란.

 그녀가 낡은 물건 하나에 걸터앉았다. 난 계속했다.

쓰러져 있는 희망 · 215

돌아다녀 보면 텅 비었어. 그렇지만 정말 이상한 건 결코 비어 있지 않다는 거야. 혼자인 걸 알지만, 많은 애들이 평소 어느 때보다 더 나에 대해 생각하고 있다는 것도 느낀다는 거야. 그들 모두가 숨을 죽이면서, 집을 돌아다니는 내 움직임을 주시하면서, 발소리와 문 여닫는 소리를 들으면서 거기 있는 거야. 그러니까 혼자가 될수록 더욱 관찰당하는 거지. 링크가 싫증이 나서 게임 끝 할 때까지. 그렇게 카펫 위를 헤매면서 이것저것 들춰보기를 거의 한 시간이나 계속했어.

그게 바로 그거야.

그녀가 채팅했다. 그녀가 뭘 말하는지 몰랐지만 난 고개를 끄덕였다.

그녀가 손바닥으로 눈을 비볐다. 난 그녀를 바라보았다. 그녀가 일어나서 치마를 털어냈다.

그리고 둘러보다가 주변 물건들을 들어올렸다.

이 고물들은 뭐지?

낡은 폐품들, 모두 낡아빠진 쓰레기들이야.

내가 이랬다. 그리고 나는 한쪽 벽 위로 손을 뻗었다.

오래된 그림들이 있어.

천장 안쪽에 쓰러져 있는 그림들을 들쳐냈다.

이거야.

그녀가 내 쪽으로 다가왔다.

우와.

우리는 그림들을 살펴보았다. 바다 위의 배들. 웃음이나 표정도 없는 검은 옷의, 서류나 큰 책을 쥐고 있는 옛날 초상화. 링크의 돌아가신 옛 조상들. 그들의 이름은 먼 과거로부터 유래된 옛날식 이름이었다. 아브람, 주벌리, 노아, 에스겔, 호프.

주벌리는 찌푸리고 있었다. 에스겔은 곰보자국으로 덮여 있었다.

호프(희망)는 뚱뚱한 늙은 여성인데 작은 개와 함께 그려졌다. 그리운 누군가가 자신의 이름을 부르고 있는 듯 옆으로 눈길을 돌린 채 쓰러져 있는 액자 속에 있었다.

잔치는 끝났다

 내려오면서 우리는 침실을 다시 지나갔다. 파티가 절정이었다. 열린 침실 문으로 침대 위에서 애무하는 커플이 보였다. 또 다른 침대 위에서는 맬에 빠진 애들이 팔다리를 꿈틀거리며 머리를 마냥 앞뒤로 흔들어대고 있었고, 어떤 놈은 뚜껑이 달린 책상에 토해 놓고는 상판을 끌어내려 덮으려 하고 있었다. 침대 밑으로 늘어진 누군가의 팔이 마치 교향악단을 지휘하는 듯했다. 바이올렛이 내 옆에 바짝 붙었고 난 팔로 그녀를 감쌌다. 하지만 그녀의 어깨는 굳어 있어서 건드리는 걸 원치 않는 듯했다. 아래층으로 내려가는 길에 밑에서 쪽 키스하는 소리가 들렸다. 그러자 아이들이 즐거워하며 고성을 질러댔다.
 아래층으로 내려가 보니 애들은 모두 어린애처럼 바닥에 발을 뻗고 앉아, 병 돌리기 키스 게임을 하고 있었다. 앞에서 걸어 내려가는 바이올렛의 등이 축 늘어졌다. 나는 뭐라 설명할 수 없는 이상한 느낌이 들었는데, 그건 마치 피부가 벗겨져 생살이 공기 중에 드러난 기분이었다.

링크가 말했다.

"이리 와, 너희들도 앉아서 놀아. 재밌어."

로가가 말했다.

"놀이지만 그래도 좀 야하지?"

칼리스타가 말했다.

"맙소사, 바닥에 앉아 있자니 상처 때문에 너무 불편해. 이건 너무 멍청한 게임이야."

퀸디가 말했다.

"난 딱 한 번밖에 못 돌렸지만, 괜찮은 것 같은데."

그녀가 자리를 옮겼다. 마티는 줄곧 퀸디의 엉덩이, 또 그녀의 어깻죽지 상처에 눈길을 주었는데, 째진 피부를 통해 온통 붉은 살이 드러나보였다. 퀸디가 자리를 바꿔 벌칙에 걸린 체 아무개라는 얼뜨기와 번갈아 키스했다.

바이올렛과 내가 앉았다. 그녀가 놀이를 하고 싶어하지 않는다는 건 굳이 채팅으로 물어볼 필요도 없었다. 우리가 다음 순서가 아니라 다행이었다. 난 정말로 그녀가 병을 돌리는 것을 원치 않았다. 이 덜떨어진 게임에 아주 진저리치고 있을 게 뻔할 테니까. 난 다리를 꼬고 앉아 주먹을 뺨에 대고 단지 병이 돌아가는 걸 보고 있었다.

퀸디가 병을 돌렸고 링크가 걸렸다. 나는, *젠장, 제대로 걸렸군*, 생각했다. 그녀는 아주 반색을 했다. 퀸디가 링크한테로 건너가자 다들 우와 소리를 질러댔다. 링크가 그녀의 뺨에, 정말 그저 친구답게 키스했다. 하지만 퀸디는 손바닥으로 그의 머리를 돌려놓고선 그의 입에다 키스하면서, 양팔로 와락 껴안았다. 다들 묵묵히, 오 저런, 구경했고, 둘 사이의 키스는 계속됐다. 링크는 밀어내려 했지만 퀸디 곳곳의 상처 때문에 세게 밀치지 못했고, 칼리스타는 눈에 쌍심지를 켜고서 둘을 노려보았다.

링크가 발이 걸려서 뒤로 자빠지며 칼리스타 옆자리에 주저앉았다. 마티만 빼고는 다들 아주 불편했다. 마티가 남자애들한테 채팅했다.

이봐, 퀸디가 근사해 보이지 않아?

링크가 말했다.

닥치고 놀기나 해.

내가 말했다.

난 멍청해 보이는데.

멋져 보여. 재미있기도 하고.

마티가 채팅했다. 난 역겨워서 이랬다.

넌 저 상처들을 통해 쟤의 근육과 힘줄, 인대 따위가 보이지 않냐?

마티가 이랬다.

그래? 퀸디 속의 것에 대해 생각하게 된단 말이지, 응? 그거 야한데.

"너희들 지금 퀸디가 얼마나 멋져 보이는지 채팅하는 거야?"

칼리스타가 말했다. 뭔가 한바탕 퍼부으려는 기색이었다.

마티가 말했다.

"이런, 우리는…… 단지 그 상처가 괜찮아 보인다 이 말이야."

퀸디가 말을 받았다.

"야, 넌 이 상처를 좋다구?"

링크가 말했다.

"쓸데없는 소리 집어치고 그냥 놀기나 하자."

"흥, 그 상처가 꽤나 재미있기는 하지."

칼리스타가 비꼬는 어투로 말했다.

링크가 다시 병을 돌리고 다른 소녀한테 건성으로 키스하는 동안, 칼리스타는 여전히 퀸디와 이야기를 나누면서 놀리는 어투로 말했다.

"아무도 말 안 하지만 넌 멍청해 보여."

"멍청하지 않아."

마티가 말했다.

"맞아, 퀸디."

칼리스타가 말했다.

"네 속에 있는 것, 너의 내장이 다 들여다보이는 건 마티한테는 멍청한 게 아니라 단지 너무 야할 뿐이니까."

"칼리스타."

퀸디가 그녀의 말을 막으려 애쓰며 말했다.

"우리 그냥 재미있게 놀자."

"그거 좋지."

칼리스타가 말했다.

체아무개가 병을 돌렸고 병 입구가 로가를 향해 멈췄다. 그가 그녀한테 건너가 말했다.

"때가 왔군."

"퀸디, 네 상처가 뭐가 그리 재미있는지 알아?"

로가와 체가 진하게 키스하기 시작했다. 둘은 마치 칼리스타의 언짢은 기분에서 주의를 돌리게 하려는 듯 화끈하게 키스했다. 손으로 체의 머리칼을 문질러대는 바람에 로가의 손가락이 무스로 번들거렸다.

칼리스타가 말했다.

"네 상처는, 다른 애의 남자친구한테 반했다는 아주 멍청한 표시야. 그걸 보면 얼마나 웃기는지 몰라."

침묵이 흘렀다. 이윽고 마티가 말했다.

"그래, 알았다고, 젠장. 우라질 것, 그냥 놀자니까."

그가 병을 돌렸다. 병목이 번쩍였다. 갑자기 퀸디가 울기 시작했다. 병 입구가 바이올렛을 향했다. 마티가 일어나 바지를 추스르고 걸어갔다.

"어이, 거기, 멋진 여우."

그가 말했다.

"아주 화끈하게 해 보자고."

마티가 바이올렛한테 손을 뻗었고, 그녀는 뒤로 주춤했다. 그가 그녀의 머리에 손을 올렸다.

내가 말했다.

"이건 영 재미없다."

"재미있게 만들어 줄게."

마티가 말하며 눈을 찡긋 했다.

"그만해."

바이올렛이 말하며 일어섰다.

"모두 그만해."

"뭐가 문제야?"

마티가 말하며 그녀의 허리께로 손을 뻗었다. 그의 손이 그녀의 허리를 감쌌다.

바이올렛이 완전히 창백해졌다. 몸을 떨며 머리를 아래위로 흔들었다. 갑자기 그녀가 소리를 질렀다.

"뭐가 문젠지 말해 줘? 말해 줄까? 우리가 업카를 타고 하늘을 맴돌 때 사람들은 굶주리고 있어. 이건 분명해! 분명해! 우리가 이렇게 게임을 하는 동안, 우리 피부는 떨어져 나가고 있어. 우리는 그걸 잃고 있으면서도 이렇게 헐떡대고 있어. 그리고 넌 매번 우라질로 말을 시작하지. 우라질로 두운을 맞추는 시구처럼 말이야! 안 그래? 멈춰! 우라질 놈! 우린 모든 걸 멈춰야 해!"

그녀는 비명을 질러댔다.

다들 쳐다보며 채팅을 했다. 나에겐 채팅을 보내지 않았다. 단지 링크만이 모두 나를 따돌리기 전에 한 마디 보냈다.

이거 어떻게 돌아가는 거야? 말려.

바이올렛이 소리쳤다.

잔치는 끝났다 · 223

"우릴 보라고! 우린 피드를 가진 게 아니야! 우리가 피드야! 우리가 피드라고! 우린 먹힌 거야! 우린 먹잇감으로 키워지는 거야! 봐, 우리 자신이 무엇이 되어 버렸는지!" 그녀가 퀸디를 가리키며, 소리쳤다. "쟨 괴물이야! 괴물! 칼자국을 둘러쓴! 괴물이야!"

내가 나섰다.

"그만해, 바이올렛! 퀸디는 제길, 괴물이 아냐. 쟤는—"

하지만 바이올렛은 소리를 빽 질렀다.

"너도 같아! 망할, 너도 똑같아!"

그리고 내 뺨을 때리려 했다. 나는 그 팔을 붙들었다. 그녀가 내 얼굴을 할퀴려 했지만 손이 제대로 움직이지 않았다.

아무려나 그녀는 이미 망가져 있었다. 그녀는 망가졌다. 그리고 아 젠장, 축 늘어졌고, 난 부축하려고 그녀를 붙들었다. 그녀가 몸을 떨었고, 눈동자는 온통 하얗게 뒤집혔다. 그녀는 더 이상 말을 못했다.

기절했던 것이다.

난 그녀를 팔로 감싸안았다. 그녀 입에서 흐른 침이 길게 늘어졌다. 두 다리가 상하로 퍼덕거렸다. 그녀는 무너졌다. 그녀는 완전히 무너졌다.

난 울부짖으며 앰뷸런스를 부르라고 소리쳤고, 애들은 수군거렸다. *뭐야, 쟤 맬한 거야? 맬이라면, 어쨌든 우리까지 곤란하잖아.* 그리고 나는, 망할 앰뷸런스를 불러, 내 피드로 부르려고 했지만 일이 너무 꼬여 버렸다. 피드의 신호가 꺼진 게 느껴졌다. 그녀가 다시 숨을 할딱거렸고, 난 그녀를 바닥에 뉘었다. 퀸디는 아직도 바이올렛에게 소리치고 있었다.

"꺼져 버려! 꺼져 버려!"

바이올렛이 이제 무겁게 큰 숨을 내쉬었다. 하지만 눈은 감긴 채였다. 난 그녀의 정신을 잃은 몸을 껴안고, 껴안고, 껴안았다.

다른 사람들은 눈에 들어오지 않았다. 시끌벅적해지더니 여자들이 들어왔다.

난 그들과 함께 갔다. 피드가 내게 세일에 대해 속삭였고, 의료 변호사며 의료 사고며, 그 밖에 일어날 수 있는 일에 대한 온갖 제안을 내놨다. 난 앰뷸런스 안에서 그녀 곁에 앉아 있었고, 문득 깨달았다. 파티는 끝났다.

망할 놈의 파티는 끝난 것이다.

4부 꿈나라

52.9%

대기실은 하얗다. 링거 액을 운반하는 궤도가 있었다. 그게 홀을 왔다 갔다 했다.

"좀 지체되고 있어요."

간호사가 말했다.

그녀가 얼굴에다 손을 댔다. 새끼손가락은 들려 있었다. 뺨을 눌렀는데 마치 치통을 앓는 듯했다. 그녀가 말했다.

"기다려야 할 거예요."

"그 사람 상태가 어떤지 잠깐 이야기 좀 해요."

내 옆 의자에 앉은 부인이 말했다.

"그 환자 분은 고통스러워하고 있어요."

간호사가 말했다. 머리칼을 매만졌는데, 머리끈 두 개로 묶여 있었다.

"진정하고 들으세요."

간호사가 내게 말했다.

"그녀는 기능적인 장해가 아주 심해요."

"뭐라고요? 무슨 의미죠?"
내가 말했다.
"의사 선생님이 직접 말해 줄 거예요."
"전에도 이런 적이 있었어."
의자에 앉은 부인이 말했다.
"의사는 언제 옵니까?"
내가 물었다.
"여기 있어요."
"어디에요?"
"환자 옆에요."
"그러면 언제쯤 나올까요?"
그녀가 한숨을 쉬었다.
"학생은 눈을 좀 붙이는 게 좋겠네요."

나는 복도를 서성거렸다. 피드가 이것저것 내게 말하고 있었다. 나는 그걸 들으면서 서성댔다. 바닥에 깔린 타일 모양을 따라.

……남미 시장에서 포드 라푸타의 판매 부진은 그것으로 설명될 수는 없고……

……황금 시간대 배꼽 빼는 코미디입니다. 평범한 두 남자와 두 여자가 그들이 좋아하는 건강식 레스토랑에서 만났는데, 무슨 일이 생겼을까요? 곁들인 요리로 양배추가 나왔는데, 어색한 웃음이 넘치니 이건 웬일!

난 계속 서성거렸다. 의자 주위를 돌았고, 그 사이를 이리저리 누볐다. 사지를 늘어뜨린 채 침대 위에 결박된 남자들이 홀 아래로 옮겨지고 있었다. 작업복 차림의 사람들이 침대 바퀴를 굴려 이동을 시키고 있었다. 그중 하나가 호루라기를 불었다. 침대 위의 남자들이 세상을 노려보는데, 입을 벌린 채 눈을 껌벅이며 쳐다보고 있지만, 몸은 꼼짝도 못했다. 굴러가는 바퀴 위에서, 그저 하염없이 스쳐 가는 세상을 바라보고만 있었다.

87.3%

 병원에 온 지 한 시간 반쯤 지나자 바이올렛의 아빠가 도착했다. 나를 지나쳐 달려갔지만, 난 꼼짝않고 있었다. 내가 끼어들거나 안타까워한들 무슨 소용이랴 싶었다. 때로는, 혼자 있어야 할 때가 있다. 그는 날 지나쳤고 날 알아보지 못했다. 나에겐 다행이었다. 간호원들이 그를 병실로 데려갔다. 난 기다렸다.

 난 두 손을 소리내 부딪치며 시간을 보냈다. 양팔을 옆으로 돌려서 손을 부딪쳤다. 난 팔이 아주 넓게 돌아간다는 걸 깨달았다. 사람들이 날 쳐다보고 있었다. 난 멈추었다. 그러나 살며시라도 부딪치지 않을 수 없었다. 한 번 또 한 번.

 바이올렛의 아빠가 나왔다. 그는 아주 느릿느릿 걸었다. 그가 앉았다.

 난 말을 걸어야 할지 어쩔지 몰랐다. 그는 바지의 주름을 펴고 있었다.

 내가 다가갔다. 인사를 하고, 다시 나를 소개했다.

그가 말했다.

"아, 그래. 안녕. 고맙구나 이렇게……."

그러면서 고개를 끄덕였다.

"바이올렛은 괜찮나요?"

내가 물었다.

"그래, 응. '괜찮아.' 그래, 그 아이는 '괜찮아.'"

그는 전과는 아주 달라 보였다.

내가 물었다.

"어떻게 하고 있죠?"

"그들이 고치고 있어, 우선 임시로. 의사가 나오는군."

피드 안경의 불빛 때문에 그의 눈은 오렌지색이었다.

궤도에 매달린 링거 액이 지나갔다. 우리는 기다렸다. 간호사 둘이 주말에 대해 이야기하고 있었다. 피드는 볼 게 아무것도 없었지만, 성가시게 치근댔다.

"좀 그만둘 수 없겠나?"

그녀의 아버지가 말했다.

나는 다시 두 손을 부딪치고 있다는 걸 깨달았다.

"난 리듬을 싫어해."

그가 말했다.

난 손을 내렸다. 가만히 서 있었다. 그를 향해.

그가 말했다.

"바이올렛의 피드 기능을 모니터할 수 있다는군."

그가 내게 주소를 보내며 말했다.

"그 주소로 들어가 보게. 신경계가 원활하게 움직이고 있다면, VI편집기에 뜨는 수치가 대략 98%쯤 될 거야."

난 그리로 갔다. 그건 일종의 의료 사이트였다. 그게 이렇게 말했다. 바이올렛 던, 피드 효율: 87.3%. 그가 날 응시했다. 내가 그를 응시했다. 우리는 다만 그러고 거기 있었다. 효율이 87.4%로 올랐다. 그가 머리를 돌렸다. 누군가 복도에서 호루라기를 두 번 불었다.

바이올렛은 못된 애가 아니야. 그건 고의가 아니었어. 그건 손상 때문이었어. 그게 그녀를 자기 자신이 아니게 만든 거야. 이렇게 나는 스스로에게 이르고 또 일렀다.

하지만 문제는 그녀가 한 말이 옳으냐 그르냐가 아니었다. 그녀가 그런 식으로 말했다는 사실, 특히나 퀀디를 괴물이라 불렀으니. 마치 학교에서 볼 수 있는 일부 분노한 소녀들처럼 부르짖었다는 점, 지하실 바닥에 앉아서 지구에 대해 떠들며 자신의 생각에 맞춰 다른 사람들을 평가라는 편협한 사람들처럼 굴었으니. 나는 바이올렛이 다시 정상으로 돌아오길 바랐다. 내 얼굴을 만지던 바로 그 사람으로.

"그녀가 이제 깨어났어요." 간호사가 말했다. "이쪽으로 들어오세요."

그녀는 아빠를 찾았다. 내가 아니었다. 난 그냥 거기 서 있었다. 그가 일어나서 안으로 들어갔다.

잠시 후, 그가 나와서 다시 앉았다.

간호사가 말했다.

"이제 학생."

난 그녀를 따라 안으로 들어갔다.

바이올렛은 부유하는 의자에 앉은 채 많은 케이블에 휘감겨 있었다. 몇 가닥은 그녀의 머리에 연결되어 있었다.

내가 들어서자, 그녀가 내게서 눈길을 돌렸다.

"미안해."

그녀가 말했다.

우리는 잠시 그런 식으로 서 있었다. 그녀는 다시 가운을 입고 있었다. 우리가 서로 알게 된 그 날, 달에서처럼.

그녀가 말했다.

"난 미안하다고 말했어."

난 그녀를 자극하고 싶지 않았고, 그래서 그녀가 무슨 말을 듣고 싶어하는지 추측했다. 그리고 말했다.

"난 단지…… 네가 걱정이야."

그녀가 어깨를 으쓱했다. 난 그녀를 바라보았다. 그녀가 파티에서 정신을 잃었던 그 상태에서 얼마나 벗어났는지 알 수 없었다.

내가 물었다.

"의사는 뭐라고 해?"

"괜찮대."

그녀가 말했다.

"당분간은."

그녀가 무릎받이에 손을 얹고 그걸 밀었다 당겼다 했다.

"얼마 동안이나?"

내가 물었다.

그녀가 대답하지 않았다.

내가 말했다.

"말하지 않아도 돼."

"오래는 아냐."

그녀가 날 바라보았다. 거의 우는 표정이었다.

그녀가 이랬다.

하고 싶은 말조차 나오지 않아.

걱정마— 괜찮아— 모든 게 좋아질 거야.

그녀가 눈을 비볐다.

왜 그렇게 떨어져 서 있는 거야?

내가 답했다.

넌 케이블에 덮여 있어.

그녀가 대꾸했다.

아. 이런.

우리는 단지 그렇게 일 분 가량 있었다. 그래, 그녀는 앉아 있었고 난 서 있었다. 난 그녀를 바라보았다. 그녀가 무릎받이를 다시 움직이고 있었다. 난 내 엉덩이를 두드렸다. 톡-톡-톡-톡. 톡 탁.

그녀가 중얼댔다.

손가락으로 무릎받이를 요리조리 움직이니 재미있군, 하지만 근육으로는 아무래도 움직일 수가 없어.

링거 팩 하나가 궤도를 타고 들어와 그녀 주변을 돌기 시작했다. 난 가야 한다고 말했다. 그녀가 다음에 보자고 했다.

나는 내 업카가 링크네 집 뒤편에 있다고 말했다. 잊고 있었다. 그녀는 가서 그걸 타라고 했다. 난 그녀가 괜찮아지길 바란다고 했다. 그녀는 꽤 괜찮다고 했다. 나중에 채팅을 보내마 했다.

그래도 되지? 채팅 보내도 되지?

내가 말했다.

응, 그럼. 그럼.

아니. 정말로?

정말, 그럼. 채팅해.

난 끄덕였다. 마침내 난 작별 인사로 손을 흔들었다. 비통한 심정으로. 그리고 일어났다. 진찰 수레가 그녀 얼굴을 가렸다. 그녀가 어떤 표정인지 알 수 없었다. 나는 병원을 나왔다. 나중에 엄마가 와서 날 태웠고, 가서 내 업카를 찾았다. 다른 애들은 이미 링크네 집에 없었다. 링크는 집 뒤편 풀 옆에 있었다. 그가 손짓하며 내게 소리쳤다.

"그애는 괜찮아?"

내가 채팅으로 그렇다 하니, 그가 내게 채팅으로 다행이라고 했다. 나는 내 업카를 타고 엄마를 뒤따라 집으로 날아왔다.

우리는 집에 왔다. 저녁식사로 생선 튀김 토막이 나왔다. 난 두 그릇을 먹었다. 아직 숙제를 할 시간이 있었지만 난 그 대신 피드를 보았다. 형사들이 창고에서 회초리 다발을 찾아냈고,

그게 무엇에 쓰인 것인지 밝혀내려 애쓰고 있었다. 쇼의 진행자인 더진이 말하길 그것들은 포주들의 것이라고 했다. 보조 진행을 맡은 여성이 스타킹을 손보느라 허리를 구부렸다.

나는 늦게 자러 갔다. 잠이 오지 않았다. 부모님이 진작에 해시계를 끈 상태였다. 블라인드 밖의 불빛이 회색이었다.

결국, 자긴 잤는가 보다. 적어도 꿈은 기억나니까.

어떤 줄을 타고 물방울들이 흘러내리고 있었다. 그리고 바이올렛이 말했다.

"물방울이 몇 개 흘러내릴 때까지 목숨이 붙어 있을까?"

내가 말했다.

"저건 네 물방울이야."

그녀가 말했다.

"몇 개 흘러내릴 때까지?"

내가 말했다.

"알잖아. 넌 다 알잖아."

그녀가 말했다.

"네 입으로 듣고 싶어서 그래."

87.1%

 다음날, 나는 그녀의 집에 있었다. 모든 게 기묘했다. 우리는 얘기하지 않았다. 왜 그런지 난 모른다. 우리는 입을 열지 않았다. 우리는 단지 거기 앉은 채 채팅했다.

 그건 네가 아냐. 내가 주장했다. 그건 피드 문제야. 넌 그런 애가 아냐.

 아마 난 그런 애야. 아마 그게 잘못인 거야.

 그녀가 두 손을 비볐다.

 미안해. 제발, 퀸디한테 미안하다고 말해 줘.

 그녀의 아버지가 계단을 내려와 우리 가까이 왔다. 우리는 벽 건너편의 그의 발소리를 들을 수 있었다.

 그녀가 채팅했다.

 내 기억에서 일 년을 잃어버렸어.

 난 처음엔 알아듣지 못했다.

 뭐라고?

 난 일 년을 잃어버렸어. 기절한 사이에. 내가 피드를 갖기 전 한

해 동안에 대해 아무것도 기억할 수가 없어. 여섯 살 때야. 그 정보가 아주 사라져 버렸어. 그 시절 기억이 아무것도 없어.

그녀는 양 손바닥으로 넓적다리를 힘껏 누르고 있었다. 그녀는 마치 공예 실습을 하듯 자신을 아주 조심스레 관찰했다. 그녀가 이랬다.

없어. 아무 냄새도. 아무 말도. 아무 장면도. 한 해 전체가. 몽땅 사라졌어.

난 그저 그녀의 얼굴을 바라봤다. 전에 보이지 않던 주름들이 있었다. 그녀는 아파 보였고, 입에선 마치 병원을 맛보는 듯했다. 그녀가 그녀를 바라보는 날 보았다.

그녀가 이랬다.

걱정 말아, 타이터스. 우린 아직 함께 있어. 어찌 됐든, 여전히 함께 있을 거야.

내가 말했다.

아, 그래.

그녀가 손을 뻗어 내 손을 비볐다.

난 널 기억할 거야. 널 붙들고 있을 거야.

내가 채팅했다.

아, 그래.

그녀가 이랬다.

난 해야 할 게 너무 많아. 맙소사. 넌 아마 모를 거야. 당장 나가서 시작하고 싶어. 춤추고 싶어. 너 알아? 하고 싶은 게 이처럼 어처구니없는 것뿐이야. 너무 진부하지? 하지만 내 본연의 모습을 본 거야. 난 춤추고 싶어, 라크로스(하키와 비슷한 스포츠) 팀 모두와 함께. 그들이 날 호마이카 평상 위로 떠받칠지도 몰라. 너한테도 말을 못 꺼내. 너의 활기찬 생명을 볼 수 있는 그런 일을 하고 싶어. 난 포도주를 마시며 음식을 잔뜩 먹고 싶어. 너와 함께 동물원에 가고 싶어.

동물원은 시시해. 내가 말했다. 동물들이 모두 웅크리고 앉아서 발가락만 핥고 있는걸.

난 타고 싶어. 강물, 찻잔배, 소용돌이? 알지, 찻잔배 위에 같이 있는 우리, 원심력에 끌려 들어가며 함께 박살나는 너와 나.

우리가 함께 박살난 파티를 떠올리며, 나는 그녀가 다시 정신 나갈지도 모를 그런 경우에 대해선 생각하고 싶지 않았다. 그래서 난 단지 이렇게 말했다.

그래. 찻잔배!

그녀는 아직 말하고 있었다.

들풀을 스치고 지나가는 것들을 보고 싶어. 지금 어딘가에 가고 싶어. 여기 이 너절한 곳을 떠나 마야 사원을 찾아가고 싶어. 넌 내 사진을 희생의 돌 제단에 놓아 주면 좋겠어. 알지? 난 달려가고 싶어, 바닷가로. 물 속에 뛰어들 수 있는 그런 바닷가 말이야. 난 물장구를 치고 싶어.

난 그저 거기 앉아 있었다. 그녀의 아빠는 지하실에서 무슨 작업을 하고 있었다. 동력 기구를 쓰는 소리가 들렸다. 아마 드릴 작업이나 절단이나 보링 작업을 하는 듯했다.

그녀가 계속했다.

그 모두가 시트콤을 시작하는 장면이야.

뭐라고?

내가 삶을, 충만한 삶을 생각할 때 떠오르는 그 무엇들, 내 온갖 생각들은 바로 시트콤의 소재야. 내 말 알겠어? 삶에 대한 나의 생각들, 그것들이 영화 개시 자막을 타고 흐르면서 현실화되는 거야. 하지만 맙소사. 나는 무엇이지요, 피드가 없다면? 그건 모두 피드로부터 온 거야. 삶에 관한 내 생각. 알지? 아, 너하고 같이 공원에서 아이스크림을 먹는 거야. 우스워, 네 턱에서 그게 똑똑 떨어져. 내가 팔꿈치로 그걸 닦아내. "주인공 러나 진티 역에 바이올렛." 오, 행복한 날이여! 이제 우리는 샘물로 뛰어들어! 우리는 사랑의 터널을 빠져나와! 우리는 회전목마를 타고 달려. 넌 금속 탐지기로 공원을 검사하고 있어! 난 방사능 측정기로 공원을 검사해! 우리는 카메라에 따라 움직여!

마야의 몰락은 빼고.

왜?

없잖아. 내가 지적했다. 희생의 돌 제단은 시트콤엔 없어.

없지. 그녀가 말했다. 그건 맞아. 네가 1점 올렸다.

우리는 앉았다. 그녀가 손으로 머리를 매만졌다.

내가 물었다.

기분이 어땠어? 파티에서?

그녀가 뜸을 들였다. 그러곤 대답했다.

좋았어. 아주 좋아서, 끝내 비명을 지르고 말았지. 내가 마치 히트 곡을 부르는 것 같았어. 지옥에서 말이야.

87.1%

 나중에, 내가 떠나기 전에, 바이올렛과 그녀의 아빠가 피드테크에 무료 수리를 요청하는 걸 보았다. 바이올렛의 아빠는 모든 테스트와 그밖의 비용을 감당할 수 없었다. 그중에 의료로 처리되는 건 아무것도 없었다. 피드는 의료가 아니었기 때문에.

 그들은 피드테크에 사정을 설명하는 메시지를 보냈다. 그들이 함께 그걸 전하는 동안 난 거기 앉아 있었다. 그 내용은 모두 그녀가 기억을 어쩌다 잃었는지, 또 얼마나 자주 신체를 움직이지 못하는지, 또 완전히 맨 상태가 되는지에 대한 거였다. 그들이 피드테크에 검사와 수리 비용을 책임져 달라고 요청했다. 그들은 피드테크가 그래야 한다고 말했다. 그건 한 소녀의 생명이 걸린 문제였으니까.

 그녀의 피드 보증 기한은 몇 해 전에 끝난 상태였다.

 "우리는 이 요청을 여러 기업 스폰서들한테 보낼 거요."

 바이올렛 아빠가 말했다.

"당신들이 받아들이지 않는다면, 다른 데서 받아들여 줄 거요. 이 수리를 지원할 누군가를 우린 찾을 거요. 당신들이 해주지 않는다면 다른 데서 찾을 거요."

"제발, 우린 당신들의 재정 지원이 필요해요."

바이올렛이 말했다.

"만약 우리가 고객으로 남기를 원한다면……."

그녀의 아빠가 말했다.

그들은 그런 메시지를 보냈다. 그러고선, 우리는 별 말이 없었다.

86.5%

다음날 나는 퀸디와 이야기했다. 우리는 커다란 콘크리트 입방체 위에 나란히 앉았다. 내가 말했다.

"바이올렛이 아주 미안해 하더라."

퀸디가 고개를 끄덕였다. 그녀는 여전히 온몸에 상처를 갖고 있었다. 머리를 움직일 때마다 목에 있는 상처가 열렸다 닫혔는데 마치 물고기가 노래하는 것 같았다.

퀸디가 말했다.

"난 말이야…… 이제 남 앞에 떳떳이 나설 수가 없을 것 같아. 처음엔, 영원히 창고에 갇히는 것만 같았어. 그런데 로가는 정말로 개의치 않나? 그날밤 나와 함께 돌아와서 우리집에서 둘러앉았지. 로가가 이랬어. *그 기집애는 완전히 갔어, 걔 말은 신경쓰지 마, 걔는 완전히 정신 나갔어.*"

"그애는— 하지만 그런 게 아니라—"

"알아. 하지만 그땐 로가의 말을 듣고 있을 수밖에 없었어."

"그애는 정말 상태가 나빠."

"알아. 그때 그애는 그애가 아니었어."

난 아무 말도 안 했다. 단지 고개만 끄덕였다. 퀸디가 앞머리를 뒤로 쓸어넘겼다. 난 엄지로 콘크리트 모서리를 문질렀다. 퀸디가 물었다.

"그애는 괜찮아?"

난 고개를 저었다.

"겁에 질려 있어. 그들 말로는 그게…… 피드가 이제 뇌에서 잘 돌아가질 않는대."

"맙소사."

그녀가 날 바라보았다.

"그럼 어떻게 되는 거야?"

"나도 몰라. 뇌 전체가 피드에 엮여 있어, 뇌 전체. 기억이든 운동 부분이든 감정 부분이든 말이야."

"대뇌 변연계 시스템."

"모르겠어."

"난 그걸 바로 찾았어."

"그랬군."

"도형이 있어."

그녀가 내게 사이트를 보냈다.

"그렇군."

난 그 사이트를 그대로 두었다.

"아마 넌 그걸 점검해 봐야 할 거야."

그녀가 좀 상기된 채 말했다.

"그러면 걔한테 무슨 일이 생겼는지 알 수 있을 거야."
난 다리를 들어올려서 신발끈을 다시 맸다.
"알고 싶지 않니?"
내가 대답했다.
"그런 것 같아."
"알지? 이건 세상이 너한테 와장창 시련을 안긴 것도 아니고, 나한테 와장창 시련을 안긴 것도 아니야. 이걸 겪고 있는 당사자는 그애라고. 네가 걔한테 뭐라고 말하는지 모르지만 괜시리 시큰둥하지 않았음 좋겠어."
그녀가 날 바라보았다. 난 그저 앉아 있었다.
그녀가 덧붙였다.
"그애를 편하게 해주기."
그녀가 내 다리에 손을 얹었다.
"그렇게 해."
그녀가 말했다.
"그렇게 하라고."
그녀 손에 난 구멍들, 거기 정맥 속에 피가 푸르렀다.

52.0%

다음날 아침 내가 깨었을 때, 바이올렛이 보낸 메시지가 보관함에서 기다리고 있었다.

새벽 세시 십오 분이야.

그녀가 말했다.

피드테크에서는 아무런 연락도 없었어. 난 여기 누워 있어. 넌 아마 지금쯤 자고 있을 테지. 네가 잠든 모습을 떠올려 본다. 네 입술은 참 아름다워.

우리 엄마는 피드를 결코 갖지 않았어. 어렸을 때도 그걸 장착하지 않았어. 부모님이 그랬대. 피드를 충분히 이해하고 스스로 결정할 수 있을 때까지 기다릴 거라고. 그러니까 천주교 성인식처럼 말이야. 엄마는 피드를 장착하지 않기로 결정했지. 엄마는 피드를 이렇게 불렀어. "두뇌 두더지."

우리 집안은 가난해서 아빠와 삼촌한테 피드를 사줄 수 없었어. 당시에는 피드가 새로워지면서 더욱 비싸졌어. 당시의 광고는 이랬대. 머리 속 칩으로 은빛 투시 머리를 만드세요. 그 머리가 쇼핑 정

보를 낱낱이 알려줍니다. 머리의 입이 당신의 이름을 부르면서.

엄마 아빠는 둘 다 피드 없이 대학을 마쳤어. 그건 아마 아주 어려웠을 거야. 다른 사람들이 하는 방식으로 기억할 수도 없고, 눈앞에 뜨는 시각 자료들, 알지, 염색체든 꽃술이든 그런 걸 볼 수도 없었지. 하지만 둘 다 대학원엘 진학했어. 거기서 둘이 만났어.

내가 항상 이상하게 생각하는 건, 부모님들이 자연 임신으로 아이를 갖기로 결정했다는 거야. 내 추측에 두 분은 정말로 내가 자연적인 생명체이길 원했던 모양이야. 그것에 대해 많은 이야길 들었어. 아무튼 내 말은, 그들이 단지 몇 달 동안은 잘 지냈지만, 알다시피, 거기에 사연이 많아. 어떻든, 그때까지만 해도 자연 임신을 하기엔 방사능 노출로 이미 주위 환경이 너무 나빠졌어. 그래서 할 수 없이 시험관을 했어.

엄마에 대한 첫 기억은 쇼핑 센터에서 날 어깨에 태우고 다니던 거야. 엄마는 끊임없이 내게 농담을 속삭였지, 우리 둘 만의 농담을. 엄마는 특히 플라스틱을 비웃었어. 이렇게 말하곤 했어. "저 사람들은 모두 석유를 입었단다. 다 그런 옷이야. 다른 옷은 없고, 석유만 있단다." 난 엄마한테 이렇게 속삭였지. "저 사람들은 디노사우르스를 입은 거야. 디노사우르스 시체가 저들을 덮고 있어." 엄마가 속삭였지. "트릴로바이테스." 난 속삭였지. "옛날 식물." 엄마가 속삭였어. "그게 한창 유행이야." 그리고 난 말했어. "이봐요— 이봐요 숙녀님—그건 옛날 멋진 플랑크톤이야."

오늘 한 시간 반 동안, 난 다리를 움직일 수 없었어. 내 발가락이 꽉 말렸어. 무릎이 완전히 뻣뻣해졌어. 너한텐 채팅을 안 했어. 걱정하게 만들고 싶지 않았어. 넌 이제 말수가 줄었어. 난 기술자한테 갔지. 기다리는 사이에, 다리가 다시 움직이기 시작했어. 아빠가 나랑 함께 있었지. 아빠는 몸이 좀 안 좋아. 지금 난 다리에 아무 이상도 못 느껴. 난 여기 침대에 누워서, 다리를 올렸다 내렸다 해. 좋은 것 같아. 말려서 좀 답답한 것만 빼고는.

난 다리를 쳐다보고 있어. 내 발가락을 옴지락옴지락 움직이고 있어. 그건 좋은 느낌이야, 마치 진흙을 밟을 때처럼. 알아? 뜰에 진흙이 있던 때를? 비가 그치고 나면 날이 다시 더워지리란 걸 아는 게 주민 연합회가 결정해 놓은 것이니까 그렇다는 걸? 그래서 그냥 뜰에 서서 해를 기다리면 된다는 것을?

그건 지상에서 한 번뿐인 시절이었어. 그러니까 지구에서 살 수 있는 시간이 백년이라고 해도, 어린 시절은 한 번뿐이니까. 꼬마였던 한때, 뜰에 서서 인공 태양을 기다리면서, 진흙을 느끼면서 발가락을 꼼지락거려. 그렇게 거기 서서 발가락을 옴지락거리고, 또 팔을 머리 위로 치켜들고, 그러다가 구름이 하늘에서 수송관 속으로 사라지는 걸 바라봤지. 그럼 오후가 된 거야.

그게 다야.

오늘 아침도 네가 유쾌하길 바랄게.

82.4%

나는 바이올렛의 메시지를 즉시 다 듣지는 않았다. 침대에 누워 있었는데, 그게 길어질 거라는 걸 알았고, 몇 구절 듣다가 멈췄다. 병원 냄새가 났다. 그건 아픔 같은 거였다. 처음엔 그게 묻어난 거라고 생각했는데 그게 아니었다. 그 냄새는 내 코에서 나고 있었다. 난 일어나서 샤워를 했고, 옷을 입고 아래로 내려가 아빠 회사의 납작귀리 압착 식품 하나를 먹은 후 업카를 몰고 학교로 향했다.

업카가 나를 태우고 가는 동안 나머지를 들었다.

업카가 학교 주차장에 들어설 때, 나는 앞창을 내다보고 있었다. 내리고 싶지 않았다. 꼬마들이 여기저기 뛰어다니며 서로 밀쳐댔다. 그들의 배낭이 햇살 속에 반짝거렸다.

내 코에서 여전히 병원 냄새가 났다. 내 주위에 그럴 만한 게 없었다. 그건 그녀였다. 난 숨을 멈췄지만 냄새는 여전했다. 숨을 들이쉬었다.

나는 차창 밖으로 학교를 보았다. 다들 문으로 들어갔다. 나뭇잎들이 붉게 변하며 내가 지각했음을 표시했다. 내 손은 아직 상승 기어 위에 있었다. 망연자실 상태로, 거기에 그냥 있었다. 바로 다음 순간 정차 닻을 올리고서 하늘로 솟아오르려는 듯이.

80.9%

내가 하고 싶은 일들의 최종 목록:

1. 춤추기.
2. 활화산 위로 날기. 마그마에 침 뱉어 보기.
3. 수많은 거울이 달린 나이트클럽에서 춤추기. 사람들은 턱시도를 입고, 거창한 밴드가 있고, 아마 사람들로 북적거리겠지? 그리고 넌 오클라호마에서 온 벨린다라는 담배 파는 아가씨를 쳐다보고 있을 거야. 내가 소리치지. "얼간이 같으니, 이 얼간아, 눈 좀 떼지 못해?"
4. 엔진 소리가 들리지 않는 곳에 너와 함께 앉아 있고 싶어.
5. 어딘가에 이끼가 좀 있을까?
6. 바다 속에 들어가 마지막 물고기들을 보고 싶어. 물고기떼 가운데 거품 속에 앉고 싶어.
7. 난 그림을 보고 싶어. 음, 내 자신에게 네덜란드인에 대해 일러 주고 싶어. 그림 속의 그들은 고풍스런 의상이나 갑옷을 입고 지도

나 비단 벽걸이 곁에 앉아 있지. 그중에 몇은 화가와 사랑에 빠졌어.

8. 주말에 너랑 산에 오르고 싶어. 사람들이 잘 다니지 않는 곳으로.

9. 거기로 가서, 난 맥주와 육포만 파는 상점에 가고 싶어.

10. 난 너랑 호텔 방을 얻고 싶어. 스미스 씨랑 스미스 부인으로 말이야.

11. 난 우리가 포트 웨인에서 왔다고 말할 거야. 주인은 눈살을 찌푸리고, 우리가 거짓말 한다는 걸 알지만 그저 고개를 끄덕이지.

12. 난 실제로 포트 웨인에서 온 듯이 할 거야. 아니면 그 부근의 작은 마을에서 온 듯이. 우리는 피드가 없을 테고 데이트로 영화를 보러 갈 거야. 업카 안에서 키스를 할 거야. 그리고, 이십대가 되면 동쪽의 대도시로 가서 첫 직업을 찾을 거야. 그리고 파티에 온 사람들을 의자 팔걸이에 앉혀 놓고, 플라스틱 컵으로 와인을 마시는 거야. 사람들은 괴상한 머리, 기하학적으로 자른 머리를 하고 있어.

13. 난 날마다 '사무실'에 출근하고 싶어. 때로는 주말에도 정장을 하고서, 누군가의 업무 보조가 되어, 내 책상에 앉아서 피드로 너한테 하소연할 거야. 개떡 같은 상관이나 악독한 사장에 대해서 말이야. 넌 동향의 남자친구지. 너 역시 포트 웨인 출신이야.

14. 난 나이를 먹고 싶어.

15. 난 세월이 가는 걸 보고 싶어.

16. 더러는 단추 달린 스웨터를 입고, 황금색 사냥개를 갖고 싶어. 그 이름을…… 뭐랄까. 내 생각엔 좀 기묘한 이름을 지어 주고 싶어— 고양이 이름은 투탕카멘이나 미트리다테스라고 짓겠지. 개

이름은 위대한 사상가로 지어. 제퍼슨이나 소크라테스, 토마스 페인 따위로. 내 개는 페인이라 부를 거야.

17. 난 유명한 예술가들이며 작곡가를 내 집에 불러 머물게 하고 싶어. 알지, 도끼로 박살낸 피아노 조각에다 작품을 쓴 거블리히라는 사람.

18. 내가 단추 달린 스웨터를 입고 있으면 내 손자들이 보러 올 거야. 난 걔들한테 날 나나라 부르게 할 거야. 우리는 나란히 호숫가에 앉아. 그 호수는 다른 호수들처럼 안개를 피우지 않고 바람이 스치지 않으면 움직이지 않아. 우린 모닥불을 피우지. 난 애들한테 증조부모 이야길 해주고, 또 가족 사이트에서 옛 사진들을 보여줄 거야. 난 그들의 윗대 윗대 윗대 할아버지가 이차세계대전 직전에 독일을 어떻게 떠났는지 이야기해 줄 거야. 그는 동성애자였고, 팔에 핑크빛 삼각형을 달아야 했지. 미국으로 와서 시민권을 얻으려고 귀여운 마르크스주의자 보조 간호사와 결혼했고, 결국 그들은 아이를 갖기로 했지. 손자들은 보조 간호사가 뭐냐고 묻겠지.

19. 우리가 저녁 식사를 만들 때면, 꼬마 셜리가 날 도와 옥수수 껍질을 벗길 거야.

20. 난 손녀 셜리한테 걔 엄마가 꼬맹이 때 무슨 일을 저질렀는지 얘기해 줄 거야. 엄마가 어렸을 때 저지른 말썽들을.

21. 난 싱크대에 기댈 거야. 그리고 병원에서 허비한 시간 따위는 기억하지 않을래. 의사들이 금속 막대를 갖다 대고, 날 침대에다 밀쳐 놓고, 기술자들이 아빠와 비밀스런 의논을 하던 그런 건 난 기억하지 않을래. 내 다리를 쳐다보면서 손끝으로 눌러서 피부가 하얘

지고 빨개지고 또 파래져도 여전히 아무 감각도 느끼지 못하던 그런 건 난 기억하지 않을래. 정말로 무슨 일이 일어나고 있는지, 내 몸 전체에 퍼진, 마치 자줏빛 구름 같은 신경마비, 그 공허함, 그 옴짝달싹 못하는 것 같은 건. 난 기억하지 않을래. 내가 옴짝 못할 때 침대 곁에 선 너를 바라보던 심정, 눈길 떨구던 너의 그런 모습은, 난 기억하지 않을래. 빨리 오지 못했다고 사과하던 너의 그런 모습은, 난 기억하지 않을래. 내가 재잘거리니까 곁에 서서 따분해 하던 너의 모습, 거기 있을 만큼 있었으니 착한 사람이고 이제 떠나도 된다고 느낄 만큼 마냥 서서 기다리던 너의 모습까지도. 난 아무것도 기억하지 않을래. 네가 떠나는 일은 일어나지 않을 테니까. 난 싱크대에 기댈 거야. 그리고 내 손녀는 학교 숙제를 한다고 가위를 들고 색종이를 자를 테지.

22. 난 나가서 개를 부를 거야, 이제 저녁이 오니까. 저기 숲속에는 코요테가 있거든. 곧 밤이 올 거야. 방충문 곁에서 내가 부르지—"페인!" 그러면 숲에서 와스락 와삭. "페인! 페인!" 내가 부르면 저기서 달려오지.

78.6%

나는 앞에 앉은 여자애의 스웨터를 응시하고 있었다. 선생님한테 초점을 맞출 수가 없었다. 그날 선생님은 홀로그램이었다. 재정 삭감이 있었다. 학교 악단은 없어졌고, 선생님들도 떠났다.

나는 바이올렛한테 답신을 보내지 않았다. 그녀가 보낸 리스트도 단번에 죽 듣지 않았다. 띄엄띄엄 들었다. 그걸 앞으로 되돌렸다. 그러곤, 대략 한 시간마다 조금씩 듣곤 했다.

이제 막 끝부분까지 다 들었다.

난 앞에 있는 여자애의 뒷모습만 바라봤다.

홀로그램인 경우, 선생님이 그런 홀로그램일 때, 똑바로 보지 않는다면 허울처럼 보일 때가 있다. 문득 그들을 보면 튀어나온 얼굴이 없다. 그들 얼굴은 찔려 뚫리고, 코든 뭐든 그렇다. 그들 내부엔 아무것도 없다.

그들을 바로 쳐다보지 않으면, 마치 빈 껍데기처럼 보이기도 한다.

77.8%

그녀가 채팅을 했다.
뭐 해? 오늘 너랑 같이 있고 싶어. 항상 너랑 같이 있고 싶어…….
아, 내 목록 받았어? 타이터스?…… 타이터스?

76.3%

그날 학교를 마친 뒤 마티, 링크와 함께 링크네 집엘 갔다. 우리는 수영장 부근에 앉았다. 링크가 바이올렛을 들먹이며, 어떻게 지내는지 물었다. 아마 잘 지낼 거라고 말했다. 링크가 그녀와 연락하지 않았느냐고 물었다. 내가 말했다. 안 했어, 이틀 동안.

그 리스트를 보내온 뒤로 그녀는 몇 차례 나와 채팅하려고 했다. 하지만 난 바쁨 신호를 켜 놓았다.

우린 얼마 동안 거기 앉아 있다가, 링크와 마티는 수영을 했다. 우린 함께 수상 배구를 했는데 셋에서 하기는 어려웠다. 그래서 거기 일 분 정도 있다가 내가 말했다.

"누구 맬 할 사람 없어?"

그들이 날 쳐다봤다. 어렵쇼, 하는 표정으로. 마티가 물론이지 했고, 링크가, 맬을 할 수 있는 새로운 대단한 사이트 정보를 알고 있다고 했다. 그들이 물었다.

"너 정말 할 거야?"

내가 대답했다.

"말했잖아?"

그들이 고개를 끄덕였다.

우리는 수영장에서 나와 수건으로 몸을 닦았다. 그리고 안으로 들어갔다. 우리는 그 사이트를 찾았다. 온통 너절한 경고가 뒤덮여 있었다, 스웨덴어로. 우린 모두 그걸 클릭했고 우리 구매 신용을 청하는 걸 느꼈다. 갑자기 난 한방 된통 맞았다. 그건 색깔있는 벽돌담이었는데, 하도 빨리 오는 바람에 난 쓰러졌다. 그러곤 소파 바닥을 보고 있었다. 링크가 엉기적거렸는데, 얼굴이 뽕 가 있었다. 그것은 파도처럼 계속 밀려왔다. 바닥이 깎아지른 듯했다. 내가 전등을 붙잡고 버티는데 그게 와장창 쓰러졌다.

먹먹함이 온통 뒤덮고 있어서 어딘가로 가고 있었는데 어디로 가는지 알 수 없었다. 난 다만 다른 사람들을 쳐다봤다. 먹먹함 속에서, 그들의 입이 말하는 걸 볼 수 있었다. 바이올렛이 나한테 무슨 일이 생겼는지 물었다. 난 바로 앉아 대답하려 했는데, 그녀는 방에 없었다. 그게 재미나서 웃었다.

마티는 내가 뭔가 다른 걸로 웃는다고 생각했고, 그래서 마티도 웃기 시작했고, 금세 우리는 다들 웃어댔다. 그래서 아이스크림 가게에 있는 모두가 우리를 쳐다보고 있었다. 우리는 아이스크림 한 통을 사들고 있었는데 내가 이랬다.

이걸 먹었다간 토할 거야. 마티가 이랬다.

나참, 도대체 아이스크림 가겐 뭐 하러 왔지?

그리고 내가 이랬다.

우와, 나참, 젠장, 너 운전할 생각은 말아.

어떤 부모들은 애들을 우리와 떼어놓으려 움직였고, 링크가 그들한테 소리쳤다.

"에비! 오케이? 에비!"

링크가 손을 활짝 폈다. 손가락에서 빛이 나왔다. 내가 손짓하며, "라이트*Light*" 하니까 마티가 "브라이트*Bright*" 했고, 링크가 "사이트*Sight*" 했고, 마티가 "나이트*Night*" 했다. 내가 "카이트*Kite*" 하자, 링크가 말했다.

"너네들 생각해 봤어, 연(카이트)이 아무것도 없이 어떻게 솟구치는지?"

마티가 대꾸했다.

"그건 아무것도 없는 게 아니야, 돌대가리야. 공기야. 그러니까, 공기. 그러니까 염병할 공기 속이란 말야. 공기."

우리는 쇼핑 센터의 중심 구역으로 들어가서 음악 상점엘 들어갔는데 거긴 정말 정말 정말 시끄러웠다. 그래서 우리는 나와서 의류 상점엘 갔고, 얼마 동안 탈의실에 앉았다. 거긴 조용했지만 문을 쾅쾅 두드리며 우리보고 나가라고 소리쳤다. 난 마티와 링크한테 바이올렛이 보낸 메시지를 보여줬다. 아울러 그 목록도. 그녀가 죽기 전에 하고 싶어한 그 일들. 둘이 그걸 읽고는 마티가 말했다.

제기랄, 나 참, 제기랄.

링크가 말했다.

우와, 열정적인데, 그녀는 불가사의한 여우야.

내가 그녀는 여우가 아니라고 하자, 링크가 나쁜 의미로 이야기한 게 아니라고 했다. 마티가 왜 그녀한테 연락하지 않느냐고 물었고, 난 연락하고 있다고 했다. 실은 않고 있었다. 마티가 저 메시지는 지랄같이 슬퍼서 막 소리지르고 싶다고 했고, 내가 말했다.

그녀가 좀 치사하다고 생각지 않아? 내가 그녀의 침대 옆에 서 있던 대목에 대해 말한 거 보면?

그들이 말했다.

뭐가 치사해?

그리고 탈의실 문을 계속해서 마구 쾅쾅 두드리는 소리가 들렸다. 난 그 좁은 공간 속에서 웅크렸다, 무릎을 껴안고 다이빙하듯이, 깔개 위에서 내 팔을 다리에 감고 있었다. 옷걸이 한쪽에 팬티가 걸려 있었다. 우리는 몇 번 확인했다. 하지만 우린 모두 팬티를 입고 있었다. 그러니 거기 있는 건 우리가 들어오기 바로 전에 나간 여성의 것이 분명했다. 그녀는 그걸 가지러 오지도 않다니 우리는 그게 참 재밌다고 생각했고 깔깔대며 웃었다. 친구들과 함께 있는 건 즐거웠다. 바이올렛이 다시 내게 무슨 일이냐고 물었고, 난 주둥이 닥쳐 하고 소리쳤다. 다행히도 내 큰 소리는 입 밖으로 튀어나왔고, 그녀는 여기에 없었다. 채팅하는 중이었으니까.

우리는 일어나 문을 열었다. 정장 차림을 한 꼬마가 양팔에 도넛 팔찌를 끼고 서 있었다. 그가 우리한테 술이 취한 듯하니

제발 떠나달라고 사정했다.

우리는 나가서 분수대 가까이 앉아서 물줄기를 쳐다보았다. 흥미로운 건, 눈길을 서서히 아래로 죽 내려뜨리면 각각의 물방울이 보였고, 그게 매력적으로, 그 하나하나가 떨어져 수면에 동그라미를 만들고, 그 동그라미가 번져 나가자 수면이 일렁거렸다. 바이올렛이 내게 물었다.

지금 뭘 하고 있어, 아직도 학교 부근에 있는 거야?

그래, 내가 말했다. 학교에서 나온 길이야.

그녀가 이랬다.

어떻게 지내? 며칠이나 아무 연락도 없이.

바이올렛, 내가 이랬다. 바이올렛, 바이올렛, 바이올렛.

너, 왜 그래?

바이올렛. 바이올렛. 바이올렛.

너 맬이야?

그리로 갈게.

타이터스. 야. 이봐. 멈춰.

내 업카가 여기 있었는데 기억이 안 나.

그런 상태로 몰지 마. 넌 취했어. 중앙아메리카 사건 들었어? 멕시코 만에 있는 두 마을에, 천오백 명의 주민들— 그들이 죽은 채로 발견됐어, 검은 천에 덮여서.

"신사 분들."

내가 다른 둘한테 말했다.

"난 가야겠소."

그 사건 들었냐고? 이건 엄청나. 산업 재해인 것 같아. 지구 동맹이 미국을 비난하고 있어.

"난 바랍니다, 여러분, 우리는 각자 차를 가지고……."

내가 말했다.

"그런데, 내 차는 어딨지?."

지금 바로 날지 마, 그녀가 말했다. 날지 마. 넌 지금 엉망이야.

아냐, 괜찮아.

넌 지금 사방에다 엉터리 짓거리를 해대고 있어. 개념을 완전히 상실했잖아. 뭘 하는 거야? 왜 그런 짓을 하니? 거기 가만 있어.

여긴 쇼핑 몰이야. 맬. 쇼핑 몰에 있다구. 맬. 쇼핑 몰이라구.

오, 맙소사. 꼼짝하지 말아. 깨어날 때까지 기다려.

널 보러 가는 길이야. 기분이 말야. 기분이 나빠.

이 바보 멍청아. 오늘 아침에 나한테 무슨 일이 생겼는지 모르지. 그리고 그 뉴스도. 타이터스— 오늘 아침에…… 난 정말 믿을 수가 없어, 네가 그렇게 맬을 하다니. 넌 정말 바보 멍텅구리야.

"제3단 구역에 있어."

마티가 말했다. 보니까 마티는 아직 내 앞에 앉아 있었다.

"내 차 옆에. 너 몰 수 있겠니?"

"뭐 자동항법으로 할 건데."

내가 말했다.

"정말이지?"

"말은 수레가 갈 길을 알지, 저기 저리……."

난 머리를 긁었다.

마티가 끄덕거렸다. 링크가 노래를 시작했다.

"호, 호, 요정들아, 산타가 간다네."

완전히 엉터리 노래였다.

나는 주차장으로 올라갔다. 제3단을 찾았다. 맬이 조금 풀리기 시작했다. 이제는 도취감에 잠긴 정도였다. 마티 업카 다음에 내 것이 있었다. 마티의 업카는 긁히고 기둥에 박힌 듯 찌그러져 있었다.

난 날았다. 일단 하강 튜브에 진입해서 업카를 자동 항법으로 놓았다. 난 거의 잠들었다. 스웨터 조끼에 대한 꿈을 꾸었다.

발라먹는 치즈! 또 다른 별미가 있어요!

⋯⋯지구 동맹의 수상이 다음과 같이 성명을 발표했습니다. "지구의 물리적 생물적 보전은, 그 대가가 무엇이든 간에 미국에 기반한 기업체들의 퇴출 여하에 달려 있다."

이 성명의 배경엔, 미국이 달을 오십일 번째 주로 합병한⋯⋯

그녀의 집을 향한 하강 튜브 속으로 들어가, 업카가 그 지역으로 가는 길을 찾았다. 그녀가 사는 곳은 교외의 가장 낮은 지역이었다.

난 그곳 도로 위로 날았다. 그녀가 집 밖에서 기다리고 있었다. 머리카락을 아주 멋지게 올리고 있었다. 나는 그곳 주행로에서 업카를 멈추었다. 난 문을 열고 비틀비틀 밖으로 몸을 내밀었다.

내가 말했다.

"빌어먹을."

"들어가지 마. 아빠가 눈치채."

"아주 빙빙 도네. 아-주 빙빙 돌아."

"넌 정말 바보야. 됐어. 거기서 내려. 잔디밭에서 시간 좀 보내자."

내가 기어내려왔다. 늘 그러듯이 발끝으로 잔디를 디뎌야 하는데 그게 아직 힘들었다. 그녀가 내 손을 잡았다.

내가 말했다.

"그 목록, 그거 딱 5일은 걸릴 거야."

"뭐라고?"

"그 목록을 봐. 딱 5일은 걸려. 그러니까, 우리가 다 할려면 말이야. 자, 좋아, 목록에서 그 부분 있지, 네가 고향 포트 에서 온 거."

"포트 웨인. 활성도 12."

"응?"

"활성도 12. 포트 워스가 아니라 포트 웨인이야."

"활성도 12는 불가능해."

"정신이 돌아와서 기뻐. 네가 가지 않으려 할까 봐 걱정이었어."

"그걸 다 하는 거야. 산으로 가자고."

"잠깐, 잠깐. 진정해. 너 뉴스 들었어? 끔찍해."

"잠을 좀 자고 나서 춤추러 가는 것부터 시작하자. 산에 가는 건 주말까지 기다리는 게 좋겠다. 난 학교에 가야 가니까. 넌 안 가지만."

"그래, 난 이제 그저 슬퍼하며 기다리는 중이야."

"뭘?"

"아빠는 내 곁에 앉아서 날 바라보기만 해. 가르치는 건 중지했어. 아빠는 내가 알고 싶은 건 뭐든 알려주겠다고 하지만, 더 이상 수업을 할 이유가 없어졌어."

그녀의 말에 가슴이 아팠다. 하지만 나무들이 아주 푸르렀고, 사방에서 풀 향기가 났다. 그녀가 내게 말했다. 아빠는 알고 싶은 게 뭐냐고 물었고, 그녀는 영혼이란 게 있는지를 물었다. 하지만 난 바로 땅에다 얼굴을 박았다. 바닥이 차가웠고, 풀이 코 끝을 간질였다. 그리고 난 잠들었고, 내 눈 앞에 전해지는 바이올렛의 메시지를 받았다.

76.2%

잔디에서 잠든 사이에, 그녀가 메시지를 보냈다.

이건 오늘 새벽부터의 일이야. 이렇게 시작됐다. *피드테크 답신. 첨부를 점검하세요.*

그것은 바이올렛이 겪은 일을 완전히 시뮬레이션 한 것이었다. 그건 그날 아침부터의 기억이었다. 난 그걸 열었다.

내가 바이올렛이었고, 그녀의 집에서 계단을 내려오고 있었다. 내 곁에 포스터가 붙어 있었는데 한 아시아 여성이 가전제품을 받쳐 들고 있는 그림이었다. 난 무심코 지루한 곡으로 휘파람을 불고 있었다. 난 한 번에 두 계단씩을 내디뎠다.

갑자기, 다리를 움직일 수 없었다. 비명조차 지르지 못했다. 다만 난간을 붙잡으려고 애를 썼지만 뒤로 넘어졌다. 손으로 힘껏 벽을 잡으려 했지만 얼굴을 계단 위 카펫에 찧었다. 그리고 미끄러져 내렸다. 계단의 깔개가 얼굴을 지지는 듯했고, 마치 물 밑으로 들어가는 듯했다.

숨쉬기조차 어려웠다.

난 머리를 들었다가 떨구었다. 계단 아래 바닥에 쓰러져 있었다. 불을 켜지 않아서 어두웠다. 난 숨을 쉬려고 애썼다.

그렇게 숨을 쉬려 애쓸 때 니나가 나타났다.

난 허공에 손을 저었다.

그녀가 채팅을 보냈다.

안녕, 난 니나예요. 당신의 피드테크 고객 도우미 대표랍니다. 당신은 공포로 인해 심한 겨드랑이 악취가 생기는 걸 아시나요? 많은 소녀들이 그래요. 땀을 없애요! 왜 DVS 슈퍼약국 하이퍼사이트에서 땀조절 장치의 뛰어난 컬렉션을 점검하지 않으세요? 하지만 그것 때문에 내가 온 건 아니에요, 바이올렛.

처음엔 간신히 숨을, 그리고 조금 숨길이 트이면서, 이윽고 내 얼굴과 등짝이 다쳤다는 걸 깨달았고, 숨길을 가누었다. 내 다리는 얄궂게 꼬여 있고 전혀 감각이 없었다.

니나가 말했다.

나는 당신한테 이걸 알려주러 왔어요. 피드테크 회사는 무료로 피드를 수리 또는 교체해 달라는 당신의 요청을 거절하기로 결정했습니다.

"안 돼."

바이올렛/내가 소리질렀다.

"안 돼, 빌어먹을. 제발. 제발. 안 돼."

우리 역시 다른 기업 투자자들이 당신의 경우에 관심을 갖도록 노력했어요.

바이올렛이 말했다.

제발. 제발. 난 도움이 필요해.

다리를 움직일 수 없었다. 거기 누운 채 꼼짝 못하고 있는데, 니나가 말했다.

우리는 가능한 기업 스폰서들을 구하기 위해 최선을 다했어요. 하지만 유감스럽게도 거절되었음을 알려 드립니다.

뭐라고? 어째서?

유감이에요, 바이올렛 던. 불행하게도, 피드테크와 다른 투자자들이 당신의 구매 내역을 검토했는데, 당신은 이 시점에서 믿을 만한 투자 대상이라고 여겨지지 않았어요. 당신의 쇼핑 습관에서는 우리가 '경향'이라 부르는 게 전혀 없었어요. 예컨대 당신은 멋지고 훌륭한 온갖 제품들의 정보를 물었지만 아무것도 사지 않았어요. 우리 기업 투자자들이 당신한테 보인 반응은 이랬어요. "이게 뭐 하는 짓이야?" 미안해요— 당신이 피드를 단지 그런 식으로 쓸까 봐 걱정입니다.

바이올렛은 어둠 속에 쓰러진 채, 양 다리가 욱씬거리기 시작했다. 그녀는 소리쳐 아빠를 불렀다. 그녀는 흐느끼고 있었다.

아마도, 바이올렛, 만약에 다음 육개월 간에 당신이 피드넷을 통해 대단한 거래를 한 게 검토된다면, 우리 투자팀이 흥미를 갖도록 당신의 소비자 프로필을 새로이 꾸밀 수 있을 거예요. 어때요, 바이올렛 던? 바로 우리, 당신과 나— 여성이 함께! 사요, 끝까지!

꺼져 버려, 바이올렛이 피드에 대고 분통을 터뜨렸다. 꺼져. 꺼지라구—

니나가 미소지었다.

특별한 제품이 은하수만큼이나 널려 있어요, 우리 해 봐요 함께!

제발. 이 집엔 나 혼자야. 쓰러졌다고. 제발 저리 가. 제발 얼씬대지 마.

여기가 내게 메시지를 보낼 적에 자른 기억의 마지막 부분이었다. 그녀는 어두운 지하실 바닥에 쓰러진 채 그녀의 아빠가 와서 도와주길 기다렸던 것이다.

그녀의 머리 속 고통이 느껴졌다. 그게 계단에서 구른 것 때문인지, 아니면 피드가 어떤 부식을 일으켜서 그런지 알 수 없었지만, 어쨌든 그녀는 자신의 뇌 속이 갈색으로 녹스는 것을 느끼고 있었다.

76.2%

깨어나자, 머리가 아팠다. 우리는 춤추러 가지는 않았다. 근방은 이미 어두워지고 있었고, 그녀의 아빠가 창으로 그녀를 지켜보고 있었다. 난 좀 당황스러웠다. 그가 이렇게 생각하고 있을 게 뻔했다. *내 딸이 맬이나 하는 저따위 얼간이와 얼마 남지 않은 귀중한 시간을 허비하고 있다니.*

그녀는 잔디밭에서 내 곁에 앉아 있었다. 하늘엔 퇴근하는 사람들의 업카들이 쏜살같이 오고 있었다. 하루의 끝자락이었다.

그녀가 날보고 식사를 하고 가겠냐고 물었고, 난 그녀를 찾아와서 당혹스럽게 만든 게 켕겼다. 그래서 아니라 했다. 피드가 내 두통을 갖고 건수를 올리려 애쓰고 있었다. 피드가 신경 차단을 하는 걸 느꼈다. 내 편지함 속에 메시지가 담겨 있었는데 스웨덴인이 인사하길 암소 발길질이 즐거웠길 바라며, 또 와 달라고 했다. 그따위 걸 다시 하라고? 그건 비열한 공격이었고 퍽치기의 짝퉁이었다. 소름이 끼쳤다.

우리는 잔디밭에 앉았다.

내가 이랬다.

"뜻밖이야…… 그들이 거절하다니. 정말 몰랐어."

"넌 묻지도 않았잖아."

난 묵묵히 있었고 그녀는 마음대로 이것저것 다그칠 수 있었다. 그녀는 아무것도 문제삼지 않았다. 단지 음악 이야기를 했고, 몇 년 전에 가본 연주회 이야기를 들려줬다. 그녀는 대중음악은 좋아하지 않았고, 지루하게 들리는 비판적인 음악을 좋아했다.

난 뭔가를 기대하였다. 그녀가 내 손을 잡는다든가 하길 바랐다.

그녀의 아빠가 입술을 내민 채 창문으로 우리를 바라보고 있었다.

얼마 뒤, 손을 잡아 주길 간절히 바랐기에 나는 그녀의 엉덩이 곁에 내 손을 갖다 두었다. 그녀는 이번 떼죽음 사태에 쏟아지는 비난에 대해 계속 얘기했다. 이런 식이니까 우린 진도를 나가지 못하는 거였다. 난 그녀한테 와락 무너져서 닿고만 싶었다. 하지만 그녀가 먼저 만지기 전엔 그녀를 건드리지 않으리라.

우리는 말을 멈췄고, 그녀는 내가 가야 하는지 물었다. 아마 그래야겠다고 말했다. 집까지 가려면 꽤 먼 길이니까. 그녀가 좀 나아졌냐고 물었고, 난 아무렇지도 않다고 했다.

난 일어나서 창문의 그녀 아빠를 보았다. 그는 팔꿈치를 무릎에 괴고 앉아서 쓰레기통 밑을 응시하고 있었다. 바이올렛이 다가와 업카 쪽으로 걸었다. 난 업카 곁에서 그녀가 내게 키스하기를 기다렸다. 그녀는 키스하지 않았고, 그래서 난 안녕하고서, 업카에 올랐다.

그녀가 날 쳐다보았고 미소를 지었다. 그녀가 손을 흔들었다.

난 차 문을 닫고 이륙했다.

다음날, 그녀의 양쪽 팔은 한 시간이나 움직이지 않았고, 그녀는 공포에 휩싸였다. 진정제를 먹어야만 했다.

59.3%

 그날밤 나는 또 다른 메시지가 온 걸 알았다. 그건 양이 많았다. 아주 많았다. 메시지는 이렇게 시작됐다.

 다시 세 시야. 난 깨어 있어. 진혼곡을 듣다가 더 많이 신청했어. 전 세계에 있는 다양한 장례식 음악을 들었어.

 어떤 곳에선 춤추고 노래를 불러. 어떤 곳에선 제각기 옷을 찢어. 어떤 곳에선 함께 피리를 불어. 어떤 곳에선 소리를 질러. 폴리네시아에선, 울부짖는데 오히려 그 소리가 노래에 더 가까워. 그건 별나. 울부짖음을 들어 보면 그것 역시 노래하는 거야, 그것 역시 의례야. 정말 궁금해. 사람들은 정말 얼만큼이나 그 누구를 진정 그리워하는 걸까? 의례적인 울부짖음, 의례적인 노래가 대부분일까? 오스트레일리아의 어떤 여성들은 슬플 때는 침묵에 빠진대—그렇게 요구받는대—그리고 남은 생을 수화로만 이야기한다는군.

 타이터스, 난 침묵이 두려워. 내 기억이 곧 사라질 게 두려워. 여섯 살에서 일곱 살 사이, 사라져 버린 그 시간을 생각하면, 아무것도 없어. 그러니까 아무것도 기억할 수 없어. 다른건 기억할 수가 있는

데, 피드를 갖기 전에 바로 내게 일어난 건 아무것도 기억이 안 나. 내 과거를 잃어버리고 있다는 게 두려워. 과거가 없다면, 우리는 누구지?

그래서 너한테 뭘 좀 보내려고 해. 특히 내가 피드를 갖기 전의 일들을. 넌 내 인생에서 가장 중요한 사람이니까. 네게 뭐든 얘기할 거야. 어느 날, 그걸 다시 내게 들려 달라고 할지도 몰라.

그녀는 이런 메시지를 계속해서 보냈다. 난 첨부된 바이올렛의 기억을 열어 보지 않았다. 그냥 놔뒀다. 다음날 학교에서 걷다가 느꼈는데, 바이올렛이 보낸 메시지가 마치 날 빽빽이 채우고 있는 듯했다. 머릿속에서 넘치듯 자리를 차지하고 있었다.

그날 오후 집으로 오는 업카 안에서 나는 그 기억들을 보게 될까 봐 걱정이 되었다. 쌓인 메시지의 양이 점점 많아지고 있었다. 그녀는 몇 분마다 그걸 보내고 있었다. 어떤 때는 메시지가 새어나오기도 했다— 그녀의 아빠가, 젊었을 적에 그녀와 야구를 하고 있었다. 그녀의 엄마는 샌들을 신고 양성자 발생 모자를 쓰고 있었다. 무슨 소스를 요리하는 냄새. 그녀가 얘기한, 피드를 갖기 전부터의 이야기들. 몇 마디 소리도 들렸는데, 고모에 관한, 낙타 또는 기타 그런 따위에 대한 것이었다.

난 그 아무것에도 아무 이야기에도 귀기울이지 않았다. 집으로 가는 길에 아무것도 건드리지 않았다. 단지 그게 그냥 흘러나왔을 뿐.

집에 도착했다. 두통이 났다. 나는 피드에다 두통을 날려 달라고 했다. 메시지가 왔는데, 내가 메시지를 얼마만큼이나 저장하고 있냐며, 그걸 열고 싶은지 물었다.

난 탁자 앞에 앉았다가 다시 서성거렸다. 그녀가 내게 메시지를 퍼붓고 있었다.

이윽고, 그녀가 그쳤다는 메시지를 받았다. 내 회선이 깨끗해졌다.

난 물을 마시러 부엌으로 갔다. 잔을 채웠다. 싱크대 너머 창을 바라보았다.

난 그녀가 내게 보낸 걸 모조리 삭제했다.

거실로 가서 소파에 앉았다. 기분이 좋지 않았다.

벽난로를 쳐다보았다. 난 그녀의 기억을 몽땅 지워 버린 것이었다.

나중에 그녀가 내게 채팅을 보냈다.

주말 아이디어에 대한 네 대답은 뭐야? 우리는 아빠 몰래 가야 해. 아빠는 내가 널 만나는 걸 바라지 않으니까— 하지만 걱정 마— 걱정 없어. 우린 함께야, 무슨 일이 있더라도.

그녀가 말한 주말 아이디어가 뭔지 난 몰랐고, 그래서 대답하지 않았다.

내 방의 벽들은 모두 하얗다. 벽을 바라보면 열 반응으로 포스터가 나타나는데, 난 그걸 닫아 버렸다. 내 벽엔 아무것도 없었다.

나는 숙제를 하지 않았다.

침대로 갔다.

그리고 누웠다. 얼굴을 위로 한 채.
잠이 안 왔다.

57.2%

금요일 밤엔 생각에 잠겨 있을 형편이 아니었다. 냄새쟁이가 고함치고 물건을 마구 집어던지며 집안을 뛰어다녔다. 아빠는 몇 주일째 집에 없었고, 엄마는 몹시 화가 나서 냄새쟁이한테 소리를 질러댔다. 냄새쟁이는 카펫을 오르내리며 사방으로 뜀박질을 했다. 걔는 피드를 열어 어린이 프로그램에다 번갈아 돌려가며 맞추고 있어서 그게 이리저리 사람을 몰아댔다. 피하지 않으면 그의 주파수에 노출되고 마니까.

너 바보냐? 제대로 해 봐!

……처키, 양말을 또 잃어버렸어?!?

그러다 갑자기 방송이 확 바뀌어,

……머릿카락 속에 보조 장치를 숨길 수 있어요. 여섯 개가 한 세트, 엄마를 깜짝 놀라게 해줘요! ("우와" "대단하네!" "내 것은 루티야!")

냄새쟁이의 방송이 내 뇌를 날려버릴까 봐 난 방에 틀어박혀 있었다. 엄마가 냄새쟁이를 쫓아다니며, 쿠키를 줄 테니 그만

하라고 달랬다. 난 앉아서 뭘 할지 궁리했다. 내가 가진 게임들도 싫증이 났고 또 금요일이었다. 하지만 그 주말에 외출을 하게 될지, 또 뭘 할지도 알 수 없었다.

엄마가 날 불렀다.

"애, 바이올렛이 왔어!"

엄마는 바이올렛이 올 줄 알고 있었다는 투였다.

일어나서 침실 문 쪽으로 갔다. 난 거기 서서 열림 버튼을 누르지 않았다. 손이 버튼 위에 있었지만 누르지 않았다. 문 앞에 서 있었다.

"애!"

엄마가 불렀다. 엄마가 하는 말이 들렸다.

"그냥 올라가도 돼. 아마 잠이 들었나 보다."

난 버튼을 눌렀다.

그녀가 계단을 올라오고 있었다.

그녀가 애처롭게 손을 흔들었다. 하마터면 난 그녀한테 소리를 지를 뻔했다.

난 문 곁에 서서 그녀가 방으로 들어오게 했다.

그녀는 들어오지 않았다. 방 밖에 그냥 서 있었다.

난 문 바로 안쪽에 있었다.

그녀가 물었다.

"들어가도 돼?"

난 그녀를 안으로 들어오게 했다. 그녀가 들어섰고 난 문을 닫았다.

그녀가 말했다.

"이번 주말에 어떻게 할지 답을 주지 않아서 말이야. 아무튼 난 결정했어. 어떻든 갈 거야. 내게 남은 시간이 얼마나 되는지 모르겠어."

"뭐라고?"

내가 말했다.

"난 산으로 갈 거야. 원한다면 같이 가도 돼."

그녀가 말했다.

"네가 같이 가는 게 난 좋아."

"언제?"

"지금. 주말에. 내 메시지 못 받았어?"

난 머리를 저었다.

"아니. 못 받았는데."

"어젯밤에?"

"모르겠는데."

"그럼 기억은?"

내가 말했다.

"무슨 기억?"

"너한테 내 기억을 몽땅 보냈어. 오래도록 애쓴 건데."

난 양탄자에 눈길을 떨구었다. 그녀한테 말했다.

"아니. 아니, 못 받았어. 기억이든 뭐든 아무것도."

그녀가 침대에 주저앉았다.

"오 이런, 맙소사. 그래 그것도 역시 망가졌구나. 채팅이며 메시지 보내기도. 왜 아무 응답도 없는지 궁금했는데. 정말 기가 막혀."

난 아무 말도 하지 않았다. 그냥 거기 서 있었다.

그녀가 나를 쳐다보며 말했다.

"여기까지 택시를 타고 왔어."

난 옷장에 몸을 기댔다.

그녀가 말했다.

"아빠한테는 친구 집에 간다고 했어. 그게 너인 줄은 모르실 거야. 아빠가 이 사실을 알면 어떻게 하실까? 내 마지막 남은 시간 동안 외출을 금지할까? 그러니까, 십오분 동안?"

그녀가 짧고 까칠하게 웃었다. 그런 농담을 할 줄은 몰랐다. 누구라도 자기 목숨을 갖고 농담하지는 않으니까. 특히 그건 사람들을 아주 불편하게 만들 수 있다. 만약 불상사가 닥칠 경우, 어떤 식으로든 그 말을 탓하게 될지도 모르니까.

"갈 거야 말 거야? 이건 내겐 아주 소중한 시간이야. 난 진짜로 살아볼 거야."

그녀는 날 쳐다보곤 말을 이었다.

"난 생생하게 살아볼 거야. 산에 올라가 바라볼 거야. 집에는 월요일이나 화요일에 갈 거야. 그리고 이럴 거야. *난 보았어. 단 일 초도 허비하지 않았어.* 그러곤 그 다음엔 날마다, 뭔가 다른 걸 할 거야. 닥치는 대로. 박물관. 쇼. 뭐든."

내가 말했다.

"난 바쁜데. 그 메시지를 받았더라면 좋았을 텐데."

그녀가 날 노려봤다. 못 믿겠다는 듯이.

내가 말했다.

"진작 그걸 받았더라면, 내 계획을 바꿀 수 있었을 텐데, 이걸 어쩌지."

"좋아."

그녀는 화가 나 일어났다.

"알았어."

"정말 미안해."

"넌 함께 탈출하고 싶지 않다는 거지? 넌 그게 근사하게 들리지 않는다는 거지? 너의 바쁘다는 그 일보다…… 멋지지 않다는 거지?"

냄새쟁이가 우리 뒤편에서 뛰어내려가면서, 방송을 쏘아댔다.

"비켜라, 악당 형아들아, 깔리고 싶지 않으면!"

엄마가 카펫 위로 따라 달리면서 소리쳤다. 엄마가 문을 몇 번 쾅 닫았다. 걔를 붙잡은 게 분명했다.

바이올렛이 말했다.

"재미있을 거야."

그녀가 내게 몇 장면을 보냈는데 몇 그루 소나무가 있는 오두막이며, 모닥불, 그리고 흐릿한 얼굴의 두 사람. 그건 그녀와 내가 한 이불 아래 앉아 있는 모습 같았다.

"가자." 바이올렛이 말했다. "달리 할 일이 뭔데?"

그녀에게 대답하고 싶지 않았다.

그녀가 채팅했다.

그렇게 중요한 스케줄이 뭔데?

난 그 사진들을 다시 떠올렸다. 오두막과 소나무들, 그 이불을. 또 그녀가 내 곁에 앉아 있는 모습을 떠올렸다. 난 그녀의 기억 메시지를 지우는 내 모습을 떠올렸다.

내가 말했다.

"좋아."

"갈 거야?"

"응."

"아, 이건 정말 진짜 멋진 시간이 될 거야."

"그래."

그녀가 옷을 챙기라 했고, 난 옷을 꺼내 캠핑 가방에 넣기 시작했다. 그녀는 얼굴을 활짝 펴고 침대에 몸을 굴리면서 우리가 갈 곳에 대해 이야기했다. 내가 사각 팬티를 접자 그걸 집어 들고 빙그레 웃으며 손가락을 앞쪽 구멍에 넣고 빙빙 돌렸다. 손가락이 팬티 위로 코끼리 코처럼 나와 있었다. 난 그녀를 바라봤다. 그러자 그녀가 사각 팬티를 캠핑 가방에다 던졌고, 난 그걸 다시 개어서 가방에 넣었다.

엄마한테는 음악 공연에 간다 하고 바이올렛네 집에서 좀 머물 거라고 했다. 만약 내가 구체적 계획도 없이 아무데나 가서 호텔이나 오두막에다 돈을 쓰는 줄 안다면 흥분할 것이기 때문에. 엄마가 말했다. *멋지네, 좋은 시간 보내라.* 엄마는 불빛을 내는 런닝 벨트 위를 달리느라 바빴고, 냄새쟁이가 엄마의 무름에 공깃돌을 던져대고 있었다.

바이올렛과 함께 나는 업카에 올라탔다. 그녀한테 물었다. 그녀의 아빠한테 우리가 어디로 가는지 말하지 않을 거냐고. 그녀는 말하지 않을 거라고 했다. 아빠는 지금 극도로 보호 본능이 발동 중이고, 주말 동안에 그녀가 사라져서 나와 함께 지내는 줄 안다면 새끼를 잃은 암소처럼 안절부절 못할 거라고 했다. 내가 말했다.

"좋았어."

우리는 이제 날고 있었고 하강 튜브로 솟구쳤다. 그리고 나는 그녀의 방향 안내를 기다렸다. 그녀가 업카에 바로 방향을 보냈고 업카가 확인 반응을 보냈다. 업카가 비행 경로를 짜는 걸 느낄 수 있었다.

내가 물었다.

"그동안 괜찮았어?"

그녀가 말했다.

"마비가 오는데, 그러다간 몇 시간 뒤엔 멈춰. 그러면 움직일 수 있어. 다만 메시지가 보내지지 않는 게 걱정이야. 그건 새로 알게 돼. 난 몰랐어. 내게 뭘 보내려고 해 봤니?"

난 그녀에게 거짓말을 했다.

"두어 번. 그냥 뭐 짤막한 거였어."

기분이 썩 좋지는 않았다. 내가 계속 말했다.

"다시 그 기억을 나한테 보내면 되잖아."

그녀가 강렬한 눈빛으로 날 보았다.

"넌 나와 함께 할 수 있어. 우리는 준비하는 거야. 내 꿈은 피드 없이 살아가는 걸 배우는 거야. 피드를 끌 수 있었으면 좋겠어."

"끌 순 없니?"

"정지는 안 돼. 끄는 거야. 그러니까, 완전 차단. 지금 바로 그럴 순 없어. 피드가 너무나 많은 기본 기능을 대신하고 있으니까. 어디에나 연결되어 있어."

그녀가 업카 천장을 쳐다보며 말했다.

"한 가지 작은 문제는, 음악을 들었는데, 그 다음날, 니나는 내가 들은 많은 진혼곡을 다 안다고 했어. 그러면서 또 다른 곡들을 권했어. 이게 끔찍한 거야."

"뭐가?"

"난 그 곡들이 좋았어. 니나는 그걸 계산해 냈던 거야. 날 통계적으로 그려낸 거지. 그들은 내가 좋아하는 걸 여전히 예측할 수 있어."

그녀가 한숨지었다.

"그들의 승리가 다가왔어. 난 저항하고 있지만 그들의 승리가 바로 눈앞에 있어."

"그냥…… 계속……." 난 무슨 말을 할지 몰랐다. 그녀가 이어 말했다. "하는 거야."

그녀가 미소를 띤 채 날 보며 말했다.

"내 영웅."

나는 그녀한테서 영웅으로 불리고 싶지 않았다.

그녀를 쳐다보았더니, 그녀는 부서지듯이 미소짓고 있었다.
난 손을 뻗어 온도 조절기를 켰다.

54.1%

 그곳은 어느 산 속에 있는 대학촌이었다. 산자락은 점토와 케이블로 덮여 있었다. 그녀는 호텔에 예약을 해두었다. 싸구려 호텔이어서, 도시의 괴담을 떠올리게 했다.
 우리는 매니저한테로 다가갔다.
 "방을 예약했는데요."
 바이올렛이 말했다.
 "성함은요?"
 그가 말하곤 날 쳐다보았다.
 내가 짐작으로 말했다.
 "스미스와 스미스 부인."
 뮤지컬에 출연한 배우처럼 바이올렛이 미소를 띠고 곧 한 곡 뽑으려는 표정이었다.
 그가 고개를 끄덕이며 말했다.
 "예. 있네요. 스미스. 아무렴 어떻겠어요. 내가 베티 그레이블이건 거기가 스미스건."

그가 스캐너를 들었다.

"두 분 손을 내밀어요. 객실 키를 입력합니다."

난 즐기려고 노력했다.

우리는 방으로 향했다. 바이올렛이 이랬다.

"어쩜 이리 아담하고 기이할까. 벽토가 이런 갈색이라니."

그녀가 문을 건드렸고 문이 열렸다. 그녀가 들어갔다. 난 업카로 가서 우리 가방을 내렸다. 난 가방 드는 사람이 되는 게 좋았다. 내가 들어섰다. 그녀는 방을 들쑤시고 있었다. 침대 커버를 걷어내고 시트를 바라보았다.

"매트리스를 점검해 봐."

그녀가 말했다.

"그 안에 시체를 넣고 꿰매지 않았는지 잘 보라구."

"알았어. 넌 비누에서 벌레나 캐내라구."

그녀가 휘둘러보았다.

"꼭 통속소설에 나오는 호텔 같은걸, 흔히 폭풍우 속에서 업카가 고장났을 때 묵고 가는."

내가 말했다.

"맞아."

그녀가 말했다.

"샤워 커텐 봉 위에 말라붙은 생쥐. 옆 방에는 양 손에 자를 든 남자가 앉았고. 알지, 미니 냉장고 속에는 치와와 시체들."

우리는 마을을 둘러보러 나섰다. 어디에나 불빛이 비쳤다. 산에서 내려다보면 눈길 닿는 데는 모두 근교의 상층 지대에서 불빛이 비추고 있었다. 밖은 추웠다. 산 속이었으니까. 우리는 자켓을 입고 야간 보안경을 썼다. 쾌적한 추위라서 그녀의 피부를 만지면 도톨도톨하게 느껴지는 그런 정도였다. 그녀와 함께라면 이런 건 문제가 안 되었다.

대학 캠퍼스 부근에서 떠들썩한 소리가 들려왔다. 우리는 피자점에 들어가 피자를 시켰다. 사람들한테 무슨 소리냐고 물으니 항의 집회라 했다. 뭘 항의하느냐 물었더니 그들도 몰랐다. 우리는 피자와, 따끈한 코코아를 마셨다.

코코아를 마시니 좋았다. 칼루아가 좀 있다면 금상첨화일 텐데, 내가 보기에 호텔에 있는 술이래야 기껏 타일 세척이나 하면 알맞을 정도지 싶었다. 아무래도 술이 좀 필요하지 싶었던 건 시시각각 초조해지는 나 자신을 문득 느꼈기 때문이다.

우리는 방으로 돌아와 문을 열었다. 우리가 건너야 할 온 밤이 거기 있었다.

들어서니 그녀가 날 껴안았다. 로맨틱하게. 그녀의 두 손에 내 코트 앞자락이 잡혔고, 날 돌려세우고 키스를 했다. 그녀가 속삭였다.

"난 뭐든 경험하고 싶어, 타이터스."

내가 말했다.

"그래."

나는 그녀가 내 느낌을 알아채기를 바랐다. 텅 빈 느낌을.

그녀가 코트를 벗어 의자에다 던졌다. 그녀가 이랬다.

"난 경험이 좀 있어. 남자 친구가 있었거든. 걔는 기타를 쳤어. 그 가락이 음율도 안 맞는다는 걸 깨닫기도 전에 어떻게 한 두 번 내게 술책을 부렸지."

그녀가 침대에 걸터앉았다. 그 얘기에, 내 가슴의 온 점액질이 돌처럼 굳어져 깊고 깊은 구덩이 속으로 던져진 느낌이었다.

"하지만 진짜 본행사는 안 했어."

그녀가 말했다. 내 가슴은 계속 가라앉았고, 이제는 얼음 수정을 얹은 듯했다. 그녀는 계속했다.

"여기 앉아."

내가 그녀 옆에 앉았다. 그녀가 한 팔로 날 감았다. 그건 거북했는데, 우리는 마주 앉은 게 아니라 나란히 앉아 있었으니까. 그녀가 내 입술에 키스를 했고 내가 다시 키스했다. 그녀의 한 손이 내 목을 감았고 다른 손은 내 다리에 얹혔다. 난 아까 느꼈던 그 기분이 고스란히 남아 있었고, 짐작컨대 내 가슴이, 허파와 점액질이 송두리째 구덩이 속으로 떨어지며 벽에 부딪치고 더러워진 채 구르면서 찌부러지는 소리가 났다. 나는 그게 언제 끝날지 지켜보고 있었다.

그녀가 손으로 날 어루만졌고 난 그냥 앉아 있었다. 내 손은 그녀를 껴안지 않고 뒤로 침대를 짚고 있었다. 그녀가 손으로 날 녹여 버릴 태세였다.

내가 소리를 냈다.

"우와."

그녀가 말했다.

"너랑 이렇게 되길 얼마나 원했다구. 우리가 사귀기 시작한 바로 그때부터. 넌 정말 아름다워. 내가 항상 바라던 삶으로 네가 이끌었어. 바로, 모든 게 정상이야. 우린 정상인처럼 사는 거야, 활주로에서 벗어난 스키처럼 사는 게 아니고. 하긴 우린 스키를 빌릴 수도 있어. 알지, 정상적인 애들, 걔들은 주말에 스키를 타러 가잖아."

내가 말했다.

"난 해마다 부모님이랑 스키 타러 가. 한 해는 스위스로 갔어."

"대단하네. 이제 미국인한테는 국경이 폐쇄된 거 알지? 자, 우리 다시 집중해."

내가 물었다.

"텔레마크 회전해 봤어?"

그녀가 내 입에 키스를 해 말문을 막았다. 내 머리칼도 거머쥐고 있었는데, 그게 날 흥분시키는 데 도움이 될까? 아무튼 그녀가 속삭였다.

"사랑해, 타이터스. 오늘밤은 가장 놀라운 밤이 될 거야. 새로운 세계를 보는 거야."

그녀는 여전히 손을 놀리고 있었는데 내 몸에는 아무 변화도 없었다. 내가 떨어지려 하자 그녀가 팔로 날 감으며 걱정스런 눈치를 보이기 시작했다. 난 편치 않았다. 그녀가 죽게 된 건 그녀의 잘못이 아니다. 그래서 난 웃음을 보여주고 싶었지만 되지가 않았다.

그녀가 말했다.
"왜 그래? 내가 뭘 잘못하고 있어?"
내가 말했다.
"아냐."
그녀가 말했다.
"어찌 된 거야?"
내가 말했다.
"아무것도 아냐."
그녀가 말했다.
"알았어."
그녀가 다시 시도했는데, 야하게 구느라고 더 악화되어 버렸다.
"이리 와 베이비, 널 느끼고 싶어."
온통 이런 식이었다. 마침내, 그녀가 말했다.
"어떻게 된 거야?"
내가 일어났다. 그녀가 말했다.
"왜 그러는 거니?"
내가 말했다.
"그만하자."
"뭐? 문제가 뭔데?"
내가 말했다.
"내 머릿속엔 이미 넌 죽은 모습이야. 그 기분이……."
나는 말을 맺고 싶지 않았다. 그녀는 그럼에도 기다리고 있었다. 그래서 바보같이도, 마저 말해 버렸다. 아마 화가 나서 그랬나 보다. 이랬다.

"그 기분이 마치 강시랑 하는 것 같아, 알아? 그게 어떤 기분인지."

그녀의 얼굴이 백짓장처럼 하얘졌다.

난 영 찜찜했다.

"알았어. 이건 좋은 생각이 아니었나 봐."

침대에 앉아 있는 그녀가 아주 작아 보였다.

기분이 정말 좋지 않았다. 내가 말했다.

"미안해. 정말 미안해. 그런 뜻으로 말한 게 아니야."

그녀가 말했다.

"내가 뭘 잘못했지?"

"아무것도."

그녀가 손가락으로 이불 자락을 집어들고 눈을 비비다가, 그걸 떨어뜨렸다. 그녀가 불신의 눈빛으로 말했다.

"검사 결과, 호텔 이불에서는 엄청 많은 DNA 가닥이 발견된대."

난 일어섰고, 그녀의 말을 기다렸다. 그녀가 말했다.

"난 사람들이 어떻게 사는지 보려고 봄방학 때 달에 갔지. 네가 따라왔고, 그래서 생각했지. '이제 다른 사람들처럼 나도 남자 친구가 생기겠구나.' 모두들 단지 즐기는 거야. 단지 즐기고 그게 자연스러워. 난 그렇지가 못했어. 그렇게 처음 시도하는 밤…… 그 사람이……."

그녀가 자기 뒷머리를 감쌌다.

"형벌처럼. 첫날밤. 그 사람. 그 해커. 내 시도를 벌하는 것 같았어. 그…… 사람이……."

이제 그녀의 얼굴빛이 돌아오고 있었다. 그녀가 말했다.

"그러고 우린 병원에 있었지. 그들이 나만 따로 데리고 가더니 이렇게 말했어. '너의 피드는 손상됐어. 그 위험은 어쩌면 치명적일 수도 있어.' 그리고 난 내려왔고, 널 데리고 나갔고, 네게 키스를 했지. 그 시간 내내, 이런 생각이었어. *지금 난 살아 있어. 난 함께할 사람이 있어. 난 혼자가 아니야. 난 살아 있어.*"

"그래, 바이올렛, 내가 정말로— 진짜로 미안해."

"미안하다는 말 무슨 뜻이지?"

그녀가 날 올려다보았다. 기묘하게 눈썹을 찌푸리고서. 우리 둘 사이에 '미안'이란 말의 의미는 모든 것이 끝났다는 것, 내가 그녀한테 이별을 통보한 것이다.

"그래. 미안, 바로 그런 의미야."

그녀가 내 말에 대해 생각했다. 그리고 말했다.

"누군가 날 알았으면 싶었어. 네가 마침내 내게 정착하면 그게 이루어질 거라 생각했지."

그녀가 생각을 더 하더니 말했다.

"난 아무도 없이 단지 일곱 대 기계가 있는 방에서 태어났어. 우리 모두가 그렇지. 내가 양수에서 나올 때 부모는 유리를 통해 바라봤어. 난 혼자 이 세상에 온 거야."

그녀가 신발 한 짝을 집어올려 그 바닥을 긁었다. 그녀가 말했다.

"난 혼자 세상을 떠나고 싶지 않아."

내가 이랬다.

"그거— 알아? 그게 문제야. 난 그걸 감당할 수가 없어. 알지? 넌 이 세상의 죄의 향연을 모두 들추며 비난했어. 난 그것들에 대한 아무런 방법이 없어."

"미안해. 하지만 난 죽어 가고 있어."

"아니— 난 그걸 감당하지 못해. 넌 언제나 끊임없이 단지 이렇게 뭔가를 제시했어. 그러면 난 언제나 널 자동으로 사랑하게 돼 있었고. 하지만 난 몰랐지. 단지 너와 사귀는 것에만 골몰했고, 그렇게 몇 달 간 재미도 있었어. 하지만 너한테 난 보통 남자였어. 난 보통 얼간이였고, 보통 얼간이 친구들이 있었지. 아! 그 전부가, 얼마나 즐거운가, 이렇게 매혹적인 세상에서 멍청한 돌대가리가 되어 춤추러 다니고 사랑에 헐떡대는 일이란! 넌 평범한 사람들과 어울리길 원했어. 바로 나라는 얼간이한테 매달리면서, 그 친구들을 멍청하다고 놀리고, 항상 언제나, 너도 우리처럼 될 거라는 작은 소망으로, 우리가 누군지, 우리 문제가 뭔지, 우리가 환경이니 뭐니 따위엔 관심 없으리란 것 같은 건 생각지도 않고 말이야. 하지만 우린 우리 자신의 문제들을 안고 있는 거야— 이제 내게는 네가 문제지— 알겠니? 알겠어?"

"아니."

그녀가 아주 살며시 그러나 화나서 말했다.

"난 모르겠어."

"우린 단지 몇 달짜리 커플로 지내 왔던 거야. 그러면서 난 마치 남편인 양 하게 되고. 몇 달짜리 커플. 그게 영원할 순 없었지. 우린 몇 주 전에 끝냈어야 했어. 난 그러려고 했어, 만약 네가 그렇게 되지만 않았어도……"

"내가 그렇게 되지 않았다면?"

"죽는 날까지 영원히 함께하겠다는 서약은 안 했어. 우린 그저 몇 달짜리 커플이었어. 됐어? 몇 달짜리 커플."

침묵이 흘렀다.

"그런 거였니?"

그녀가 말했다.

"그래, 그때는 봄방학이었고 사월, 오월……"

"내 말은 그게 아냐. 그러니까, 그런 거였냐구?"

"아, 이제 넌 모조리 나쁘게만 받아들이는군."

"집에 가자."

"뭐라고?"

"그 잘난 새 업카에 태워서 날 집에 보내 달라구."

"내 업카가 무슨 잘못이야?"

"모르겠어. 네가 괴로워하는 것처럼 보여."

"그게 뭐가 잘못이냐구?"

"숫염소는 제 얼굴에다 오줌을 갈겨서 암놈을 유혹하지. 암염소는 그걸 좋아하고."

"이런, 젠장. 대체 무슨 말이야?"

"중남미에서는 어떤 일이 벌어지고 있는지 넌 알아?"

"야, 지금 우린—"

"왜 지구 동맹이 배치된 무기를 전부 우리한테 겨누는지 알기나 해? 아냐구. 아무도 몰라. 우리 피부가 왜 떨어져 나가는지 알아? 근교의 어떤 것들이 사라졌다는 걸 들어나 봤어? 그래, 그들이 이제 어디에 있는지 누가 알지? 아무도 그들을 못 찾는다고. 아무도 무슨 일이 벌어지는지 모른다구. 지구가 죽은 걸 넌 아니? 여긴 더 이상 어떤 생명도 살 수 없고, 단지 사람이 개발한 곳에서만 살 수 있다는걸?

아냐. 아냐, 아냐. 우린 그 아무것도 몰라. 우리는 친구들과 티 파티를 열고. 우리는 썰매를 타러 가. 우리는 젊음을 즐겨. 우리는 주어지는 대로 받아들여. 그게 우리 방식이야."

나는 내 캠핑 가방을 집어들었다.

"그 따위 설교는 업카에서 마저 해. 니네 집까지 두 시간은 걸릴 테니까."

난 문을 열었다.

"아마 나한테 장송곡을 불러줄 수도 있겠네."

그녀가 가방을 쥐었다. 그리고 조심스레 말했다.

"널 미워하는 나 자신을 알겠어."

내가 말했다.

"방값은 당신이 낼 거야, 아니면 내가 내?"

그녀는 아직 지불할 게 있다는 걸 깨닫고는 말했다.

"오, 빌어먹을."

"걱정 말어, 여보. 이 세상 돈은 몽땅 내 거니까."

내가 치렀다. 난 문 밖으로 걸어나갔다. 내 신용거래에 오백 이십 달러가 찍혔다. 난 업카 쪽으로 향했다. 그녀가 탈 수 있도록 문을 열어 줬다. 그녀가 탔다. 우리 사이에 캠핑 가방을 놓았다.

우리는 날았다. 밤이었다. 그토록 분노를 싣고 그 어디를 가 본 적이 있던가. 꽉꽉 다져진 상태였다. 공기 전체가 웅웅거리는 듯했다. 계기반의 불빛 전체가 우리를 지분댔다. 우리는 맹렬히 이글거리며, 서로에 대한 미움을 연료로 태우는 것 같았다.

그녀가 울고 있었다. 그게 그녀를 추하게 만들었다. 그녀가 팔을 무릎 위에 꼬았다. 난 그녀가 얼마나 추한가 생각했다. 그녀의 한 손이 흐느적거렸다. 지느러미처럼.

그게 더는 움직이지 않을 걸 난 알았다.

난 눈을 감았다. 우리 사이에는 공기밖에 아무것도 없었다. 난 미안하다고 말할 수도 있었다. 거의 그 말이 나오고 있었다. 우리는 날고 있었고, 그 말이 입가에 맴돌았다. 그녀가 비꼬는 듯 건방진 투로, 우리 모두를 관찰하며 멍청한 재밋거리로 삼는 듯한 그런 말을 하지만 않았더라면 얼마나 좋았을까. 그녀는 정말 혼자인 듯이 좌석에 앉아서 안전벨트를 맨 채, 불구가 된 지느러미 손을 다리 사이에 집어넣고 있었고, 난 그 꼴을 보고 싶지 않았다.

두 시간을 어떻게 보냈는지 모른다. 아주 진저리나도록 지루했다. 되도록 뭔가 다른 걸 생각하려 했다.

저기압인가요? 배너가 말을 걸어왔다. *얼마 남지 않았어요— 웨더비 앤 크로치의 연례 여름 패션 큰잔치, 즐거운 알뜰구매 기회를 놓치지 마세요!*

좀 당황스러웠지만, 난 저지 셔츠를 주문했다. 아주 조심스럽게, 혹시 그녀가 내 피드를 추적할 경우에 대비해서.

밤은 아직 몇 시간 남은 듯했다.

그녀 집으로 가는 하강 튜브로 나가 그 근교로 내려갔다. 도로에 착륙했다. 불빛이 밝혀져 있었다.

내가 먼저 내렸다. 그녀의 아빠가 창문으로 내다보고 있었다. 그는 나를 보았을 테고 그녀가 옆자리에 있는 걸 알았으리라. 그가 현관문을 열고 나왔다. 우리는 집 안 차도에서 머뭇거리고 있었다. 내가 그녀 쪽으로 가서 그쪽 문을 열었다. 그녀가 일어나려 애를 쓰고 있었다. 팔이 움직이지 않아 잘 나올 수 없었다. 내가 팔을 내밀었다.

그녀는 붙잡지 않았다. 거기서 비틀거렸다. 그녀는 넘어질까 봐 두려워했다.

그녀의 아빠가 그 모습을 보고는 달려왔다. 그가 그녀의 손을 잡았다.

그녀가 다른 손을 내밀어 잡힌 손목을 붙잡더니, 아빠한테 잡힌 손을 빼냈다.

그녀는 혼자, 오직 혼자 바닥으로 내려왔다.

그녀는 우리 둘 사이에 서서 한 사람씩 번갈아 쳐다보았다.

난 돌아서서 업카 저편 내 자리로 갔다. 난 타고 떠났다. 집으로 날았다.

그러고 몇 달이 지나서야 깨달았다. 떠날 때 들려왔던 마지막 말, 그것이 내가 그녀에게 들은 마지막 말이었다는 걸. 바로, "아! 빌어먹을."

51.5%

그녀가 다음날 내게 메시지를 보냈다.

미안해라는 말은 하지 않을래. 난 미안하지 않으니까, 어떤 것에 대해서도. 대신에 이 말을 보낼게. 널 사랑해. 그리고 내가 널 멍청하게 여긴다는 건 전혀 사실이 아니야. 난 항상 너한테서 배운다고 생각했어. 난 항상 기다리고 있었어. 넌 다른 사람들과는 달라. 넌 아무도 예상치 못한 말을 해. 넌 스스로 멍청하다고 생각해. 넌 멍청해지길 원해. 하지만 사람들은 그런 너한테서 뭔가를 배울 수 있어. 그리고 하고 싶은 말이 있어, 네가 바란다면.

우리는 둘 다 하찮고, 멍청하고, 속에 없는 말들을 했어. 하지만 변할 시간은 언제나 있어. 언제나 시간은 있어. 마지막까지.

이것이 그녀의 메시지였다.

링크가 날 흥미롭게 쳐다보길래, 내가 말했다.

"아무것도 아냐."

우리는 따분함을 날려 버리려고 농구장으로 나갔다.

썸머타임

 한 학년이 끝났고, 링크와 마티와 나는 목성의 한 위성에 가서 마티의 고모와 몇 주 동안 머물렀다. 그건 좋았다. 우리는 꽤나 즐거운 시간을 보냈다. 그때까지 난 퀸디와 사귀고 있었고, 보고 싶기도 했다. 우리는 이오(목성의 제 1위성)에서 다른 여자애들을 만났지만, 난 내내 퀸디에게 채팅을 보내고 있었다. 비록 행성간 피드 서비스가 상당히 느리긴 했지만 그녀한테 얼마나 보고 싶은지 모른다고 했다.

 지구로 돌아온 그 여름에 우리는 꽤 멋진 파티를 몇 번 열었다. 마티는 거대한 탑 쿼크 풀이 생겼다. 그건 팽창식이고 거대했다. 풀은 탑 쿼크 선장의 불룩한 배 같았다. 그게 마티네 집 위에 떠 있었다. 꽤나 흥미로웠다.

 마티는 또 나이키 언어 문신을 했는데, 꽤나 훌륭했다. 말끝마다 자동으로 나이키가 붙었다 "나이키." 그는 그걸 위해 돈깨나 들였다. 웃기는 건, 이제는 그가 무슨 말을 하는지 도대체 알아먹을 수 없다는 거였다. 그저, "이런 젠장 망할 나이키, 젠장할, 알지, 나이키." 따위였다.

　매사가 항상 잘 되어 가진 않는다. 대부분의 사람들이 그렇듯, 우리도 머리칼이 빠져서 머리가 벗겨졌다. 우리의 피부는 더욱더 얇아졌다. 그리고 나서 유행족을 덮친 사건이 있었다. 어떤 사람들이 굳어 버린 채 그 자리에 멈췄다. 처음에, 사람들은 그게 또 다른 바이러스라 생각했고, 연민의 동맹 같은 단체를 탐문했다. 하지만 그건 향수 회귀라는 증상임이 밝혀졌다. 사람들이 자신의 시간대에 더욱더 가까운 유행을 동경한 나머지, 마침내 그들이 실제로 살고 있는 바로 그 순간을 동경했고, 그런 회귀가 완전히 그들을 굳어 버리게 한 것이다. 그게 칼리스타와 로가한테 나타났다. 우리는 하룻동안 둘을 정말 걱정했다. 그들이 무사할 줄은 알았지만, 그래도 말이다. 마티가 이랬다.

　"거룩하게 젠장맞을 거. 이런 된통 나이키 맞을 거."

　그들이 굳어 버린 걸 본 뒤에, 비록 그들이 무사하긴 했지만, 밤에 난 잠을 못 잤다. 바이올렛이 떠올랐고 그녀의 망가진 지느러미 손이 생각났다. 다리를 꼬집어도 감각을 못 느끼던 그녀를 생각했다. 꼼짝 못하고 누워 있던 그녀를 생각했다. 하지만 내 생각 속에서, 그녀는 눈을 뜨고 있었다.

　그 여름에는 각지 교외의 벽에서 온갖 벌떼가 나와 야단이었는데, 사람들은 왜 그런 일이 생기는지 전혀 이해할 수가 없었다.

　내 업카가 친구들이 타고 싶어하는 그런 종류의 업카가 아니라고 판명됐다. 왜인지 나는 모른다. 그건 충분한 공간을 가졌는데, 어떤 이유에선가 사람들은 그렇게 생각하지 않았다. 때로는 그게 날 피곤하게 했다. 나는 멋진 것들을 계속 샀다. 하지만 더 멋진 것들은 항상 코 앞에서 날아다녔고, 그걸 바로 따라잡을 수는 없었다.

  나는 오랫동안 그것들을 잡으려고 달려왔음을 깨달았다.

깊이

 어느 날 밤 저녁 식사를 하는 자리였다. 아빠가 관리 팀과 함께 떠난 모험에서 돌아온 때여서, 아빠는 그 모험의 기억들을 우리한테 보여줬다. 아빠 말은, 그건 대단하고 정말 참신했으며, 팀 상호작용을 증대시키고, 누구에게나 자신의 서열과 역할을 익히게 하는 바로 그런 행사였다고 했다. 그들은 고래 사냥을 갔다. 그곳에 있는 건 단지 사람과 옛 선박과 고래들, 그리고 고래들의 층판, 곧 아빠 말로는 고래들이 바다 속에서 살 수 있게 해주는 비유기체적 덮개로 조성된 일종의 인공 어장이라고 했다.

 그래서 아빠는 가족들한테 그걸 보여줬다. 아빠가 이랬다.

 "그래, 여기 작은 구명정에 우리가 보이지. 우린 모선을 '떠난' 거야. 고래 한 마리를 발견하고선 그리로 노를 저었지. 이건 그야말로 간담을 서늘하게 하는 일이었어. 저 물보라 느껴지지? 난 홀랑 반했어. 내 눈으로 계속 찍었지, 차르르르. 저건—아, 데이브 퍼콜렉스, 고객 담당 부사장이야. 그는 밧줄 통을 맡고 있어. 그가 손을 흔드는 게 보이지? 안녕, 데이브. 저기 작살을 든 사람이 우리 피닉스 사무실의 대장이야. 우린 죽을 힘을 다해 노를 저었어. 그날 파도가 정말 심했어. 봐, 더 빨리 가야 해, 모두 소리치고 있어. '영차, 영차, 영차!' 저기 노를 젓는 건 신참이야. 어이, 리사!"

난 별 흥미가 없었다. 그리고 속이 울렁거렸다. 배는 위아래로 마구 요동을 쳐댔고, 바다는 온통 회색빛인데다 하늘마저 그랬으니까. 아빠 속이 좋지 않은 게 분명했다. 피드가 아빠의 복통에 대해 뭐라고 말하고 있었다.

"좋았어. 그래 이제 고래에 작살을 꽂는 순간이야. 오, 보라구— 우린 해냈어! 저 낚아채는 힘을 봐! 두렵지. 완전 오싹했어. 그렇지, 이게 바로 '난투켓 썰매타기'란 거야. 고래한테 끌려가는 거지, 저놈이 지칠 때까지. 그러곤 놈한테 접근해서 놈의 허파를 뚫어 버려. 아, 저기, 이건 나중이야. 제프 맷슨이 그걸 찌르는 걸 봐. 저이가 회장이야! 우와! 고래가 헐떡거리지, 응?!"

큰 피보라가 일었다.

"그의 아내는 어때요?"

엄마가 물었다.

"제프 아내? 그녀는 대단하지, 그럼. 좋아. 자, 그래서 우린 고래를 배 옆에다 끌어올리지. 이때 기분이야말로 최고야. 이제 고래 '지방질 제거'를 해야 해. 그리고 거대한 지방층에서 불순물을 모조리 제거해야지. 어휴, 이건 거친 작업이야. 그들이 갈고리로 지방층을 끌어올려서 '경유 정제기'에다 집어넣는 거야. 그러면 지방층은 알다시피 불과 열로 거의 제거되지. 그건 아주 뜨겁고 힘든 일이야. 저기 보이는 인턴들, 매기와 릭이 하기엔 아주 버거운 작업인데, 훌륭한 젊은이들이야. 아주 훌륭했어."

나는 어떤 목소리를 들었다.

그애는 모든 게 끝나는 때를 너한테 알려 주기를 원했다.

뱃전에서 고함을 질러대서 난 그 소리를 거의 들을 수가 없었고, 파도가 고래 뼈대를 때려댔다.

너한테 끝나는 때를 알려 주길 원했다.

"좋아."

아빠가 말했다.

"여기서 우리는 축배를 들고 있어. 또 배경에, 보이지? 이제 뇌강에서 좀 특별한 기름을 얻는 거야. 그러기 위해선 실제로 사람이 뇌강에 들어가 양동이로 그걸 퍼내야 돼. 보여? 온통 고무옷을 입고 있지. 뇌 속을 걸어다니자면 으스스하지. 저들은 바이프와 존인데, 둘 다 인턴이야. 존을 봐, 양동이를 들었지?"

그애가 너한테 알려달라고 했다. 굳이 그러고 싶지 않다면 보러 오지 않아도 된다고.

나는 배 위에서 누가 말하는 게 아닌지 살폈다. 그건 피드 소음이었으니까. 하지만 난 피드 채널을 돌리지 못했다. 왜냐하면 그건 아빠의 피드, 그 기억이었으니까. 바다 물보라가 일었다. 난 계속 사십오 세의 여자 부사장을 쳐다보았고, 완전히 빠져 있었다. 그녀가 기름 제거 삽으로 찍어 올리려고 몸을 구부릴 때 그 블라우스 속으로 쏠리는 눈길을 거두려고 애쓰면서, 그 목소리를 찾으려고 했다. 하지만 피드 채널을 돌릴 수 없었다. 어쨌거나, 고래 기름을 퍼내는 신참들이 내는 소리도 아니었고, 또 갈매기떼가 배 위를 떠돌면서 갑판에 낭자한 점액에 돌진하는 소리도 아니었다.

그건 바이올렛 아빠의 목소리였다.

네가 잊었을지 몰라서 우리 주소를 달아 놓는다. 걔는 너한테 모든 게 끝나는 때를 알려 주라고 했다.

"나머지는 신경쓸 거 없어."

아빠가 말하면서 방송을 껐다.

"기다려요!"

내가 말했다. 다들 날 쳐다봤다.

"끝에 그 여자는 뭐야?"

냄새쟁이가 말했다.

"그 여자가 제일 재미있어."

"그래."

엄마가 말했다. 날카로운 소리로.

"그 여자 누구예요?"

"거기 나오는 그대로야."

아빠가 말했다.

나는 바이올렛 아빠의 피드 라인을 집어내려고 애썼다. 탐색

해 봤지만 찾을 수가 없었다. 다만 그의 메시지와 주소 쪽지가 있었다.

난 일어났다.

"가봐야겠어요. 방금 메시지를 받았는데 바이올렛이…… 하여튼, 뭔가 아주 안 좋은 것 같아요."

아빠가 말했다.

"참 오랜만에 들어보는 이름이군."

엄마가 말했다.

"아마 우리가 고래잡이 배에서 여자 부사장만 쳐다봐서 그렇겠죠." 엄마는 피부를 너무 많이 잃어서 입을 다물고 있어도 치아가 보였다. "안 그런가요, 외다리 선장 피트?"

난 자리에서 일어나 곧장 내 업카를 탔다. 집을 빠져나와 주 튜브로 날았고, 곧 우리 이웃을 벗어나 드롭 튜브로 올라 표면을 건넜다. 사람들이 불빛 속에 내 곁을 지나갔다. 구름이 녹색으로 빛났고 검은 눈이 내리고 있었다.

가도 가도 아직 닿지 못했다. 아주 멀었다.

뉴스를 들으니, 뉴저지에서 알 수 없는 지하 폭발이 일어났고, 캘리포니아의 쇼핑 센터에서 몇 시간 전에 폭동이 일어나 확산되고 있었다. 피드는 안전한 곳으로 달아나는 사람들이며, 떨어진 아이들, 의자에 앉아서 서로 잘못을 따지는 전문가들, 음악 방송이 왈츠를 연주하는 동안 분수 위에 떠 있는 한 구의 시체를 보도했다.

나는 업카에 바이올렛의 주소를 입력해 놓았고, 그래서 업카가 조종을 했다. 난 애써 건드릴 필요가 없었다. 난 허둥대느라, 알다시피 집중도 안 했고, 가만히 앉아 있기도 싫었다. 나는 가는 동안에, 공간만 된다면 차 안에서 서성거리고 싶었다. 다리가 들썩거렸다.

업카에서 내리니, 그 집 현관문이 열렸다. 그녀의 아빠가 거기 서 있었다. 그는 문을 열어 둔 채 안으로 들어갔다. 나는 차도를 걸어갔다. 열린 문 앞에 잠시 서 있었다. 안은 어두웠다. 그리고 안으로 들어갔다.

거실엔 아무도 없었다. 서가가 있었고, 글이 쓰인 포스터며, 화분 몇 개가 있었다. 내가 불렀다.

"계세요?"

아무도 대답하지 않았다. 그래서 나는 구석을 돌아 바이올렛의 방으로 갔다.

그녀의 아빠가 부엌에 서 있었다. 그는 테이블에 기대고 있었다. 피드 등짐을 메고 특수 안경을 끼고 있었다. 내가 들어서자 힐끗 날 쳐다보았다.

내가 속삭였다.

"어찌 된 겁니까?"

그녀의 아빠는 아래 홀을 가리켰다. 홀은 어두웠고, 뭔가 엎질러져 얼룩진 카펫이 벽과 벽 사이에 깔려 있었다. 나는 홀 쪽으로 내려갔다. 방으로 들어가니 그녀가 거기 있었다.

4.6%

 나는 그녀의 침대 앞에 섰다. 침대는 흔들리고 있었다. 그녀는 프로그램 디스크들로 덮혀 있었다. 그녀의 얼굴이며 팔 위에 디스크가 놓여 있었다. 그녀는 몹시 창백했다. 그녀 뒤편에 신호가 켜져 있어서 삑삑 소리를 냈다.

 그녀의 머리카락은 밀어버렸고, 이제 잔털이 보송했다. 머리엔 그녀를 고치려 했던 상흔이 남아 있었다. 그녀의 눈은 열려 있었다.

 그녀와 함께 그 방에 있는 기분은 이상했다. 마치 목석이 된 그녀와 함께 있는 듯했다. 누구와 함께 있다는 기분이 들지 않았다. 거기 서 있노라면 완전히 혼자라고 느껴져서, 마치 소품과 함께 있는 듯싶었다. 소품을 들여다보듯 아무 느낌도 없었고, 그 소품과 어떻게 농담을 나누었는지, 그 입에 어떻게 키스하고 싶었고 사랑을 느꼈는지 아무것도 기억나지 않았다. 그게 비극처럼 다가올 줄만 알았는데 전혀 아무런 느낌이 없었다.

그녀의 아빠가 들어와서 내 뒤편 의자에 앉았다.

난 여전히 선 채로 있었다.

그는 의자에 기대었다. 그의 피드 등짐이 고로롱대는 소리가 들렸다.

난 그녀를 쳐다보고 있었다.

그가 말했다.

"그 아이의 말이 한층 더 흐려졌어. 마지막이 가까워지니, 그렇게 좋아하던 비꼬는 재롱도 이제는 못하게 됐어. 말 한 마디가 천근이니 그 아름다운 명언도 훨훨 날지를 못해. 이제 혀를 입천장에 대는 것도 버겁게 되었지. 말을 못하게 되자 화가 나 발길질을 해댔어. 결국 다리가 움직이지 않더니 다시 일어나지도 못해. 그러고서 저렇게 덫에 빠진 모습이라니. 난 저 아이의 눈에서 그걸 볼 수 있었지, 한동안은. 이젠 그마저 또-."

그가 한숨을 쉬었다.

"이제 안개 속에 갇혔어. 혼돈 상태야. 뇌의 해마가 오류에 빠진 것 같으니, 기억이 흐려질 밖에. 날보고 엄마에 대해 묻더군. 네 이야길 아주 많이 했다. 최악의 단계가 뭐냐 하면, 곁에서 보면 아직 의식이 있고 거의 멀쩡해 보이는데, 그 자신이 아무것도 할 수 없다는 걸 깨닫는 바로 그때야. 감옥이지. 저 아이는 감옥에 갇혔어. 마치 스핑크스 같은 석상 속에서, 그 무게에 갇혀 눈으로 내다보고만 있지. 저 아이의 영혼은 커다란 성곽 총구멍 뒤에서 한 마리 작은 나비처럼 당황해하고 있지."

나는 서성거렸다. 글자들이 그의 눈을 가로지르고 있었다.

그는 그걸 읽지 않았다.

내가 속삭였다.

"아."

그가 그녀의 발을 바라보면서 말했다.

"저 아이가 피드를 갖지 않기를 바란 건 쟤 엄마나 나나 마찬가지였다. 나도 갖지 않았다. 쟤 엄마도 그랬고. 난 우리 가족은 아무도 안 된다고 했어.

"그러고 어느 날, 저 아이의 엄마가 떠나 버렸고 난 일을 해야 했다. 구직 면접을 보았지. 난 유망한 후보였어. 두 남자가 날 면접했어. 이것 저것 이야길 했지. 그들이 갑자기 입을 다물고선 날 물끄러미 쳐다보더군. 난 불편함을 느꼈어. 그러곤 둘이 마주보고는, 뭐랄까 히죽히죽 웃더군.

난 그제야 깨달았지. 그들이 내게 채팅을 했고 난 아무 반응이 없었던 거야. 둘한테는 이게 흥밋거리였어. 웃겼지. 다 큰 사람이 피드가 없다는 게. 그래서 날 앞에 둔 채 나에 대해 채팅을 하고 있었어. 난 듣지도 못하는데 나를 조롱하고. 바로 내 앞에서 날 멋대로 평가하고. 난 그 직업을 갖지 않았지만, 그로 인해 내 딸에겐 피드가 필요할 거란 걸 깨달았지. 그 아이는 이 세상을 살아가야 하니까. 난 그 아이한테 피드를 원하느냐고 물었지. 걔는 꼬맹이였는데 물론 원한다고 했어. 그래서 달아줬지. 만약에 그걸 달지 않았더라면······."

그가 마치 어떤 가능성을 저울질하듯이 손을 놀렸다. 그가 말했다.

"그들이 말하길, 뒤늦은 설치라서 위험을 초래할 수도 있다고 했어. 두뇌가 이미 자체적으로 움직이는 회로를 갖췄던 거야. 그 피드 설치는 표준에 맞지 않았어. 그들이 또 말하길, 내가 더 좋은 모델을 산다면 아마 좀더 적응이 잘될 거라고 했어. 그때 내가 물었던 말이 기억난다."

그가 속삭였다.

"형편이 빠듯해요. 소비자 보고를 읽었는데 궁금한 건, '그 차이는 뭐죠?'"

그가 날 쳐다보았다. 그리고 물었다.

"뭐가 잘못된 거지?"

그가 날 빤히 쳐다보았다.

"죄송합니다."

내가 말했다.

그가 물었다.

"뭐가 죄송해?"

"내가 한 것에 대해서요."

"자네가 하지 않은 그 무엇에 대해서?"

난 고개를 끄덕했다.

"그것도 역시 죄송합니다."

"후회는 지름길로 온다."

"절 탓할 수는 없습니다."

"어째서?"

"이건 내 탓이 아닙니다."

"그앨 나이트클럽으로 데려간 건 자네야."

"바이올렛, 바이올렛은 살고 싶어했어요. 나한테 말했어요. 나한테 말하길, 살고 싶다고 했어요."

그가 쉿 하며 그녀를 가리켰다.

"이게 그 결과인가?"

나는 그녀를 바라보았다.

그녀는 그저 고요했다. 꼼짝도 않았다. 삑삑 소리가 날 뿐이었다. 달에서 병원에 있던 그녀가 떠올랐다. 웃는 모습. 인체해부도에 주사 바늘을 불어 던지던 모습.

그러자 그가 내게 기억의 장면을 보내기 시작했다. 난 보았다. 목 부분이 기능을 멈추자 그륵그륵대는 그녀를. 난 보았다. 반은 침대에, 반은 바닥에 걸친 채 시트에 엉켜서 누워 있는 그녀가, 눈은 뜨고 있는데 깜박이진 못하는 모습을.

나는 보았다. 그녀가 매트리스 위에서 몸부림치며, 가여운 송아지처럼 신음하는 걸.

나는 그녀 아빠와 함께 그녀를 돌려눕혔다. 파자마 등이 까맸고 배설물로 젖어 있었다. 난 그녀를 깨끗이 해주기 시작했다.

난 보았다. 애원하는 듯한 그녀의 눈을. 방에서는 지린내와 곰팡이 냄새가 났다.

내가 콜록대기 시작했고, 그의 기억에서 벗어났다.

그가 거기 앉은 채 날 빤히 보았다.

"참 잘 왔네. 와줘서 정말 고맙네."

그가 말했다.

"그만하세요."

내가 말했다.

"자넨 의무를 다했어. 왜 가서 게임이나 하지 않구?"

그녀의 아빠가 말했다.

"우리는 젊음의 대지에 있다. 기회의 땅. 가서 자네 몫을 챙기게."

"난 멍청이가 아닙니다."

내가 말했다.

"우리 미국인은 상품의 소비에만 관심이 있어. 그게 어떻게 생산되는지, 또는 그 과정에 무슨 일이 있었는지는 관심이 없지."

그가 자기 딸을 가리켰다.

"그것에 무슨 일이 생겼는지, 일단 그걸 버리고 나면, 일단 팽개치면 말이야."

"난 안 그랬어요. 팽개치지 않았어요."

내가 말했다.

"가장 나쁜 건 저 아이한테 사과하게 만든 거야. 종말을 향해 가고 있는데. 난 아무 말도 안 했지만, 자기가 한 말에 대해, 자기가 한 행동에 대해 자네한테 사과했다고 하더군. 자네는 저 아이가 아픈 것에 대해, 저 아이의 용기에 대해 사과하도록 만들었어. 자네는 저 아이가 회한에 찬 채 죽어가게 만들었어."

"죄송합니다."

"자넨 딱해."

그가 일어섰다. 그는 나보다 키가 컸다. 아주 여위었지만 훤칠했고 크고 물렁한 손이었다. 그가 말했다.

"왜 친구들한테 돌아가지 않나, 재를 괴롭힌 그애들한테."

"그애들은 그러지 않았어요."

"이제 거의 푸스볼(테이블 축구) 시간이야. 축제가 될 거야. 가게나, 어린 친구. 가서 엘로이(eloi: 상류 집단. 하층 집단인 morlock에 의해 부양됨)와 함께 매달려."

"엘로이가 뭔데요?"

"그건 인용한 거야."

그가 잘난 체하듯 말했다.

"H. G. 웰즈의 타임 머신에 나오는 거야."

나는 그에게 바싹 다가갔다.

"그 의미가 뭐죠? 왜냐하면 난 지겹도록—"

"책을 읽어 봐."

"난 지겹도록 멍청이란 말을 들어요."

"그러니까 읽어 봐. 그러면 알아."

"말해 줘요."

"읽어 봐."

"말해 줘요."

"넌 그걸 볼 수가 있어."

"내게 말해 주면 되잖아요."

"눈을 떠 보기나 할 거냐?"

내가 소리쳤다.

"집어치워요! 집어치워! 젠장 말해 주면 되잖아요!"

그가 내 셔츠를 움켜잡았다. 그건 예상치 못했다. 그의 크고 물렁한 손이 내 셔츠 위에 있었다. 그가 어린애처럼 소리를 지르고 있었다. 소리를 질러댔다.

"못해, 빌어먹을! 빌어먹을 영원히, 영원히, 영원히! 빌어먹을 영원히 죽어도 못해!"

내가 그의 팔을 떨쳐냈다. 그의 손가락에는 천이 감겨 있었다. 그가 울부짖었다.

"빌어먹을 영원히 영원히 영영! 영원히 영영!"

난 그의 팔을 뿌리쳤다. 문 쪽으로 갔다.

그는 마냥 울면서 말했다.

"빌어먹을 영원히 영영. 영원히 영영."

문이 닫히기 전에, 그가 그녀한테 말하는 게 들렸다.

"넌 듣지 못했지, 얘야, 그렇지? 미안하다, 미안해. 넌 듣지 않았지……?"

난 거의 뛰다시피 그 집을 나섰다. 몇 번 넘어지기도 했다. 멀티튜드 사에서 통풍 바지 특별 행사가 있었다. 계절 개시 할인 행사의 예고가 있었다.

나는 차도를 달려갔다. 업카에 도착했다.

난 날지 않았다. 아무데도 가지 않았다. 업카에 앉아 있었다. 업카가 내게 통보를 보내면서 어디로 갈 것인지 물었다. 난 대답하지 않았다. 앉았다. 그냥 앉아 있었다.

마침내 나는 집으로 가고 싶다고 말했다.

업카가 날 태우고 날았다.

죽 이어진 근교 집들, 굴뚝들, 튜브들, 유선형 용기들. 쇼핑센터를 광고하는 깃발들. 수마일 콘크리트 위 트레일러 주차장들, 창문 박스들이 재에 덮여 있었다. 업카들이 번개처럼 지나갔고, 그 가격이 내 머리 속에서 알려졌다.

집에서 나는 방안을 서성거렸다.

밖의 홀에서 냄새쟁이가 활극놀이를 하는 소리가 들렸다. 그가 입으로 폭발음을 내는 걸 들을 수 있었다.

난 바닥에 주저앉았다.

바지에 눈물이 떨어졌다. 그 흔적을 없애 버리려고 악착같이 애를 썼더니 바지에 구멍이 났다. 난 스웨터를 벗었다. 내 사각팬티를 벽에다 집어던졌다. 난 발가숭이였다. 완전히 발가숭이였다.

나는 양탄자에 앉았다. 바닥 가운데 앉았다. 내 몸에서 땀 냄새가 났다. 나는 거기에 앉았다.

나는 멀티튜드 사에서 드래프트 바지를 주문했다. 그건 정말 바겐세일이었다.

난 다른 한 벌을 주문했다. 난 한 벌 또 한 벌 주문을 했다. 난 그 모두를 같은 색으로 주문했다. 암청색으로. 나는 최대한 급히 주문을 해댔다. 내 주소를 넣고 또 넣었다. 아랫도리가 시려워서 난 떨고 있었다. 팔로 다리를 감쌌다. 난 바지를 내리 주문했다. 거기다 추적 조회를 달았다. 일일이 추적했다. 그것들이 시스템을 통해 이동하고 있는 걸 알 수 있었다.

밤의 고요함 속에서 나로부터 시작되어 퍼져 나가는 것들, 내 신용에서 빠져 나가는 돈이며 창고에 물건이 발주되고 포장되는 걸 알 수 있었다. 포장 꾸러미, 출하, 분류, 택배로 이송, 수량, 각 시간, 주문 번호, 가장자리에 비밀 문자처럼 박힌 내 고객 번호, 그리고 모든 물건이 움직였고, 밤이 지나면서 내게 오고 있는 걸 느꼈다.

나는 그것들을 황홀하게 느꼈다.

혈관 속의 피처럼 내 주위를 온통 순환하고 있었다.

난 신용이 바닥났다. 내 계좌가 텅 비어 버렸다.

바지들이 밤새 나를 향해 길을 재촉하고 있음을 알았다.

나는 새벽까지 잠들지 않았고, 밤새도록 떨며 주문하고 주문했다. 그리고 동이 트자 옷을 입고 지면을 밟으니 그 바보 멍청이 해가 멍청한 세상 너머로 떠오르고 있었다.

4.6%

 이틀 뒤에, 나는 그녀를 보러 갔다.

 나는 아주 조심스럽게, 특별한 경우처럼 차려입었다. 거기로 운행하는 동안, 난 셔츠를 손봤다. 소매를 각 부위별로 말아 올리고 내리고 하느라 애를 썼다.

 내가 그 집에 도착하니 그애의 아버지가 문을 열었다. 걸어 나와 나를 안으로 들였다. 그는 아무 말도 하지 않았다. 그는 부엌으로 걸어가 뒷문으로 나갔다. 나는 바이올렛의 방으로 들어갔다.

 그녀는 거기에 그대로 누워 있었다. 여전히 온몸에 디스크들이 덮인 채였다. 누군가가 그녀의 팔을 시트 밖으로 내놓았다. 그녀의 눈은 여전히 열려 있었다.

 그녀 곁에 앉았다. 퀀디를 만나러 가기 전에 한 시간 여유가 있었다. 내 손을 바이올렛의 팔에다 얹었다. 난 말했다.

 "바이올렛? 내 목소리를—아마 내 목소리를 그 안에서 들을 수 있을 거야."

난 말했다.

"그래서 내가 온 거야……. 네게 그 뉴스를 들려줄게. 어떻게 돼가는지, 바로 네게 들려줄게.

그리고 또 네가 좋아하는 그 뭔가를 찾을 거야. 그 이상한 사실들. 다른 곳의 사건들에 대해서. 네가 듣고 싶어할 거라고 생각했어."

나는 바로 그녀한테 이야기하려고 했다. 난 피드에서 들리는 잡음, 젖은 셔츠를 입은 소녀들이 나한테 샴푸를 권하는 소리를 듣지 않으려 애썼다. 난 그녀한테 얘기했다. 그저 한 줄짜리 얘기, 각기 다 그랬다. 그게 내가 찾을 수 있는 전부였다. 그래서 난 그녀에게 부스러기 이야길 들려줬다. 내가 찾아낸 부스러기 이야기의 파편들. 난 그녀한테 내가 할 수 있는 얘기들을 들려줬다.

그녀한테 얘기했다.

"지구 동맹은 그들의 요구가 더 이상 받아들여지지 않는다면 전면전이 일어날 수도 있다고 더 강력한 경고를 보냈어."

난 그녀한테 얘기했다.

"네로 황제는, 로마 시대 때 바다 괴물을 키우고 또 해상 전투를 관람할 수 있는 거대한 바다를 만들라고 명령했지."

난 그녀한테 얘기했다.

"미국 전역에 있는 쇼핑 센터에서 폭동이 발생했는데, 아무도 그 이유를 몰라."

난 그녀한테 얘기했다.

"우리가 아는 빨간 옷을 입은 산타클로스는—정식 산타?—1930년대에 코카콜라 회사가 대중화시킨 거야."

난 그녀한테 얘기했다.

"백악관은, 남미의 주요 도시에서 강력한 폭발이 일어나기 시작했다는 보고들에 대해 긍정도 부정도 하지 않았어."

난 그녀한테 얘기했다.

"일본에서 옛부터 전해오는 말 중에 이런 말이 있어. 인생은 끝없는 암흑의 한쪽에서 다른 한쪽으로 꿈의 다리를 건너가는 것이나 같다. 말하자면 우리 모두가 꿈의 다리를 함께 건너고 있다는 거야. 그 이상의 아무것도 아니란 거지. 바로 우린, 그 꿈의 다리 위에 있는 거야."

창문 바깥에서 그녀의 아빠가 일을 하고 있었다. 정원 바닥에 엎드린 채 화초 곁에 난 풀을 뽑고 있었다. 그의 피드 등짐이 햇살에 반짝였다. 난 그를 바라보았다. 그 위로 하늘이 파랬다. 그가 손을 탁탁 치며 먼지를 털었다.

내가 속삭였다.

"바이올렛…… 바이올렛? 너한테 해줄 이야기가 하나 있어. 너한테 해줄 이야기. 그 이야긴 바로 너야. 꼭 잊지 말아야 돼. 네가 깨어나면 그걸 꼭 기억해야 돼. 난 기억할 거야. 넌 여전히 거기에 있어, 내가 널 기억하는 한. 누군가 너를 아는 한. 난 널 너무 잘 알아, 난 시뮬레이터를 작동할 수 있어. 이제 들어봐."

그리고 처음으로, 난 울기 시작했다.

그 침대 옆에 앉아서 난 울었다. 그리고 그녀한테 우리의 이야기를 들려줬다.

"이건 피드에 대한 거야. 이건 아주 보통 아이에 대한 거야. 아무것도 생각할 줄 모르던 아이가 어느 이상스러운 날, 순수한 마음을 지닌 여자애를 만났지."

난 말했다.

"그 마지막 날에 미국의 배경에 단연 저항하게 되는데, 그건 아주 정신적인 그들의 사랑 이야기야. 배꼽 잡을 만큼 재미있고, 아주 가슴 뭉클하고 눈도 즐거운 이야기지."

나는 그녀의 손을 들어올려 입술에 댔다. 그녀의 손가락에 속삭였다.

"함께, 두 장난꾸러기는 자라고 무분별한 모험을 하지. 그리고 사랑에 대해서 소중한 교훈을 배우고 피드에 저항하는 걸 배워. 13세 이하 불가. 폭력적인 언어와 약간의 선정적인 장면 때문에."

나는 그녀의 방에, 그녀 곁에 앉아 있었고, 그녀는 천장을 응시했다. 난 그녀의 손을 쥐었다. 맥동기를 보니 그녀의 심장은 거의 뛰고 있지 않았다.

울고 있는 내 얼굴이 그녀의 빈 눈 속에 비쳤다.

○○○

울적한가요? 그러면 청바지를 입어요! 블루진 웨어하우스의 마지막 청바지 세일 행사! 피드가 믿겨지지 않을 만큼 싼 값, 날개 돋힌 듯 잘 나가고 있어요!

창고 대 방출!

창고 대 방출

창고 대 방출

창고 대 방출

창고 대방출

작가와의 대화

피드에 대한 아이디어는 어디서 얻었습니까?

원래 교양과 독서에 관한 글을 써달라는 요청을 받았어요. 내 아이디어는 어떤 미래, 그러니까 더 이상 아무도 읽을 줄 모르는 급속한 미디어 이미지의 세상에 접속된 미래에 대해 짧은 이야기를 쓴다는 거였어요. 그런데 곧 그 아이디어가 그런 포맷에는 너무 크다는 걸 깨달았지요. 만약에 그걸 짧게 썼다면, 그건 풍자성이 아주 빈약한 게 되었을 겁니다. 반면에 그걸 소설로 쓴다면, 거기엔 인간적인 차원이? 관심이 가는 인물들이? 있어서 그들의 말에서 그게 반짝이면서 나오는 거지요.

피드를 일종의 미래 소설이라고 보십니까?

아니요. 우리가 현재 직면하고 있는 것들을 논하기 위해 아주 비유적 방법을 쓴 거지요. 가상의 미래에서 온 이미지들을 사용한 소설이라고 생각하는 게 낫겠지요. 이 점에서, 우리 모두가 우리 뇌 속에서 미디어에 직접적인 접속을 가지고 있다고 봅니다. 우리 생활을, 영화와 노래와 광고에서 온 이미지들을 빼 버리고선 생각할 수가 없어요. 그 이미지들이 모두 우리에게 요구하는 건 더 나은 사람이 되기보다는 더 나은 소비자가 되라는 거예요.

미디어에 의해 사람들이 조종되고 있다는 걸 사람들이 이미 안다고 보십니까?

음, 어떤 사람은 알고 어떤 사람은 모르지요. 세상은 복잡한 곳이고, 우리 모두가 책임과 역할을 가지게 된다는 현실을 많은 사람들은 아예 외면하고 말아요. 예를 들면, 내가 아는 한 아이가 멕시코에서 보낸 휴가에 대해 이야기하더군요. 그 아이 말이 이랬어요. "거기는 정말 너무 가난해. 기본적으로 그것에 대해선 신경을 꺼야 해? 안 그러면 머리가 터져 버릴 거야." 그게 우리 태도의 표본입니다. 내가 책에서 쓴 또 다른 인용, 좀 변형되긴 했지만, 그건 교직에 있는 친구한테서 인용한 것입니다. 영국에 대한 토론 수업에서, 한 아이가 말했어요. "네, 영국에 가 봤어요. 아주 맹탕이었어요." 대단하지요, 한 나라 전체를! 내게는, 그건 아주 위험한 미국식 태도, 편협성이에요. 우리가 세계의 책임 있는 시민이 되기 위해선, 일단 우리 외부에 동화시키기 어려운 복합적 세계가 있다는 걸 깨달아야만 합니다.

요즈음 아이들 중에, 미디어에 의해 조종되고 있는 걸 아는 아이들한테는 무슨 말을 해주고 싶으세요? 어떻게 해야 그런 조종을 피할 수 있을까요?

무엇보다도, 규범에 저항하는 건 아주 고립적으로 만들 수가 있어요. 십대 때 나는 아주 어두운 *obscure* 음악을 들었어요. 어떤 면에서 그게 날 고립시켰는데, 그러니까 십대들의 취향은 눈으로 보고 아주 거칠게 참여하는 경향이 있으니까요. 사실, 내 생각에 십대들 사이의 음악적 취향은 실제 음악에 대한 것보다 흔히 자기 정체성에 대한 것이라고 봅니다.

그렇다 해도, 내가 분명히 찬성하는 건, 자신의 지식을 어둡고 괴상한 영역에까지 확장시키려는 노력입니다. 그건 자신을 탐구하고 또 세계 속에서 자신의 위치를 탐구하는 길입니다. 미디어 메시지들에 열렬히 반응하는 대신에? 갑자기 유행이 된 몇 가지 옷을 구할 필요가 있는지, 또 방금 본 영화의 로맨틱한 주인공처럼 보이기 위해 체중 조절이나 근육 강화를 할 필요가 있는지 생각해 보고? 저기 바깥 세상의 온갖 기묘한 구석을 탐구해 보라는 겁니다. 그것은 미디어가 권장하지 않는 것, 실질적인 호기심입니다. 피드를 집필하면서, 자기 주변에서 본 것들에 의문을 품는 아이들한테 말해 주고 싶은 건 궁극적으로 이겁니다.

"넌 내가 결코 할 수 없는 방식으로 이미 생각하고, 또 내가 품지 못한 것들을 꿈꾸고 있어. 그걸 지켜 가도록 해. 우리는 너에게 기대를 걸고 있다."

토론을 위한 물음

1. 작품에서 '피드'는 현대 인터넷 기술에서 일상화된 채팅과 배너달기를 특징으로 한다. 이런 기능들을 사람들의 두뇌 속에서 직접 일어나는 것으로 설정한 작가의 의도는 무엇일까? 그런 시스템의 장점과 단점은 무엇일까?

2. 작가가 등장인물들의 이름에 타이터스, 링크, 바이올렛 과 같은 이름을 택한 이유는 뭘까? 그들의 이름은 그들이 사는 세상에 대해 무엇을 말하는 걸까?

3. 타이터스와 그 친구들의 이야기를 둘러싸고 여러 가지 국제적 사건이 암시되고 있다. 타이터스는 왜 그런 사건을 알지 못한 걸까?

4. 요즈음의 문화에도 '상처'와 비슷한 것이 있을까?

5. 바이올렛과 관계된 타이터스의 행동(또 비행동)이 여러분에게 현실적으로 다가오는가? 타이터스가 생각한 사랑은 바이올렛과는 어떻게 다른가?

6. 소비자 사회에서는, 일단 물건의 그 유용성이 오래 되면 버려지는 경향이 있다. 이런 경향은 사람들이 서로 상호작용하는 방식에 어떤 영향을 주게 될까? 사람들이 과거를 생각하는 방식에는 어떤 영향을 주게 될까?

7. 책 전반을 통해, 바이올렛은 많은 사람들과 많은 것들을 비난한다. 거기서 그녀, 바이올렛이 틀렸다고 느낀 경우는 몇 차례였는지?

8. 바이올렛은 죽기 전에 하고 싶은 것들의 목록을 적는다. 그 목록에서 공감이 가는 부분이 있었는지? 우리가 그 목록에서 그녀에 관해 배울 수 있는 건 무엇일까? 누군가 당신의 목록에서 당신에 관해 배울 수 있는 건 무엇일까?

9. 피드에 저항함으로써 바이올렛은 어떤 이득을 얻는 걸까? 또 비용은 얼마나 들까?

10. 작가는 책의 헌사에서, "피드에 저항하는 이들에게"라고 썼다. 실생활의 측면에서 '피드'란 무엇일까, 또 그것이 어떻게 저항 받을 수 있는 걸까? 당신은 피드와 어떤 방식으로 싸우는가?